小学館文庫

ウォールデン　森の生活　上

ヘンリー・D・ソロー
今泉吉晴 訳

小学館

コンコードの地図

ソローの故郷コンコードのあるマサチューセッツ州は、19 世紀を通じて、大量生産農工業の発展の一大中心地でした。ソローはウォールデン池のほとりの家に住み、「日ごとに遠く、広く」、村を、自然を探検しました。そして、ハックルベリーの生育場所を消滅させ、人々の自然のたのしみを奪い、惨めな境遇に追いやる原因を察知しました。この地図には、ソローが本書で触れる、村と町、友人宅、街道、鉄道、農地、草原、湿地、池、川が入っています。

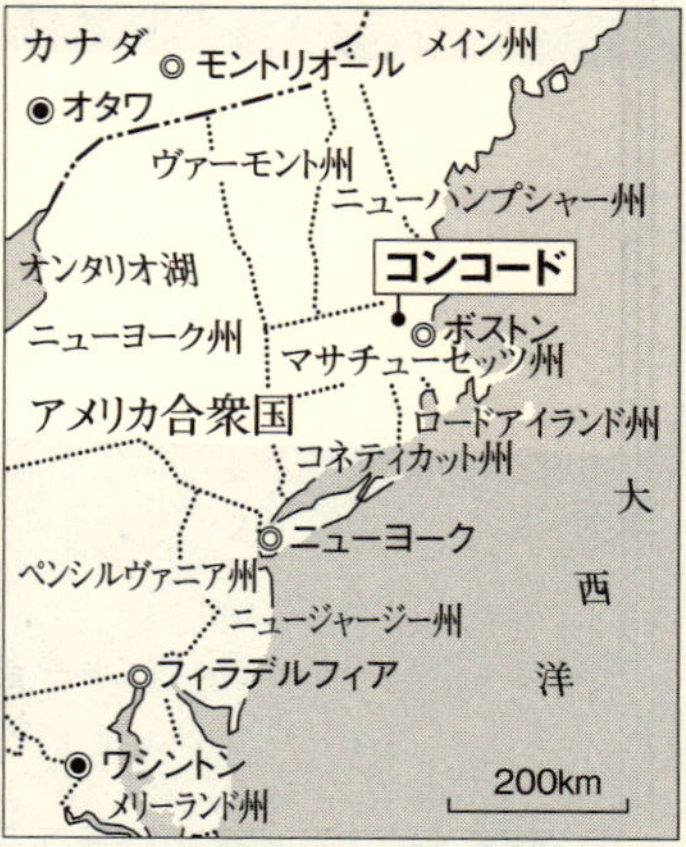

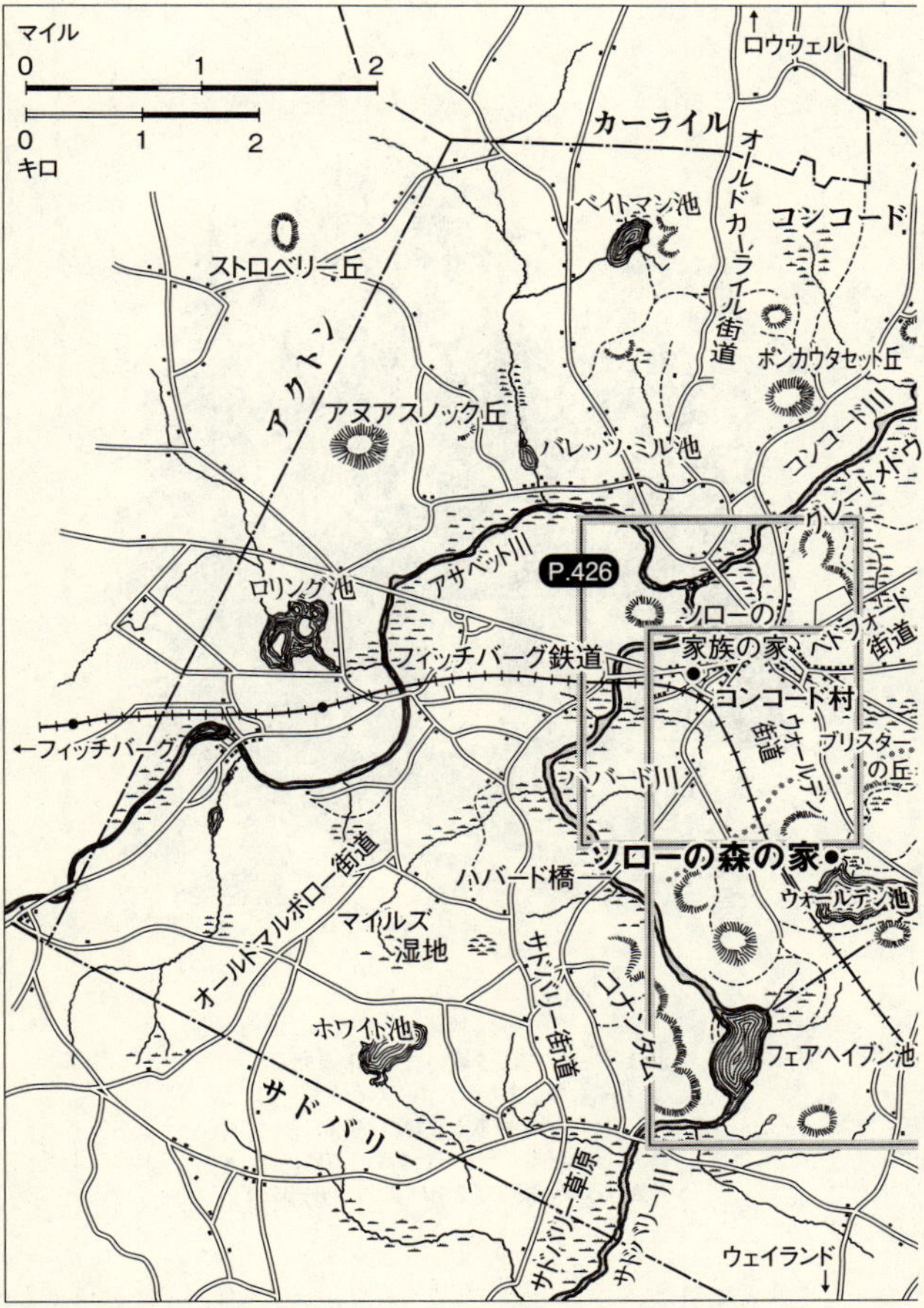

この地図は'A map of Concord compiled by Herbert W.Gleason(1906)'をもとに作成しました。

私は「失意の歌」を歌いたくありません。
ねぐらの止まり木にすっくと立ち、
日の出の歌を歌う雄鶏のように、
私はただ隣人の目を覚ますために、
元気いっぱい雄叫びをあげます。——p.212

目次（上巻）

下巻

本書は、WALDEN; OR, LIFE IN THE WOODS by HENRY D. THOREAUの全訳です。BOSTON: TICKNOR AND FIELDS 社の初版本（1854年８月９日発行）を底本にしていますが、読みやすさを考慮して、原典より段落の数を増やしてあります。

本訳書の底本にした初版本には、一部、ゴシック体とイタリック体になっている単語があります。本訳書では、原本にできるだけ忠実に、ゴシック体の単語は訳文でもそのままゴシック体にし、イタリック体の単語は訳文では傍点をふって表記しました。

また初版本では、一部の章中に２行空きで区分が示されていますが、本訳書では、その位置に木の葉マークを入れてあります。さらに第１章「経済」には、それらの区分ごとに柱に見出しがつけられており、重要と思われるので、柱の章題に続けて括弧でくくって訳出しました。詳しくは（57ページ左下の注記を参照）。

４ページの絵は、初版本の扉の絵を転用したものです。絵は、ソローの妹、ソフィア・ソローによる森の家のスケッチです。

本書は、2004年、小学館より単行本として発行されました。

本書の地図と写真は、Herbert W. Gleason 作図、撮影のもので、The Writings of Henry David Thoreau（Houghton Mifflin and Company 1906年 全20巻）によっています。注釈欄には、ソロー自身が日記に描いた絵を入れました（ソローのサインが入っています）。そのほか、動植物などの理解に役立つように、シートンをはじめとするアメリカのナチュラリストの絵を用いました。

装幀・本文デザイン／阿部真司
装幀作品／©Emiko Sawaragi Gilbert Courtesy Shigeru Yokota Gallery
地図制作／蓬生雄司

第一章　経済

私がこの本を書いたのは——正確には多くの部分を書いたのは——いちばん近い人家から一マイルほど離れたマサチューセッツ州コンコード[※1]の森に入って、ひとりで暮らした時のことです。私はウォールデン池のほとりに家を建て、自分の手で得た糧《かて》だけで生活しました。私はそこで二年と二か月を生きました。そして、今ふたたび私は、文明化した生活の中にいて旅する人になっています。

森で暮らしている間に、町の人から生き方をいろいろと問われなかったら、私はこの本で自分の考えを事細かに明かして、読者[※2]に訴える気にはならなかったでしょう。友人の中には、町の人が私に立ち入ったことを問うのは失礼だ、と言う人もいますが、私は彼らが礼を失していたとは思いません。町の人の問いは、生活環境を考えれば、ごく自然な気持ちの表れで、礼にもかなっています。

ある人は私に、何を食べているの、と聞きました。寂しくな

●ソローは本章で、富をより多く生産し、消費することを「美徳と豊かさ」の指標にするアダム・スミスの経済学に対して、簡素に生き、自然と自由を享受する真の豊かさを説く。ウォールデン池の暮らしは、これを検証する実験だった。ソローの言う経済とは、自然の仲間になることで、現代文明を恵みに変えるサバイバルの技と知恵である。

※1 ボストンの北西三〇キロの村。当時の人口はソローによると約二〇〇〇人。ソローは一八四五年、ウォールデンの森に小さな家を建て、七月四日に移り住んだ。

いの、とか、怖いでしょう、といったようなことを聞く人も大勢いました。何人かからは、収入のうちのどれほどを慈善活動に寄付しているのか、と聞かれました。つまり、大家族を抱えて苦労している人や、惨めな境遇の子どもに相応の貢献をしているか、と問われたわけです。[※3]私はこの本で、これらの問いに答えますが、読者によっては興味のないことでもあるでしょう。[※4]私がこの本を書いた経緯からそうなったことで、お許し願います。

　というわけでこの本は、たいていの本では省かれる書き手の〝私〟が、絶えず登場する書き方になっています。もっとも、どんな本にも書き手は必ずいます。たとえ第一人称の〝私〟が省かれていて、読者が、書き手の〝私〟を意識しない本でも、書き手が〝私〟という個人であることに変わりはありません。

　それに私は、もし、私が誰か他の人を自分と同じくらい知っていたら、その人のことも書いて、自分のことを、これほどこ

※2　ソローは一八四七年二月一〇日、町の人に「私の個人史」を語った。好評で一週間後、コンコード・ライシーアムの通常集会で再演。一八四七年九月に本書の最初の原稿を仕上げている。実際の刊行は七年後の一八五四年。

※3　寄付の拒絶は社会的な波瀾を引き起こした。

※4　興味のない人は飛ばして、一〇〇ページ「家を建てる」から読んでほしいという意味。

ウォールデン池とウォールデンの森

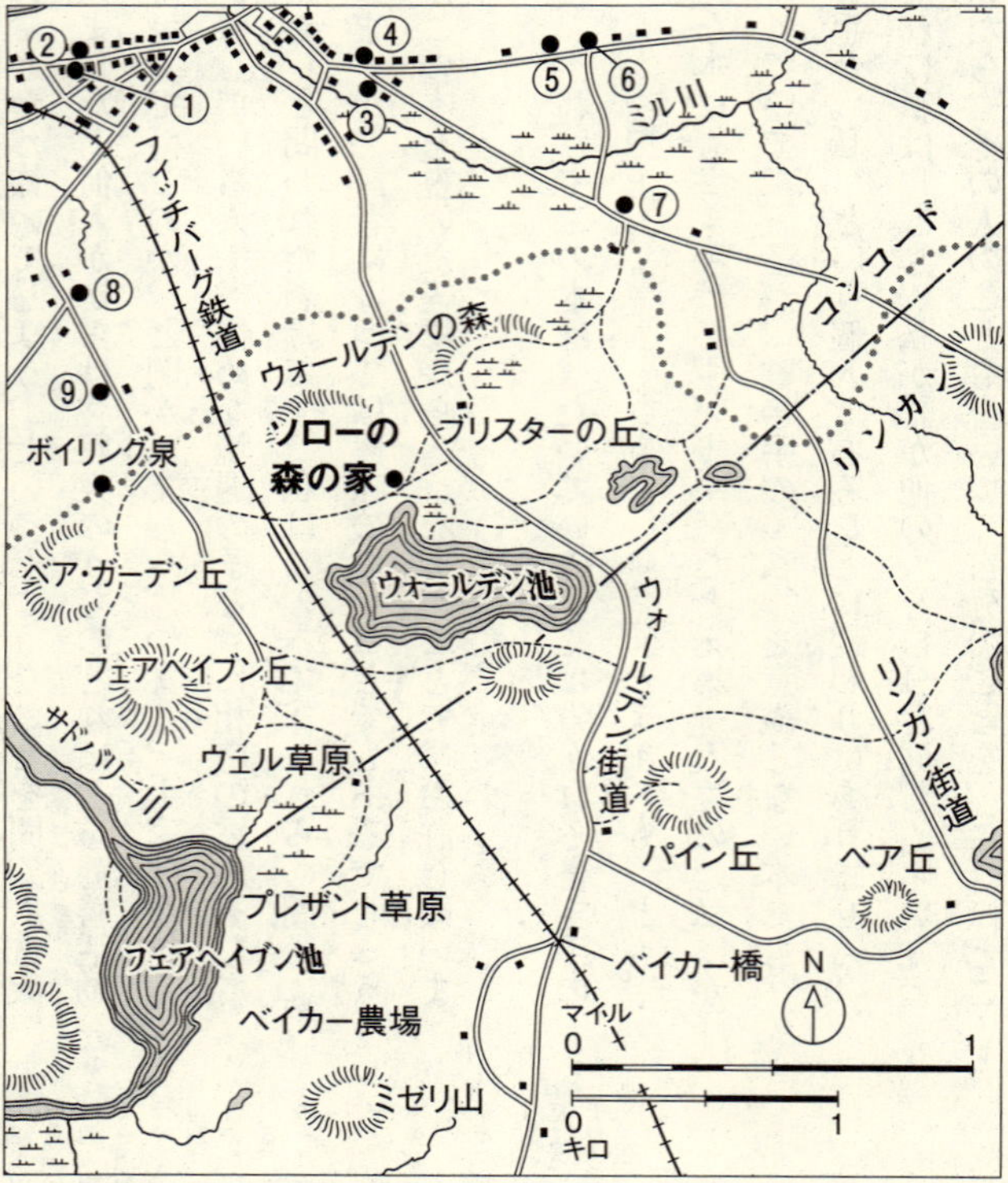

ソローの家と、親しかった人の家

①ソローの家族の家　②チャニング　③エマソン
④ミノット　⑤オルコット　⑥ホーソーン
⑦タトル　⑧ポター　⑨ハイデン

パイン丘から見たウォールデン池

強風でさざ波がたち、池面が輝いている。
遠くにマサチューセッツ州の名山、ワチュセッツ山（2108フィート）を望む。

まごまとは書かなかったでしょう。残念ながら私は、経験が浅くて他人のことを知らないため、話題を自分のことに限定しました。もし本の読み手としての私が、本の書き手に言わせてもらうなら、他の人について聞き知ったことを書くのではなく、自分の生活と考えについて、率直かつ誠実に語ってほしいと望んでいます。ちょうど、遠い国に旅に出た人が親しい人に書き送る手紙のように、感じ、考えたことを、なんなりと書いてくだされればいいのです。書き手の暮らしが誠実であれば、どんな文章も、遠く離れた国から伝えられる手紙のように、私には興味深く新鮮です。

私のこの本は、おそらく、学校では物わかりが悪い[※5]とされる学生にも、とてもわかりやすい内容になっています。そうではない読者には、無理せずわかるところだけを受け入れてくださるよう、お願いします。体に合わない服を無理に着れば、接ぎ目がほころびます。自分に合ったものだけが、真に役立つので

※5　ソローは一八四八年一一月二二日に「ニューイングランドにおける学生生活と経済」と題して講演し、森の生活の目的と成果を町の人々に伝えた。

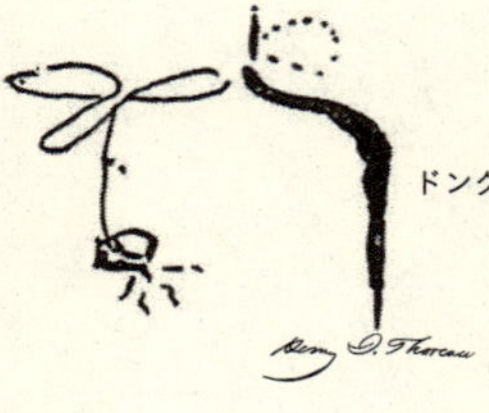

ドングリの芽生えと根

す。

私はこの本を、遠く離れた中国やサンドウィッチ諸島[※6]で暮らす人ではなく、ニューイングランドで暮らしているあなたを読者に想定して書きました。私にとって身近なあなたの状況、とりわけこの小さな世界、町や村に向けたあなたの外面、すなわちあなたが当たり前と思っている世間体が、本当は何を意味するかを考えたいのです。[※7]

あなたの外面が作る最悪のありさまは避けられないのか、改善の余地はないかを検討したいのです。私は、わが町[※8]コンコードを、毎日旅してきました。そして、町のあらゆる場所、商店、事務所、農場を含む至るところで、人々がじつにさまざまな、驚くべきやり方で、苦行と見える労働に励む姿を目にしました。

私たちは、苦行といえば、堪えがたい苦難を伴う修行を思い浮かべます。インドのバラモンが四つの火にあぶられながら座り、太陽をじかに見る修行が、そのひとつでしょう。あるいは、

※6　ハワイ諸島のこと。

※7　「私はこの本を」～「考えたいのです」までは、一八四五～四七年の日付不明の日記から。日付が不明なのはソローが著作のために切り取るなどしたことと、日記の一部が数人の手を経て散逸したため。

※8　ソローは、コンコードを村とも町とも言っている。

逆さ吊りになって頭から炎に焼かれる修行、頸《くび》を曲げたまま肩越しに天空を見つづけ、〝ついに頸が曲がって自然な向きに戻らず、粥《かゆ》しか胃に入らない〟修行もそうです。そして、体を木の幹に鎖でつなぎ、一生をそのまま送る修行、はたまた、果てしないインド帝国の広さを、芋虫のように這《は》って体で測る修行、さらに、柱の上に一本足で立って長々と終わることのない修行まであります。

けれども、それらの難行苦行は自ら進んで行なうもので、私がコンコードで毎日のように目にする労働に比べたら、驚くことでも信じがたいことでもありません。ヘラクレス[※9]の一二の「大業」すら、私の隣人たちの労働に比べれば遊びです。「大業」は一二にすぎず、終わりがありました。ところが私は、隣人たちの誰かがついに怪物を殺し、捕らえた場面を、見たことも聞いたこともありません。隣人たちが仕事をやり遂げた場面は、一度も見聞きしていないのです。それに私の隣人たちには、赤

※9　ギリシャ神話の英雄。エリュテウスの手で、ヒドラ退治など一二の難行を課された。頭を落とされたヒドラは、ふたつの頭を再生する。

く火を放つ灼熱の鉄でヒドラの頸を焼き切ってヘラクレスを助けた、イオラオスのような良き友もいません。そのため、隣人たちがやっとヒドラの頭を打ち砕いたと思う間もなく、ヒドラはふたつの頭を再生する始末です。[※10]

▼私はコンコードの若者が、親から農場、家屋、納屋、家畜、農具などの財産を相続して、不幸になるのを見てきました。町の若者にとって財産は、受け取るには抵抗がなくても、いらないと言うには勇気がいります。そんな若者は大草原で生まれ、オオカミに育てられれば良かったのです。[※11] 自然の中で育った若者なら、財産を相続して就く職業がどんなものか、曇りのない目で見きわめるでしょう。

いったい若者を土地に縛りつけ、奴隷にしている原因は、なんでしょうか？ たしかに人生には、土を一ペック（八・八リットル）も食べるほどの労苦がつきもの、と諺《ことわざ》にあります。それにしても、六〇エーカー[※12]も土を食べないといけないのでしょ

※10 「私は、わが町」（一三ページ）～「再生する始末です」までは、一八四五～四七年の日記から。本書は日記の記述を随所で転記して書かれている。日記をつけ始めたのは一八三七年一〇月二二日。ソローは二〇歳。「彼（R・W・エマソン）から日記をつけているかい、と聞かれたので、最初の日記の一回分を書く」と前書きし、ひとりでいることの意義について論じた。以後、没年である一八六二年まで、日々見聞きしたこと、読んだこと、想起したことを日記に書き続けた。

※11 雌オオカミに育てられたローマの英雄ロムルスとレムスに重ね、自然児の鋭さと強さを象徴している。ソローの野生への関心の表れ。

※12 当時のコンコードの自営農場の一般的な広さ。

うか。なぜ人は、生まれた途端に墓を掘り始めるのでしょうか。人は財産という重荷を相続した途端、手放すまいとし、人間らしい暮らしができなくなります。私は、輝かしい不滅の魂を持つ多くの若者が、間口四〇フィート、奥行き七五フィートもの納屋と、いかに勤勉に働こうとも掃き清めようもないアウゲイアスの家畜舎[※13]、それに農場、採草地、牧場、林地からなる一〇〇エーカーの土地に足を絡《から》め取られ、人生の道を切々と歩む姿を見てきました。相続する財産がない若者も、わずか数立方フィートの体を支えて人生を切り開くために、猛烈に働いて成果がない試練に耐えています。

　人は、誤った考えのまま働いています。人の体の良き部分は、遠くない未来に土に還って沃土《よくど》になるのです。にもかかわらず多くの人が、必然だからとなりゆきまかせに働き、〝古い本〟[※14]にある通り、いずれ虫に食われるか錆《さ》びて崩れるか、強盗に奪い取られるに決まっている財産を手に入れようと、必死になっ

※13　ヘラクレスの一二の難行のひとつ。家畜舎には三〇〇〇頭の牛が飼われ、三〇年間掃除していなかった。

※14　聖書のこと。

※15　「私はコンコードの若者」（一五ページ）～「必死になっています」までは、一八四五～四七年の日記から。

ています。[※15] そんな考えは間違いだと、誰もが死ぬ間際にはわかるのに、さっさと捨てる勇気がないとはなんたることでしょう。ギリシャ神話に登場する神、デウカリオンとピュラ[※16]は、頭越しに後ろに石を投げて、人間を創造しました。

Inde genus durum sumus, experiensque laborum,
Et documenta damus quâ simus origine nati.

ローリー[※17]が格調高くこう歌っています。

頑強な人間は、幾多の苦難と不幸を経て
石のように無慈悲な性格になることを自ら証《あか》した

けれども、投げた石がどこに落ちるか確かめもしない神が言うことを、ただひたすら信じて勝手な労苦を重ねるから、そん

※16　デウカリオンの石から男が、ピュラの石から女が生まれた、とされる。

※17　ウォルター・ローリー（一五五二～一六一八）。エリザベス女王お気に入りのイギリスの冒険家で、詩人。アメリカ植民地建設や海賊行為で奮闘し、宮廷で詩を書く情熱家だった。ソローはローリーをイギリス最高の英雄と見てその生涯を研究し、評伝「ウォルター・ローリー卿」の原稿を書いた。原稿は友人F・サンボーンの解説で、一九〇四年に出版された。

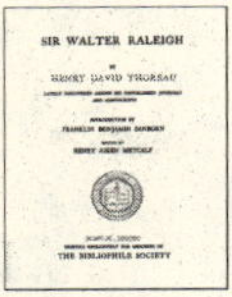

『ウォルター・ローリー卿』ソロー著

なことになるのです。

　このいくらか自由な国に暮らしながら、大多数の人は、軽薄な心の動きとつまらぬ誤解から、仲間同士の争いや、なんのためにもならぬ過酷な労働に呻吟《しんぎん》しています。そのため大多数の人は、人生が生み出す最高の果実を手にできません。人の手は、長く酷《むご》い労苦のために、硬く、鈍感になり、震えさえして、果実を摘もうにも摘めません。日々を高潔に生きるなど、望もうにも望めません。真に人間らしい良き関係を築こうにも、築けません。そのうえ、労働の価値は日ごとに下がり、人は機械のようになるよりほかありません。

　分業の中にあって、わずかの知識をいつもひけらかして生きる現代人が、人として成長するために必要な、ものを知らないという感覚をどうして持てるでしょう。私たちはそんな状態にある者同士なのですから、互いに食物や衣服を与え合い、希望を語り合い、気力を回復する機会を作り、お互いに本当はどん

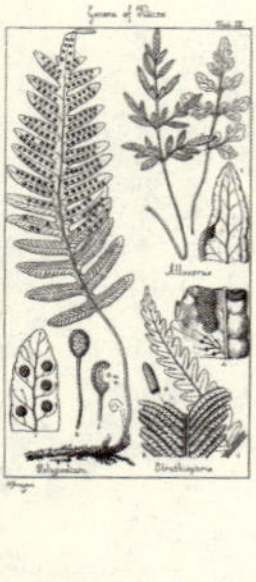

グレイ著『植物学のマニュアル』
(1848) より

な人間であるかを知っていくべきです。人間が生み出す最も素晴らしい産物である人間性は、土が生み出す最高の産物である果実の、そのまた果皮に生じる白く繊細な粉と同じように、温かく見守り、きめ細かく世話することによってのみ、生み出すことができます。そうであるのに私たちは、自分にも他人にも、温かく接することができません。

▼誰もがわかっている通り、昔から私たちの社会の一部には、暮らしが苦しい人がいて、中にはほとんど息もつけないほど苦しい人がいます。読者の中にも、昼食代をつけにして何か月も溜め込み、払おうにも払えない人や、コートや靴が傷んでもなお代金を払い終えていない人がいることでしょう。そんなあなたは、金貸しから借りた金を返せないのと同じで、一時間かけてここまで読み進んでこられたのも金貸しのおかげ、金貸しから読書の時間まで借りているといえます。いや、もっとはっきり、金貸しから時間を盗んだといったほうが正確です。私も経

験しているだけに、あなたの暮らしが金に汚く、卑屈になっているのだとわかります。いつもぎりぎりの暮らしで、何かうまい商売はないかと血まなこになり、借金を返すためならなんでもしようと躍起です。

もちろん〝借金〟は、今に限ったことではありません。昔からあって〝泥沼〟といわれもしました。古代ローマ人は他人の真鍮と言いました。というのは、古代ローマの硬貨のいくつかは真鍮《しんちゅう》製だったからです。現代人も〝他人の真鍮〟によって生き、死に、葬られます。借金を返す、明日は返すと言いながら、ある日、借金を背負って支払い不能者の汚名を着せられて死にます。法律に触れるか触れないかの手段を使ってでも、客に物を売ろうとするのも当然です。あなたは嘘も平気でつき、へつらいもし、大風呂敷も広げます。うわべの丁重さを気取って自分を小さく見せたり、逆に、見せかけの気前の良さを演じて、自分を大きく見せます。すべては、あなたが隣人である客

に、靴、帽子、衣服、馬車を作ってもらい、日用品を買ってもらいたいがためです。[※18]

　これでは、あなたは自分を病気にしているようなもので、実際、病気になります。そこで誰もが病気を恐れ、お金を貯めて備えようとします。ある人は古いタンスの中に、ある人は壁の間に靴下を吊るして隠します。安全だといってレンガ造りの銀行に預けもします。私たちの町には、考えられるあらゆる場所に、小金が、大金が貯えられています。

　私は時々、なぜ人はこれほど軽薄になれるのかと不思議に思います。誤解を恐れず言うなら、私たちは南部の〝黒人奴隷〟制度[※19]と呼ばれる、不正ではあっても、いくらか遠い問題に関わってしまうほど軽薄です。なぜなら、南部北部を問わず、人を奴隷にする、巧妙で頭の良い〝奴隷監督〟は、そこらじゅうにいるのですから。もちろん、私たち北部の人間にとっても、南部の〝奴隷監督〟が悪であることは間違いありません。けれど

※18　「誰もがわかっている通り」（一九ページ）〜「日用品を買ってもらいたいがためです」までは、一八四五年一二月二三日の日記から。

※19　南北戦争（一八六一〜六五）以前のアメリカ合衆国は、黒人奴隷を認めていた。ソローは奴隷制度反対運動に取り組み、黒人奴隷のカナダへの逃走を助けた。

も、北部の人には、自分たちを奴隷にしている北部の〝奴隷監督〟こそ最悪ではないでしょうか。そして、あなたには、あなたを支配するあなたの中の〝奴隷監督〟こそ、悪の中の究極の悪です。[※20]

よくいわれる人の神性とは、人の何を指すのでしょうか！　僭越《せんえつ》ながら、例として、昼夜を問わず街道を市場へ向かう六頭だての荷馬車の御者を取り上げさせてもらいましょう。どんな神性が御者の体に宿っているのでしょうか？　御者の最も崇高な働きは、馬に秣《まぐさ》を与え、水を飲ませることです！　いつも気にする儲《もう》けの高に比べ、御者はこの崇高な使命に、どれほど心を寄せているでしょうか？　御者は、世の〝評価〟のしもべになって馬車を駆っているのではないでしょうか？　どこが神のようで、不滅なのでしょうか？　御者はおどおどと身をすくめ、一日中、何かを恐れてでもいるかのようです。神のようにも、不滅のようにも見えません。自分についての自分の考えの奴隷

※20　「私たち北部の人間に」（二一ページ）～「究極の悪です」までは、一八三七～四七年の日記から。

になり、囚《とら》われ人になっています。御者は、世が下した評価の奴隷です。世の評価が専制君主のように恐ろしいといっても、自分の評価に比べれば怖くはないでしょう。人は自分をどう考えるかで、自分の運命を決めている、いや、正確には自分を方向づけています。

今や西インド諸島では、自己解放が、人々の空想と想像の力[※21]を大きくふくらませています。誰が西インド諸島のウィルバーフォース[※22]となって、自己解放をもたらしたのでしょうか？　考えてもみてください。ニューイングランドでは、地球が終わる日に備えて、ご婦人がたが、長椅子にかける飾り布を日がな織っています。これでは、運命を軽薄に考えていると自ら明かしているも同然です！　あなたがたは、未来は永遠であり、無駄に時間をつぶしてもどうってことない、とでも言いたいのでしょうか。

人の巨大な集団が、静かな絶望のままに、その日その日を暮

※21　ソローは思考の源泉として、空想（fancy）と想像（imagination）のふたつを重視している。

※22　ウィリアム・ウィルバーフォース（一七五九〜一八三三）。イギリスの政治家。五〇年にわたる政治生活を奴隷解放運動に尽くした。一八三三年七月の彼の死から一か月後に、イギリス領全域に効力を有する解放法が成立した。

らしています。あきらめとは、真の絶望にほかなりません。あなたは絶望の都市を出でて絶望の田舎に移り住み、ミンクかマスクラットの猛々《たけだけ》しい勇気※23に出会って、自分を取り戻すほかありません。誰もが陥りながら意識していない絶望が、スポーツや芝居を観賞する人々の心の奥底に隠れています。そこに本当の遊び心は働いていません。本当の遊び心とは、仕事を成し遂げた後に生まれるものです。絶望に通じる事柄には関わらない姿勢こそ、私たちが身に付けたほうがいい知恵です。

カトリックに入信する前に覚える教義問答で、人の生きる目的、人が生きる本当の意味が語られます。それを聞いていると、私たちは最善の生き方として、普通に生きるのが良いと自分で判断し、自分から選び取るものとされます。ところが、教義問答を吟味してみると、他の生き方は示されていません。他の生き方は選びようがない仕組みです。

すくすくと育った敏感な人なら誰でも、太陽はいつも明快で

※23　ソローは、コンコードの猟師メルビンから、ミンクが罠に挟まれた脚を噛み切って逃げたと聞き、自由を求める勇気に感動した。メルビンは、「マスクラットはもっとすごい。罠に脚を挟まれたのが三回目のマスクラットを捕らえたことがあるが、脚を噛み切ったものの、最後の一本の脚では走りようがなく、罠の脇で死んでました」と語っている（一八三七〜四七年の日記）。

ミンク

あることに気づいています。思い違いを正すのに遅すぎはしません。何かを考えたり、試みたりするのに昔から取られているやり方は、信じてよい根拠がない限り、信じてはいけません。多くの人が真実と言い、あるいは何も言わずに黙って認めているからといって、今日の真実が明日の虚偽かもしれません。人々が畑に恵みの雨を降らせると信じた雲が、煙だったということがあるではありませんか。

歳とった人があなたにはできないということでも、やってみればできるとわかったことがあるでしょう。歳とった人には歳とった人のやり方が、若者には若者のやり方があります。歳とった人が炎に新しい薪《まき》をくべないからといって、若者が新しい薪をくべて悪いはずがありません。若者は、小さな湯沸かしの下に薪をくべて新しい知識の炎を燃え立たせ、※24 飛ぶ鳥の速さで地球を一周できるかもしれません。そんな新しい薪のくべ方に、古い考えの人はついていけません。歳をとるのは良いとは限ら

雲

※24 「湯沸かしの下に薪」とは、当時の先端技術である蒸気機関車のことを指す。古い世代の話によるのではなく、自分の確かな経験で人生の足場を築くべきだ、という意味。

ず、若者だから良い教師になれないとは言えません。

なぜなら、歳をとることで得るものがあっても、失うものもあるからです。たとえ賢い人でも、人生の中で、当人だけでなく誰にでも役立つ絶対の価値を学べるかとなると、疑問です。本当の意味では、歳とった人は、若者が真に必要とする助言を与えることができません。なぜなら、歳とった人ですら経験は限られ、人それぞれの事情から、人生を惨めな失敗だったと思っているからです。しかし、その人の人生経験だけでは身に付けられない誠実さを育んでいる人も、おられることでしょう。そのような人こそ、実際の年齢より歳をとっているといえます。
▼私は、この惑星の上に三〇年ほども生きてきました。けれども私は、年長の人※25から価値ある助言のひとつも貰《もら》えたためしがありません。年長の人は私に何も語らず、ためになることは言えなかったのです。だからこそ私の人生があります。生きるとは、私だけの実験です。たしかにほかの誰もが生きてはいますが、

※25　ここで言う年長の人とは、同時代の人より上の世代の人の意味。

それを参考にすることができない、私だけの実験です。もし私がこれからも生きて、価値ある経験をしたと実感できたとしたら、それは私の人生の水先案内人であるメンター[※26]が、ひとりとして教えなかった大切なことを教える経験であると、私は信じています。[※27]

私は、ある農民からこう言われました。「あなたはそう言うけど、人は植物質の食物だけでは生きられませんよ。肝心の骨格が作れないからね」。というわけで農民は、骨格のもとになる動物質の食物を食べるための準備として、毎日の大切な時間を牛を飼うために使います。農民は私と話をしながらも、牛の後を歩いていました。牛は、植物質の食物を食べて作った太い骨格で体を動かし、農民を軽々と引き、犂《すき》も引いて重い土を起こし、畑に畝《うね》を作っていました。

退廃的で病的でもある、私たちの文化のもとで暮らす人々は、ある決まった物や装置がないと人は生きられない、と考えます。

※26　メンターとは、賢明なカウンセラーを意味する。

※27　ソローは、ウォールデン池のほとりに移り住んで（一八四五年七月四日）まもなく、二八歳の誕生日（七月一二日）を迎え、本書の執筆を始めている。「私は、この惑星の上に」～「私は信じています」までは、一八五二年二月一一日の日記から。

ところが、別のある文化では、同じ物や装置が、あってもなくてもいい贅沢品《ぜいたく》になっています。また別のある文化では、同じ物や装置の存在すら知られていません。

それに私たちの文化では、多くの人が、深い谷の底から高峰の頂まで、人の暮らしのあらゆる領域が先人によって探査され理解されている、と思い込んでいます。イーヴリン[※28]がこう記しています。「賢者ソロモンは、森に生える木々の間隔まで厳密に定めている。またローマの執政官は、ドングリを拾うために隣人の森に何回入る権利があるかを決め、拾ったドングリのうち隣人のものになる割合も定めている」。またヒポクラテス[※29]は、人として好ましい正式の爪の切り方を書き記しています。爪の先は指の先に合わせるのが良く、短くても長くても良くない、と言うのです。

このように、物事を決まった型にはめこむ考え方は、限りなく変化に富み、歓びに満ちた人の暮らしを知りつくした、と勘

※28　ジョン・イーヴリン（一六二〇～一七〇六）。一七世紀のイギリスの園芸家。フランス、イタリアを旅し、庭園と森の本を書いた。彼の本は、古代の人々の植物への関心を伝えたもので、種子と実生の記述が詳しく、ソローを魅了した。

※29　ヒポクラテス。紀元前四六〇年ごろ、小アジアのコス島に生まれたと伝えられるギリシャの名医。医師の倫理「ヒポクラテス誓詞」で知られる。

違いした結果です。好奇心を失い、退屈しきった心情の表れです。たしかに、物事を型にはめこむ考え方は、アダムの昔からありました。けれど、あらかじめ人の可能性を推し量り、型にはめこむことが、誰にできるでしょう。人の可能性を、過去の人が成し遂げたことを基準にして推し量ろうとしても、できるはずがありません。

なぜなら、人が新しい領域に挑戦したことは、ないも同じと言っていいほど少ないからです。あなたの挑戦がひとつもうまくいかなくても、「おお、わが子よ、気に病むことはない。たとえお前が何もできなくても、咎《とが》めだてできる者はいないのだから」[※30]。

私たちは今すぐに、暮らしを新しくする何千という試みに挑戦していいのです。私は、自分のインゲンの畑を照らす光しか見ていなかったのに、太陽の光は、同時に地球のあらゆる働きを明るく照らしていました。太陽と同じように私たちも、一時

※30 ヒンズー教に伝わる聖典『ビシュヌ・プラーナ』より。

スミレ（*Viola pedata*）

にたくさんのことができるはずです。もし、私がこのことに早く気づいていたら、私はこれまでの試みのいくつかを、失敗に終わらせずにすんだことでしょう。私はそのころ、この方法に気づいていませんでした。

夜空に輝く星は、幾多の素晴らしい三角形の頂点をなしています！　無窮《むきゅう》の宇宙の隅々まで、なんとたくさんの異なる生き物が暮らしていることでしょう。私たちとそれらの生き物は、なんと互いに遠く離れていることでしょう。自然と人の暮らしは、私たちの精神や体と同じように、なんと変化に富んでいることでしょう。遠く離れながら、同じことを、同じ瞬間に考えているかもしれません！

私たちは、わずかな時間でも、互いに他の人の目を通じてものを見ることで、夢の奇跡を起こせます！　私たちは一時間のうちに、世界の歴史のあらゆる時代を生きることもできるでしょう。あらゆる時代の世界のすべてを生きることもできます。

雪面に無数のアーチをかける草

私たちに伝えられた歴史、詩、神話の数々！　それらの読み物は、私たちが互いの目を通じてものを見ることでドキドキさせられ、生き生きと知ることに比べたら、わずかしか与えてくれません。

▼私は、隣人たちが善とするものの多くを、私の魂に照らして悪としか言えません。私が何か悪を感じた時は、たいてい私は善き振る舞いをしています。私が悪と感じる振る舞いが善きものであるとは、どんな悪魔が私に取り付いているのでしょうか？[※31]

　もし私の隣人であるあなたが、世に言う善き言葉を発する人であるなら、あなたは老人で、おそらく七〇歳[※32]になっていて、ある種の正直者でいらっしゃることでしょう。ところが私の耳には、世に言う善き言葉を遠ざけよ、と叫ぶ抗しがたい魅惑の声が聞こえて、なんとしても抑えることができません。こうして、ある世代が築いた大きな業績を、続く世代が巨大な廃船の

※31　「私は、隣人たちが」〜「取り付いているのでしょうか？」までは、一八五一年一月五日の日記から。

※32　ここで言う七〇歳とは、十分に生きた人、という意味。

ように打ち捨てます。

　私は、誰もが今より格段に強く確信を持って生きるほうがいい、と考えます。もし心の底から人を助けたいなら、自分のことは心配しなくても暮らせます。仕事などの小さな問題で頭を悩まさず、心底やってみたいと夢見る大切なことに使うのです。自然は、人間の強さだけでなく、弱さも応援してくれます。ところが私の隣人の中には、いつも何事かを気にかけ、心配している人がいます。それでは、いつまでも治らない慢性の病気と同じです。私たちは仕事を前にすると、これは大変だと大げさに考え、頭をいっぱいにします。でも、仕事を始めると、考えたことの一部ですんでしまいます！　それに、病気で仕事を休んだ時のことを思い出してください。それでも地球はちゃんと回っていたではありませんか！
▼私たちは、心配しすぎのお人よしです。できれば信仰など持たないで暮らせばいいのです。いくら心配し、緊張して過ごし

オークの虫こぶと割れたところ

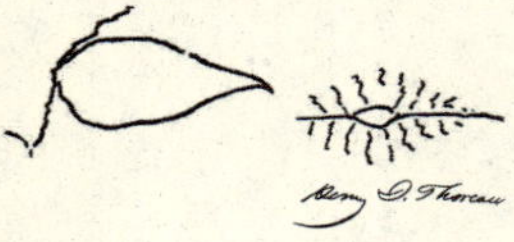

ても、目覚めている昼だけのことです。夜のお祈りの後は、結局、訳のわからぬ眠りに入っているではありませんか![33]▼私たちは、いつも誠実に生きるようにさせられています。変われるのに変わらず、自分の小さな暮らしを大切にし、それが唯一の生き方だと思い込んでいます。ところが実際は、ひとつの中心から無数の放射線を描くことができるように、人の生き方はみな違います。[34]

人が変わるとは、歓びあふれる奇跡であり、偉業です。この奇跡は、いつでも、今の瞬間にでも、起こって不思議はない奇跡です。孔子はこう言っています。「知るとは、本当に知ったということを知ることです。知らないことは知らないと、はっきり知ることです」[35]。私たちは、多くのことを知っているといっても、大部分は思い込みです。知るということは、私たちが人に聞き、書物で読んで想像で理解していた事実を、自分の経験で理解した事実にするという作業です。そうして初めて人は、

※33 「私たちは、心配しすぎ」〜「ありませんか!」までは、一八四五〜四七年の日記から。

※34 「私たちは、いつも誠実に」〜「みな違います」までは、一八四五〜四七年の日記から。

※35 『論語』より。

自分の暮らしを、自分の考えという頑丈な土台の上に築くことができるのです。

今考えた、暮らしの心配事は無視していいという理由をもう少し深く考え、実際に私たちは、解決すべき問題をどれほど抱えていて、どの程度気を配ればいいのかを検討してみましょう。物にあふれた文明社会に生きる私たちも、未開の辺境の生活を経験すれば、本当に必要な物は何かを自分で知ることができます。それに、もっと素晴らしいことに、本当に必要な物を自分で手に入れる方法も習得できます。

これはまた別の方法ですが、▼私たちは町の古い店で昔の帳簿を見せてもらえば、かつて店でよく売れた商品、つまり、必要不可欠だった物を知ることができます。明らかに時代が進んだ今も、人の暮らしの基本はほとんど変わっていません。[※36] 調べて

※36 「私たちは町の」〜「変わっていません」までは、一八四五〜四六年の日記から。

みればおそらく、現代人の骨格が祖先の骨格とはっきり区別がつかないのと同じように、暮らしに本当に必要な物も変わっていないことでしょう。

私がここで言う生活に必須な物とは、[※37] 人間が自力で手に入れられる物のうち、人間の歴史の始めからか、あるいはきわめて長期にわたって使われているうちに大きな意味を持つようになり、未開人でも、貧乏な人でも、哲学者でも、それなしでは生きられない〝物〟を指しています。多くの生き物にとって〝生活に必須な物〟といえば、ただひとつ、食物でしょう。長葉の草が生える大草原で暮らすバッファロー[※38]には、草が口にぴったりの食物になりました。草に加えて水も必要だし、季節によっては、山陰や森に安全な避難場所が必要でしょう。それも〝生活に必須な物〟になります。

このように、バッファローと同じく動物には、食物と避難場所のふたつが〝生活に必須な物〟でしょう。では、私たち人間

※37　ソローは、アダム・スミスが『国富論』（一七七六年）で示した、人間が生産する富である「生活に必須な物（必需品）」と「生活に便利な物（利便品）」のうち、前者を取り上げている。

※38　当時、バッファローは減り始めていたが、二五〇〇万頭が生息していた。大群で大移動をし、夏は北部か山岳地帯の森に囲まれた草地に、小群に分かれて過ごした。これを「安全な避難場所」と言っている。

バッファロー

の〝生活に必須な物〟といったらどうでしょう。食物と避難場所（住居）に加え、衣服と燃料という四つの項目を挙げなければなりません。人は、これら四つの〝生活に必須な物〟を手に入れて初めて、生活の次の段階の問題を考える用意ができます。そして、人として生きる自由を得て、暮らしの展望が開けます。人は住居に加えて、衣服、そして調理した食物を発明しました。燃料を燃やして手に入れる暖かさの発見は、偶然かもしれません。最初のうちは贅沢品として時々楽しまれた火は、繰り返し使っているうち、今日のように火の近くに座って暖をとることが常に必要になったのでしょう。私たちは、動物でも猫と犬が、この第二の天性を身に付けるのを見ています。とはいえ私たち人間も、適切な避難場所（住居）と衣服さえあれば、体内で作る熱だけで体温を保てます。となると、避難場所（住居）と衣服が必要を十分に満たし、燃料も豊かに得られて、体内で作る熱よりも体外で作る熱のほうが大きくなった時、いよいよ

一直線に連なるライチョウの足跡

調理が始まったのかもしれません。

ナチュラリストのダーウィン[※39]は、ビーグル号で訪れたティエラ・デル・フエゴの先住民について、興味深い記録を残しています。ダーウィンの一行は、厚着をして焚《た》き火の近くに座っていても、少しも暑さを感じませんでした。ところが、焚き火からずっと離れて立つ裸の先住民たちは、ダーウィンが非常に驚いたことに、「焚き火の輻射熱を浴びた発汗作用で汗を流した」のでした。同じようにオーストラリアの先住民は、服を着たヨーロッパ人が震える寒さでも、裸で平気です。果たして、これらの人々の心身の強靱《きょうじん》さと、文明化された人の知性とを併せ持つことはできないのでしょうか？

リービヒ[※40]によると、人の体は一種のストーブです。燃料である食物が、体内の肺で燃やされて熱を発します。なるほど、私たちは寒い季節にはよく食べ、暑い季節にはあまり食べません。人を含む動物の体が温かいのは、ほどよく内部燃焼しているた

※39 ソローはC・ダーウィンの『ビーグル号航海記』を読み、日記（一八五一年六月一一日）に、焚き火で汗を流す先住民のようすを記した。ダーウィンの進化論『種の起源』は一八五九年の刊行で、本書『ウォールデン』の刊行の後。

※40 イエストス・リービヒ（一八〇三〜七三）。ドイツの化学者。『動物化学』（一八四二）で、体温の維持が食物の酸化によることを明らかにした。ソローによる「動物の火」の論が、同時代人による最新の発見に基づいていたことがわかる。

めです。もし、内部燃焼が激しすぎると病気になり、ついには死に至ります。もし燃料である食物が足りなければ、あるいは体内に空気を送る器官に異常が起これば、動物の火は消えます。もちろん、「動物の火」と「ストーブの火」が同一とは考えられません。ただ、これらふたつの火には、多くの〝相似〟現象があると言えます。

「動物の火」と「命の火」という表現は、同じ意味と言えるでしょう。ここでは食物が一種の燃料で、私たちの体内の〝火〟になって燃えます。一方、普通に言う燃料は、体外で燃え、食物を調理し、私たちの体を外から温めます。こうしてふたつの熱を体が吸収し、保つのを助けるのが、避難場所と衣服です。

私たちの体を生かすのにどうしても必要な条件は、体の温かさを保つこと、つまり「動物の火」を燃やし続けることに集約されます。私たちが、食物、避難場所、衣服に加えて、夜着の一種でもある寝床を整えるのもそのためでしょう。寝床はまた、

ホシバナモグラ

避難場所のひとつと言えます。私たちは、モグラが住居であるトンネルの奥に落葉や草を持ち込んで寝床を作るのと同じように、避難場所（住居）の中にさらに避難場所（寝床）を作り、その材料にするために、雛《ひな》や親鳥からやわらかな羽毛を奪い取っています！

　貧しい人たちは、「なんと冷たい世界であることか」と、この世を嘆きます。人の世の冷たさとは、物理的な冷たさである以上に、社会の冷たさであることは言うまでもありません。しかし、物理的な冷たさが人の苦しみの多くを占めていることは注目していいでしょう。土地にもよりますが、夏なら私たち人間も、まるでエリシュオン※41の住人です。食物の調理のためを別にすれば、夏の暮らしに燃料はいりません。太陽が人の火であり、太陽の輻射熱で果実が絶妙に調理されます。いつもよりずっと多様な食物を手に入れることができます。夏に衣服と避難場所（住居）は必要ないと言い切りたいところですが、あまり

※41　ギリシャ神話で、有徳の暮らしによって最終的に地上にもたらされる、完璧な幸福の草原。

モグラの足跡

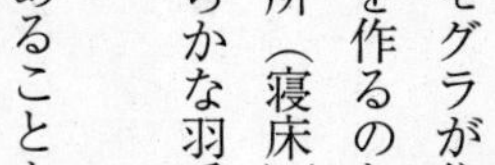

必要ない、と言うにとどめておきましょう。

今のこの国で暮らすのに必要な物は何か、の問題に戻りますが、私は自分で実験してみて、以上の四つの〝生活に必須な物〟のほかには、以下の若干の物を除いたほとんどすべての物が必要ないことを発見しました。つまり、ナイフ、斧、犂《すき》、手押し一輪車、その他いくつかの道具類、勉強したいならランプ、紙といくらかの文房具、図書館などの本が読める環境です。これらをすべて整えても、たいした費用はかかりません。

一部の人は、地球の反対側の、本人にとっては健康に良くない土地に出かけ、一〇年か二〇年ほども大金儲けに励みます。なぜかというと、いずれニューイングランドで裕福に暮らすために、つまりは死ぬまで快適に〝暖かく〟暮らすためです。この生き方は、〝生活に必須な物〟からいえば、賢明とは言えません。贅沢なお金持ちの暮らしは、快適に〝暖かく〟暮らす必要をはるかに超えて、〝暑い〟のです。不自然な暑さです。ここで私が論じた通り、お金持ちは世の流れに身をまかせ、茹《う》だるほどの暑さに浸かっています。〝贅沢品〟とか、〝安楽な暮らし〟と呼ばれるものの多くは、必要ないどころか、人の向上を妨げています。中国、インド、ペルシャ、ギリシャの古代の哲学者は、見たところは貧しく、その実、最高に豊かな人たちでした。もちろん今の私たちは、古代の哲学者をよく知りません。けれども、〝今のおかしな私たち〟でさえ、〝今ほど知っている〟とは、驚異ではないでしょうか。同じことが、古代の哲学者と同じ種族に属する現代の改革主義者や偉人にも言えます。これらすべての人のように、自ら選んだ貧困というしっかりした立場に立たなければ、人の暮らしを賢い公平な目では観察できません。

　農業、商業、文学、芸術と、分野を問わず、贅沢な暮らしからは贅沢な成果しか生まれません。今や哲学の教授はいても、哲学者はいません。現在、哲学者が尊敬されるのは、かつて哲

オークの根

学者として生きることが尊敬されたからです。哲学者とは、単に緻密な思想を組み立てる人を指すのではなく、新しい学派を創る人を指すのでもありません。知恵を愛し、知恵が示す通りに、簡素に自由に、寛容に誠実に生きる人が哲学者です。哲学者は、生きるという大きな問題を理論として明らかにするだけではなく、日々の暮らしに役立つように解きます。

ところが、今日の成功した大学者や大思想家の多くは、王に仕える廷臣のようで、王のように猛々しくもなく、男らしく堂々としてもいません。大学者や大思想家は、大勢に従って暮らしを変える人たちです。自分たちの父や、その父や、そのまた父がした通りに生きるのでは、人間の高貴な新しい種族の創始者になれるはずがありません。

人はなぜ、これほど堕落しやすいのでしょうか？ いったい贅沢の何が人を堕落させ、破滅に導くのでしょうか？ 尊い家族が絶えるのはなぜでしょうか？ そういう私たちの暮らしに、

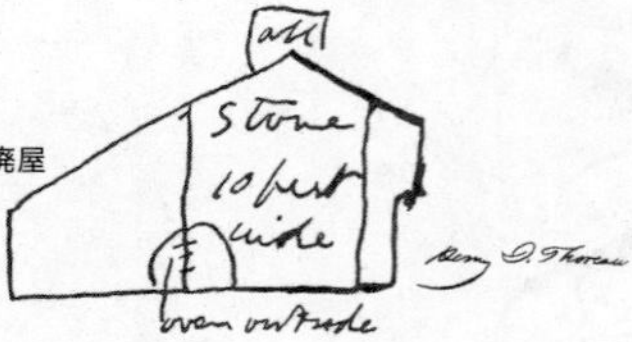

フェアヘイブンの廃屋

贅沢が入り込んでいないと言えるでしょうか。哲学者は、暮らしの外面も含めて、時代に先んじるのが当然です。哲学者なら、食物、避難場所（住居）、衣服、暖のとり方まで、同じ時代を生きる人々と同じはずがありません。では、人はどうあれば哲学者でしょうか。哲学者とは、〝命の火〟を賢く燃やす人ではないでしょうか。

ここまでに書いた方法でうまく体の熱を保てた人は、次の段階として何を望むでしょうか？　もっと温かさが欲しいと望む人はいないでしょう。温かさを保つのに、もっと美味な食物をもっとたくさん食べたいとか、もっと素敵で大きな家が欲しいとか、もっと美しい服をもっと重ねて着たいとか、もっとよく燃えるストーブをもっと焚きたいとは思わないでしょう。〝生活に必須な物〟があれば、それ以上手に入れても、余りものの山を抱えて暮らすだけで、馬鹿げています。何か別の生活をしたくなります。

地道な骨折り仕事の合間に余暇が生まれました。今や、生活の冒険にとりかかる時です。私たちを生んだ種子は、適切な土壌に幼い根を伸ばしました。次は若々しい幹を、空に向かって、同じように確信に満ちて伸ばす時です。私たちが大地にしっかり根をおろしたのは、空に向かって伸びたかったからです。果樹は、長い年月を樹木の生長に費やし、空高く明るい光の中に果実を実らせるからこそ尊ばれます。たとえ二年草でも、根を食べる野菜は、上に伸びた部分を切り取られてしまいます。そのため多くの人は、野菜が美しい花を咲かせる季節を知りません。だからこそ、花をつけ、果実を実らせる果樹は、ことさらに尊重されるのです。

私が提案する生き方は、心身とも強靱で、闘争心みなぎる人のためではありません。そのような人は、天国にいようと地獄にいようと同じで、脇目もふらずに自分の仕事に専念するでしょう。そして、大富豪をしのぐ豪華な家を建て、浪費に明け暮

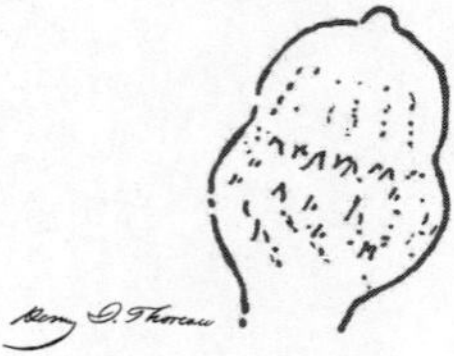

ホワイトオークのドングリ

れながらも金に困らず、どう生きるかなど考えないでしょう。もっとも、そんな人物像は私たちが想像しているだけかもしれません。

それからまた、物事の今のあり方に興味を持ち、そこから励ましと着想を得て、恋する者のような深い愛と熱心さで慈しむ人たち（私も仲間に入れてもらいたいと思います）にも、生き方を説こうとは思いません。さらにまた、状況がどうであれ満足している定職のある職業人にも、生き方を説こうとは思いません。雇用されていて満足かどうかは本人次第です。

つまり私が生き方を提案したいのは、主に、要は不満がある人、運の悪さや時代のひどさをなんとかしたいと思いながら、不平を言っているだけの人です。また、やるべきことはやっていると思っているために、何事にも批判的で、投げやりな人がいます。あるいはまた、お金を貯め込んではいても、どう使ったらよいか、どんなふうに散財したらいいかわからず、とうとう自分のために金銀の足かせを鋳造する人がいます。私はこのような人にも、生き方を提案したいのです。

とはいえ、私がここ数年をどう生きたかを述べても、私の暮らしをじかに見知っている読者にすら意外すぎて、理解してもらえないでしょう。ましてや私のことを何も知らない普通の読者なら、間違いなく理解できないはずです。そこで私は、ここ数年の間に慈しみ、温めてきた夢を、逸話で暗示して語ることにします。

私はどんな天気の日でも、昼夜を問わず、今という時間の刻みを大切に生きるように心魂を傾けてきました。棒にナイフで刻み目を付けて[※42]楽しんだことさえあります。私たちは、ふたつの永遠、すなわち過去と未来の合わせ目にある〝今〟を生きています。たえず未来のスタートラインに爪先立っています。摑《つか》

※42　デフォーの『ロビンソン漂流記』で、主人公が漂流物の柱にナイフで刻み目をつけ、日数を数えて生きた、という記述に重ねている。

みどころのない表現で申し訳ないのですが、お許しください。他の人に比べ、私のしていることには謎が多いのです。もちろん、わざと曖昧《あいまい》にしているのではなく、私のしていることの性格と深く結びついているからです。私はあなたに、知ったことのすべてを喜んで語ります。私の門には「立ち入り禁止」と書かれることは絶対にないのですから。

昔、私が飼っていた一頭のハウンド（猟犬）、一頭の鹿毛《かげ》の馬、それに一羽のナゲキバトがいなくなりました[※43]。私は今も、それらの動物たちを探しています。私が、動物たちがいなくなったいきさつと、どう呼んだら応えるかを話せた相手の多くは旅人でした。ハウンドの鳴き声や馬のいななきを聞いたという人もひとりふたりいましたし、雲のかなたに飛び去るナゲキバト[※44]を見たという人までいました。彼らは、いなくなった自分の動物を探すのと同じように、私の動物たちを心配してくれました。私は、明け方の空や日の出を見守るだけでなく、自然の全体

※43　普通、ハウンドは友情を、馬は信頼を、ハトは愛を象徴し、喪失の経験を表現していると解される。ソローは質問に答え、「誰にでもあること」と述べている。

※44　北米の小麦耕作地帯に広く分布する野生のハト。くちばしの先端から尾羽の先まで三〇センチほど。長い尾羽に白黒の模様がある。胸が紫がかった灰色。この本でハトとあるのはこの種か、今日では絶滅したリョコウバト。体型は似るが、リョコウバトは体長が四五センチほどで大きく、胸が赤い。

ナゲキバト

と出会いたいのです。夏も冬も一年中、私は隣人たちがひとりとして仕事を始めていない早朝から、この仕事に取りかかっていました！　町の暮らしをする人は、仕事から帰る私に出会っているはずです。明け方の薄明かりのころに、農民はボストンへと作物を売りに出かけ、きこりもまた森へと仕事に出るからです。[※45]もちろん、私は太陽が昇るのを手伝うわけではありません。昇る太陽に立ち会い、見守ることが、とても大切な仕事になるのです。

　それに私は、秋にしばしば、いや冬も、町の外で風の音に耳を傾け、風が運ぶ声を聞いては、速達で送りました！　私は持っていたお金のほとんどを郵便代に使ったほどです。それに、そんな時はいつも風に向かって走り、息もつけないありさまでした。こうして私が伝えた話題が、もし二大政党のものだったら、最新のニュースとしてガゼット紙の紙面を飾ったはずです。

▼また私は、崖の上や木の上の観察場所に陣取り、やってくる

※45　コンコードの農民はボストンに作物を売りに出た。燃料を薪に頼っていたことから、きこりが近隣の森で伐採にあたっていた。

生き物を自分の目でとらえて、電信で伝えました。そしてまた私は、夕方、丘の頂に出かけて、空から落ちる物を待ち受けたこともあります。たしかに私はたいした物は手にできませんでしたし、手にした物も、翌日、太陽の光にさらされると、マナ[※46]のように溶けて消えました。[※47]

私は長い間、購読者の多くない雑誌の通信員[※48]をしました。雑誌の編集者はたいてい、私の原稿を印刷に値するとは見てくれず、通信員にはよくある通り、努力は無駄に終わりました。でも、この仕事は、私にはとてもためになりました。

さらに私は、長年の間、自ら買って出た吹雪と暴風の観測者で、その仕事を誠実に果たしてきました。私は調査士（測量士）[※49]で、大きな街道筋は手に負えないにしても、森の踏み分け道や牧草地を横切る小道にはいつも気を配り、人々の足跡が印されて公共の用にされているとわかれば、落ちた枝や石は脇にどけ、崩れたり浸食した箇所には手入れをして、四季を問わず

※46　マナとは、イスラエルの民が砂漠で得たと伝えられる食物。

※47　「また私は、崖の上や木の上の」～「消えました」までは、一八四五～四七年の日記から。

※48　ソローは半ばジョークで、自分の日記と、ダイアル誌への投稿に触れている。ダイアル誌は、友人のマーガレット・フラーが編集にあたり、ソローの原稿をしばしば掲載しなかった。

※49　ソローは後半生を、測量（survey）で現金収入を得て暮らした。ここでは測量に、自然の調査活動も含めている。

気持ちよく歩けるようにしていたのです。

さらにまた私は、町の自然の財産であるシカ[※50]の世話も進んでしていました。シカは柵を越えようとして面倒を引き起こし、忠実な野生動物の牧夫である私に世話を焼かせました。つまり私は、あまり人が訪れない農場や牧場の隅に気を配っていました。もっとも私は、ヨナやソロモンが農場や牧場のどこで仕事をしているかは気になりませんし、私の仕事の範疇《はんちゅう》にも入りません）。その代わり私は、レッド・ハックルベリー、サンド・チェリー、エノキ（ハックベリー）、レッド・パイン、クロトネリコ、キツネノブドウ、キバナスミレなどに水をやっていました。これらの野生植物[※51]の一部は、もし私が世話をしなければ、乾季に枯れてしまったでしょう[※52]。

簡単に言えば、こんなふうに私は、町の公益に尽くしていました（自慢ではありません）。けれども町の人たちには、私の新しい仕事を郡役所の組織に正式に取り込む考えがないばかり

※50　コンコードに生息するシカは、北米のナラ類がまじる林と草原に広く分布するオジロジカ。尾をたてると、尾の下面の白い毛が目立つ。

オジロジカ

※51　ソローは植物名を、種のレベルで正確に同定していた。

※52　これらの植物種はすべて、コンコードでは稀少種。

クロトネリコ

か、わずかな給与ですむ閑職として形だけでも整える気すらないことが、はっきりしました。私が誠心誠意したためた自然の動向に関する報告書は聴聞にも付されず、承認される見込みはありません。当然、私の仕事に対価が支払われることはないでしょう。しかし、私が報告書で町の人に伝えようとした真意は、地位や金銭のためではないことはもちろんです。

▼割合に最近のこと、ひとりの旅回りのインディアンが、かごを手に、私の隣人である高名な弁護士の家に立ち寄りました。「かごを買いませんか？」とインディアンは言いました。弁護士はこう言いました。「いいや、かごはいらないよ」。インディアンは弁護士の家の門を出るや否や叫びました。「あの紳士は何を考えているんだ！　私に飢え死にしろっていうのか！※53」。

インディアンは、仕事熱心な白人が良い暮らしをしているのを見てきました。弁護士であれば、言葉を繋《つな》ぎ、弁舌を織りなせば、不思議な作用が働いて富と地位がついてきます。インデ

エノキ

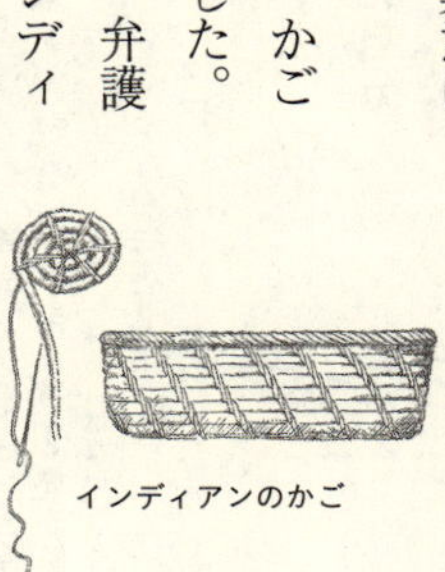
インディアンのかご

※53　「割合に最近のこと〜「飢え死にしろっていうのか！」までは、一八五〇年一〇月三一日の日記から。

イアンは自分に言いました。「よし、私も仕事だ。私はかごを上手に編む。それが私の仕事だ」。インディアンはかごをいくつか編み上げ、仕事は終わった、さあ、次は白人がかごを買うべきだ、と考えました。インディアンは、白人がかごを買うのはかごがいる時だ、とは考えませんでした。あるいは、買いたくなるように仕上げるとか、別の必要なものを作ることには、頭を巡らせませんでした。[※54]

　私もまた、インディアンと同じように、微妙な感触のかごに似たものを編みました。そして同じように、人が買いたいと思うようには作りませんでした。[※55]それでも私は、その仕事に自分で価値を見出していました。そこで私は、人が買いたくなるかごを作る代わりに、かごを売らなくても飢え死にせずに生きるための方法を考えました。町の人たちが誉めそやし、高く評価する人生はただひとつ、上手に物を売る人生です。なぜ人々は、たくさんある素晴らしい人生を無視して、ひとつの型にはまっ

※54　ソローは、「自分が望むままに作るインディアンの作品には、作り手自身にとっての意味があり、作品にある美しさが添えられる」と述べて、分業による製品との違いを見ている。

※55　※53に続く日記の記述から。ソローは、インディアンの素晴らしく簡潔な考え方にはおよばない、とメモしている。

インディアンの柵

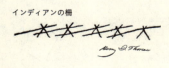

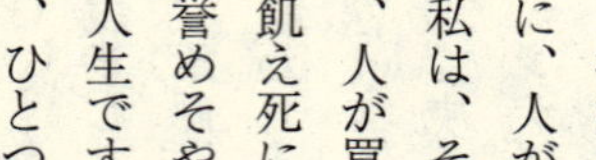

た人生を評価するのでしょうか？

隣人である町の人たちが私を郡役所の職に就ける気がないことに気づき、ひとりで生きようと決意して以来、私は、長く親しくしてきた仲間である森に、いっそう気持ちが向くようになりました。そしてほどなく、森で仕事を始めたのです。

普通、仕事を始めるには資金がいります。でも、森であれば、手持ちのお金ですぐ仕事にかかることができます。もちろん、私がウォールデン池に住む目的は、お金なしで暮らすためだったり、思いきり森に親しむためではありません。ウォールデン池こそ、一市民としての大切な仕事[※56]を滞りなく進めるのに、障壁が少ない最適の場所だと考えたからです。私はお金がなく、分別は足りず、進取の気性に欠け、実務の才能にも恵まれていません。かといって、市民として果たすべき仕事もできないと考えたら、惨めというより馬鹿げています。

もっとも私も、実務の能力を身に付けようとは努めています。

※56　ソローはウォールデンで暮らした間、家を建て、畑を作り、豆を育て、日雇い労働者として収入を得て、簡素に暮らした。余暇を観察と著述に使い、二冊の著書（『コンコード川とメリマック川の一週間』と『ウォールデン』の原稿の多くを書き、二回の講演をし、三冊目の著書『メインの森』の最初の三分の一を書いた。

実務の能力は、どんな仕事にも必要な素養です。もし、あなたが中国を相手に交易を始めたいと思うなら、セイラム港の埠頭近くに小さな事務所を構えれば、設備はそれで十分です。あなたは、氷塊、マツ材、あるいは御影石といった、わが国の純国産の産物を[※57]、自国籍の船で輸出することができます。リスクが大きいだけに、うまくいけば大儲けになる投機的な仕事です。もちろんあなたは、交易につきもののこまごました実務を、自分でこなさねばなりません。さもなければ、仕事はうまく運ばないでしょう。

つまりあなたは、臨機応変に水先案内人になり、船長になり、船主になり、そして保険業者になるのです[※58]。商品を仕入れ、売り、帳簿を付けます。受け取った手紙はすべて読み、返事はあなたが書くか、雇い人に書かせ、あなたが細かくチェックしてから送り返します。船が入港したらあなたは、昼夜を問わず商品の荷揚げに立ち会います。あなたは寸暇を惜しんで沿岸部も

※57 氷塊、マツ材、御影石は、当時のニューイングランドの輸出品。

※58 アダム・スミスが『国富論』で、分業は大都市でこそ成り立ち、村の農民は家族のために「肉屋にも、パン屋にも、酒屋にもなる」と書いたことに対する皮肉、ないし反論。

見回らなければなりません。特にニュージャージーの沿岸は、難破する船が多く、高価な船荷が打ち上げられるので、油断がなりません。

それにまたあなたは、根気よく水平線を監視し、沿岸部を航行する船を見つけたら、ただちに電信機になって交信し、情報を集めます。遠いどこかの国で商品が高騰しているとわかったら、商品を急送します。世界各地の市場の動向に気を配り、戦争の勃発や終結の情報を収集し、交易と文明の発展の方向を探ります。あなたは、あらゆる探検隊の最新の成果を取り入れ、新たに開かれた効率よい海路や航法をいち早く採用するように努めます。また、海図を研究し、暗礁や灯台、航行障害物を示す浮標の位置を確認し、対数表の誤りを見つけ、訂正します。というのは、対数表の誤りのために、安全な埠頭に向かうはずが、暗礁に乗り上げて難破する船も少なくないからです。あの探検家のラ・ペルーズ※59の恐ろしい悲劇も、その一例です。

※59　ラ・ペルーズ（一七四一～八八）。フランスの探検家。一七八八年、太平洋で行方不明になり、一八二六年にバヌアツ（ソロモン諸島の南方の群島）で船の残骸が発見された。

さらにあなたは、森羅万象を扱う科学の進歩に関心を持つことが大切です。ハンノとフェニキア人に始まり、今日に至る偉大な発見者、航海者、冒険家、大商人の生涯を研究します。最後に、実務家としてのあなたにとって肝心な仕事ですが、ほどよい日時をおいて在庫を調べ、自分の商社の状態を絶えず把握します。これこそあなたの能力が試される仕事で、利益と損失を見積もり、金利の負担を明らかにし、海上輸送の途中で生じる減損見積りをする等々、広い知識と気配りの見せどころです。

私は、ウォールデン池こそぴったりの仕事場になると考えました。鉄道が使えたり、池の氷で氷塊交易ができることが利点[※60]だというのではありません。ウォールデン池には、人に知られていない多くの利点があります。何よりウォールデン池は、優れた港ですし、地盤もしっかりしています。ネバ川の河口に広がるやっかいな湿地とは違います。あなたが建物を建てるとし

※60　ソローがウォールデン池に住む前年の一八四四年に鉄道が開通し、ウォールデン池の氷を搬出し、輸出する道が開けた。

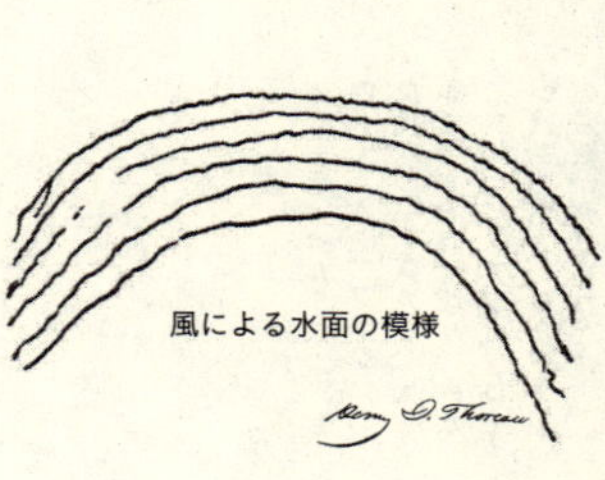
風による水面の模様

たら、基礎の杭《くい》を打ち込む必要はあるものの、それで十分です。サンクト・ペテルブルグ※61の街は、西風に押し上げられる高潮に、増水したネバ川の雪解け水がぶつかって氾濫すると、地表から洗い流されてしまうというではありませんか。

私の仕事は、特別な資金なしで始めました。あなたも、仕事始めにつきものの資材を私がどうして手に入れることができたのか、不思議に思われることでしょう。この疑問に答えるなら、まず仕事のための衣服をどうしたかということになります。でも、衣服の必要とは、何を言うのでしょうか。私たちはいつも、衣服が必要だから買うのではなく、新しい服が欲しいという単純な欲望のためや、古い服を着ていては人にどう思われるかわからないといった理由で、衣服を新調します。仕事のために衣服が必要なら、第一に私たちの「命の火」をよく保つためであ

※61　ロシア帝国の首都（一七一二〜一九一八）。ネバ川河口の低湿地に建設された。

◎『ウォールデン』の初版本では、章中に２行空きで区分が示されている。この訳本では、その位置に木の葉マーク（　）を入れた。また、初版本の第１章「経済」には、それらの区分ごとに、柱に見出しが書かれている（時に「パン」などは２行空きの区分なしで）。これらも訳出して、訳本の柱に記した。柱に書かれた章の見出しは、古書では本の内容の見出しとして使われるので、重要である。

ること、第二に私たちの社会の現状では裸ではいられないこと、の二点であることを思い起こしてください。そうすれば、衣装箪笥《だんす》に新しい衣服を加えずにすむし、浮いた費用でどれほど多くの仕事ができるかがわかります。

王や女王は、新調した衣服を一回しか着用しません。となると王や女王は、せっかく専属の仕立て屋がいるのに、体に合う衣服を着る心地よさを知らないのでしょう。それでは王や女王は、見てくれのいい衣服をかける衣紋掛《えもんか》けです。▼私たちの衣服は、毎日同じ人に着てもらうことで体に同化し、着る人の特徴を刻み込みます。ついには、衣服は着る人の分身になり、絆創膏を貼って手当をし、儀式でもしなければ、捨てようにも捨てられません。※62

私は、衣服に継ぎを当てたり繕《つくろ》ったりしている人を軽く見たりはしません。けれども、堅実な心を持つより、流行の衣服か、せめて継ぎのない衣服を身に着けていたい人が多いのです。た

※62 「私たちの衣服は」～「捨てられません」までは、一八四五～四七年の日記から。

とえ着ている衣服に綻《ほころ》びがあっても、多少うっかり者であることを暴露するだけなのにです。私は時々、知人に聞きます。あなたはズボンの膝に穴を開けたら、継ぎを当てて繕いますか、それともそのまま繕って縫い目を二本ほどもつけたまま着ますか、と。ところが、たいていの人は、継ぎを当てて着るどころか、繕った服を着たら最後、人生の計画が狂うと言わんばかりなのですから、不思議です。破れたズボンで街を歩くくらいなら、骨折した脚で歩くほうが気楽なのでしょう。人は脚を怪我《けが》すれば治します。ところがズボンを傷つけると、繕いもせず丸ごと捨てます。これでは、〝真実〟ではなく〝真実らしさ〟を愛する人と言うほかありません。

▼私たちは、たとえ友人でも本当の姿は知らず、上着やズボンならよく覚えています。あなたも服を脱いでカカシに着せ、その横にじっと立って通りかかる人を観察したとしましょう。カカシに挨拶する人がほとんどでしょう！※63

※63 「私たちは、たとえ」～「ほとんどでしょう！」までは、一八四五～四七年の日記から。

カカシ

▼じつは私も、先日トウモロコシ畑を通りかかって、杭に掛け忘れた帽子と上着で、畑の持ち主がわかりました。私は帽子と上着が、日の光で前よりいくぶん色褪《あ》せたことまでわかったくらいです。[※64]

人から聞いた話ですが、見知らぬ人が家に近づくと見さかいなく吠える番犬が、裸で入り込んできた〝こそ泥〟を難なく通してしまった、というのです。番犬も人の服を見ていたのです。では、衣服を剝《は》がされた人は、社会的な地位を保てるものなのかどうか、興味深い問題です。あなたは裸になった文明人を見て、最高に尊敬される階層の人を見分ける自信がありますか？

▼プファイファー夫人[※65]は、地球を東から西へ回る冒険旅行の途上、ロシアのアジア部分に入って故国オーストリアにだいぶ近づいたところで、さて、この土地で権威ある人々に面会するには、旅行服ではふさわしくないと感じ、こう書いています。「とうとう私は文明国に戻ってきました……となると、人は衣

※64 「じつは私も」〜「わかったくらいです」までは、一八五二年九月二三日の日記から。

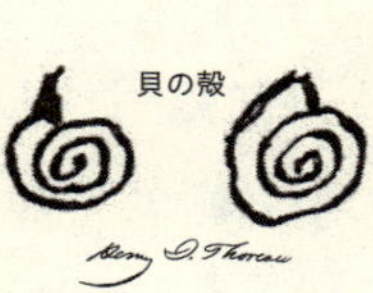

貝の殻

※65 イダ・ラウラ・プファイファー（一七九七〜一八五八）。オーストリアの旅行家。

服で評価されます」[※66]

民主的といわれるニューイングランドの町でさえ、富を手に入れた人は、衣服、装身具、馬車その他の贅沢品を誇示すれば、ほぼ完璧に尊敬を手に入れることができます。これほど単純に大多数の人が衣服に心を奪われるとは不思議なことですが、見当違いなのは明らかです。私は、人々に適切な考えを広める〝宣教師〟を派遣してはどうかと思ってしまいます。[※67]私たちは、衣服を発明したことで、途方もない手間仕事を背負《しょ》い込みました。裁縫は長い労苦に満ちた労働です。中でもドレスの仕立ては、いつ仕事の労苦から解放されるのやら、気が遠くなります。

なすべき仕事を見つけた人は、仕事に特別な衣服がいるとは夢にも思わないでしょう。屋根裏に昔から置かれっぱなしで、埃《ほこり》をかぶった古い衣服を着て仕事をしても、なんら差し支えないでしょう。古い靴も、本当にしっかりした英雄が履くなら、従者が履くよりずっと長く楽しんでもらえるでしょう（英雄が

※66 「プファイファー夫人は」～「衣服で評価されます」までは、一八五二年一月一七日の日記から。

※67 「富を手に入れた人は」～「思ってしまいます」までは、一八五二年二月六日の日記から。

従者を持っていたとしての話です）。[68]古いということなら、靴より裸足《はだし》のほうが古いし、人は裸足でも仕事はできます。夕食会をはじめ、夜の会合や政府の機関に出かける人に限って、新しい衣服を着たがります。その種の人は、衣服をよく替えるだけあって、衣服の中身の自分もよく変えます。

▼教会で神に感謝を捧げるのにふさわしくない衣服などないのと同じように、衣服は仕事にあまり関係しません。[69]私たちは、衣服が古くなったと簡単に言いすぎです。▼果たして、衣服がぼろぼろにほぐれるまで着用した人がいるでしょうか。貧しい少年に与えても、その少年がもっと貧しい少年（本当は、わずかなもので暮らせる豊かな少年と言うべきですが）に与えたくなるほど古くて、捨てざるを得ないような古着を見た人がいるでしょうか。[70]そんな衣服でも、仕事はできます。仕事に必要な新しい考えを持つ人に関心を向けず、仕事のための衣服に気を遣う事業は信用できません。新しい仕事のための新しい衣服は、

※68　ソローが生きた時代には、多くの人が使用人（従者）を抱えていた。ここでは、従者を持つことに対する皮肉、ないし批判。

※69　「教会で神に」～「関係しません」までは、一八四一年四月五日の日記から。

※70　「果たして」～「見た人がいるでしょうか」までは、一八四五年の日時不明の日記から。

新しい人のために作るのですから、新しい人がいなければ、作れません。仕事は古い衣服で始めましょう。私たちは、衣服のために仕事をするのではなく、何かをしたいから、何かになりたいから仕事をするのです。あなたは衣服が古くてぼろでも、まずは仕事が順調に進むように努め、服のことは考えないほうがよいでしょう。

新しい事業を開拓し、順風満帆《まんぱん》に仕事が進めば、自分の中に新しい人間が生まれるのがわかります。このように、古い酒瓶に新しいワインが盛られたとわかって初めて、新しい服を考えても遅くはありません。野の鳥にとって羽の生え変わりの時期は、暮らしの危機です。人にとっても衣替えは、人生の危機でしょう。アビは羽の生え変わりの季節になると、森の奥の池に隠れ棲《す》みます。ヘビや昆虫の幼虫は、古い外皮を、大きくなった体の内側からの圧力で破ります。私たち生き物にとって衣服は、体を包む袋であり、体に合わなくなれば脱ぎ捨てる、〝浮

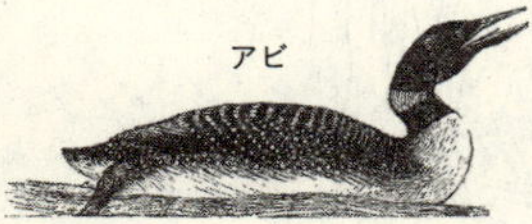
アビ

世の煩わしきもの〟です。私たちは、いつの間にか偽りの旗をかかげて航行する船になったことに気づき、これでは人々を戸惑わせてしまうし、自分の気持ちにもそぐわないと気づきます。こうして初めて、新しい衣服に着替えるのです。

生長する樹木が、古い樹皮を付けたまま、次々に新しい樹皮の層を重ねるのと同じように、私たちもしばしば衣服を重ね着します。こうしていちばん上に羽織る、薄い、意匠を凝らした衣服は、言わば人の外皮で、偽の皮膚です。偽の皮膚には命を支える働きはなく、いつでもどこでも気軽に脱ぎ捨てることができます。いつも身に着けている厚手の上着は、もっと親しい、いわば細胞性の表皮でしょう。そして下着のシャツは、欠かせない結合組織性の真皮《しんぴ》※71であって、無理に剝げば体に不調をきたします。

私の見るところ、世界のどんな民族も、少なくとも一年の決まった季節に、シャツにあたる衣服を身に着けます。私たちは、

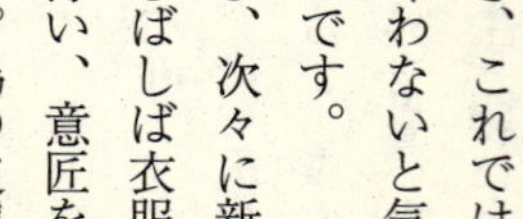
クリの古木の樹皮

※71　ここでソローは、皮膚の組織学的な区分の用語を使い、衣服の性格を、皮膚と相同関係にあるものとして解析している。

たとえ暗闇でも、自分の体にいつでも着けられる簡素な衣服を身に着け、自在に動けるよう心がけ、他の暮らしのすべても、簡素に、整然と整えておくほうがいいでしょう。たとえ敵軍に町を占領されても、かの古代の哲学者※72のように、何も持たず、後顧の憂いなく町の門を出ていけます。厚手の上着は普通、薄手のそれの三着分もの働きをし、贅沢を望まない限り、たいていの人は適切なものを手に入れることができます。五年は使える上着が五ドルといったところでしょう。厚手のズボンは二ドル、牛革のブーツは一・五ドル、夏用の帽子は二五セント、冬用の帽子は六二・五セントほどです。帽子は、良いものを費用をかけずに自分で作れます。これらの衣服を〝自分の稼ぎで〟身に着けていれば、それ相応の敬意を払ってくれる賢人に出会えない不幸な人がいるとは思えません。

▼私が上着を注文してテイラーの女性に好みの型を話すと、当惑したようにこう言います。「みなさん、最近ではそのような

※72 ソローの日記によれば、紀元前六世紀ごろのギリシャの哲学者、「人は大方、悪党なり」で知られるピアスを指す。

型の服はお作りになりません」。テイラーは、「みなさん」をわざと強調せず、運命のように決まったことだとさらりと言うのです。私は欲しい服を手に入れるのも難事だと悟ります[73]が、理由は単純です。テイラーには、自分だけの好みにこだわる人がいるとは信じられないからです。テイラーのご神託を耳にした私は、思案に暮れ、テイラーの一言一言の意味を推し量り、「みなさん」とは誰なのかと考え、私の知らないところで決まったことなのに、なぜ好みに口を挟むのか訝《いぶか》しく思います。そこで私も、ご神託めかして、こう言ってしまいます。「なるほど。たしかにみなさん（やはりさりげなく言います）も、最近まではそうでした。でも今はみなさん、私のようにしてますよ」。言葉を交わし合っていながら、テイラーが私の好みを受け入れず、ただ肩幅を測るとしたら、測る意味があるでしょうか。それでは衣装掛けに掛ける衣服を仕立てるのと変わりません。

　多くの人は、美の三女神カリテス[74]でも運命の三女神パルカ[75]で

※73　「私が上着を注文して」（六五ページ）～「難事だと悟ります」までは、一八五〇年二月六日の日記から。

※74　美の女神とされるアグライア（輝き）、エウフロシュネ（喜び）、タレイア（花の盛り）の三姉妹。

※75　運命の女神とされるクロート（命の糸を紡ぎ）、ラケシス（命の糸を織り）、アトロポス（命の糸を切る）の三姉妹。

もなく、ファッションの女神を信じます。パリのサルたちの組頭が旅行家の帽子を頭に乗せると、アメリカのすべてのサルたちが真似して大喜びします。私はこの世界で人の助けを借りると、率直にも、簡素にも事が運ばなくてがっかりします。[※76]アメリカのサルたちは、みな一度は、強力な圧搾機にかけて古い考えを搾り取り、ちっとやそっとでは立ち上がれないくらい、痛めつけたほうがいいでしょう。ところが、いつの間にか厄介な卵が頭に産みつけられ、ウジが孵化《ふか》したりして――業火すらこの厄介者を退治できません――あなたの苦労も水の泡です。しかし、私たちは貴重なエジプトの麦の種子が、ミイラの手によって今日に伝えられている事実[※77]を忘れるわけにはいきません。

服飾の水準は、例外はあるにしても、今でもわが国では（他国でも）芸術の高みには達していません。今、私たちは、たまたま手に入った服を着るよりほかに方法がないのが現実です。難破した船乗りが命からがら浜にあがり、見つけた衣服をとも

※76　ソローは日記に記した「この世界（衣服）で人の助けを借りると……事が運ばなくてがっかりします」に続けて、「雌ウシを、草を食べさせるためではなく、鋤（くわ）で畑を耕すために畑に出すのなら、口輪をつけたらいい」（カトーの言葉）を記している。

※77　一八四一年一一月一二日のコンコード・フリーマン紙が、この事実を報じている。

かく身に着けるのと同じで、私たちは与えられた服を着るだけです。そのためでしょう、時代や場所が変わると、服装が奇怪に思えて笑ってしまいます。どの世代も一世代古い流行を笑い、宗教を追い求めるように新しい流行を追います。人々は、ヘンリー八世やエリザベス女王の衣服を、人食い人種の住む島の王か女王の衣服と同じように興味津々に見て、奇怪さを楽しみます。本来、衣服は、持ち主から離れてしまえば、すべて惨めで、異様です。衣服の尊厳を保ち、笑いを控えさせるのは、その衣服を着ている人の誠実な生き様と、衣服から覗《のぞ》くその人の真剣な視線です。▼イタリアのピエロ、ハーレクインが極彩色のけばけばしい衣装に身を包めば、病身で苦しくても、楽しく幸せな、おだやかさを演じます。しかし、砲弾に倒れて死にゆく兵士には、一兵卒のぼろ服も将軍の紫の軍服も、変わりがないでしょう。※78

若い男女が万華鏡を振っては、新しい世代が求める子どもっ

※78 「イタリアのピエロ」～「変わりがないでしょう」までは、一八四一年二月五日の日記から。鳥獣の鳴き声に対する人間の声の特徴を論じたあと、衣服に言及してグロテスクと言い、ピエロにふれた。

ぽくどぎつい好みにぴったりの型が現れないものかと、一心に覗き見します。人は万華鏡をどれほど振ってきたことでしょう。

▼そこで企業家は、人々の好みが気まぐれに移り変わるものであることを学びました。何本かの帯の色が違っているだけで、ほとんど同じようなふたつの衣服のうち、一方が大人気でどんどん売れ、もう一方は店《たな》ざらしです。ところが次のシーズンには、売れなかったほうが売れたりします。[※79] 衣服の流行の異様さに比べれば、同じファッションでも、忌まわしい慣習とされる入れ墨は、おとなしいものです。入れ墨は、文様の型を皮膚深くに染みこんで変えようがないだけで、どこが野蛮なのでしょう。

企業家が作る現代の工場[※80]は、良き仕事をする場所ではありません。大規模化する私たちの国の工場の従業員の労働条件は、急速にイギリスに近づいています。私が自分の目で確かめ、[※81]また人から学んだ限りでは、工場は、私たちが十分に、立派に衣服を着られるようにするためではなく、ひたすら企業が豊かに

※79　「そこで企業家は」～「売れたりします」までは、一八五二年二月六日の日記から。この文章は「きこりが早起きなら、学者が寝坊でいいのか?」という一文に続けて記されている。

※80　アメリカは、急速にヨーロッパの生産技術を取り入れつつあった。ニューイングランドには、水車動力の大規模紡績工場（一八五〇年）が八九六もあった。

※81　一八五一年一月にソローが訪れた紡績工場は、ナシュワ川の水車（三〇〇～四〇〇馬力）と蒸気機関（二〇〇馬力）で五七八台の織機を動かした。ソローは「生産技術の変化が日常生活に現に及ぼす影響が好きではない」と日記に書いている。

なるためにあります。長い目で見ると、人は目標にしたものしか手に入れることができませんでした。私たちは、すぐうまくいきそうには見えなくても、目標は高く掲げるべきです。

避難場所である家は、人の〝生活に必須な物〟と私は考えました。もっとも、私たちが暮らすニューイングランドより寒冷な土地で、長期にわたって家も持たずに暮らす人がいる、という例外があります。サミュエル・レイング[※82]はこう書いています。「ラップランド人は、毛皮の衣服を身に着け、毛皮の袋を頭からかぶって肩まで被《おお》い、雪の上で毎夜、寝て過ごす。その地の寒さは厳しく、毛織物の衣服では、何を着ても命を守れない」。レイングは、自分の目で実際にラップランド人が雪の上で寝るのを見て、書きました。レイングは、こう付け加えています。「ラップランド人は、他の民族に比べ、特に強靱というわけではな

※82　サミュエル・レイング（一七八〇～一八六八）。スコットランドの作家。スウェーデン、ノルウェーに関する旅行記で知られる。

い」。とはいえ、人はおそらく、家のおかげで手に入れた便宜、つまり〝家の心地よさ〟を発見しなかったなら、この地球で長く生き続けることはできなかったでしょう。つまり〝家の心地よさ〟は、初めは家族によるものというよりは、家がもたらす満足だったでしょう。もっとも私の想像では、一年の三分の二が頭の上を被う日よけで十分な気候では、家はもっぱら冬の寒さや雨をしのぐのに使われ、〝家の心地よさ〟もごく限られていたために、ごく仮そめのものだったでしょう。

ニューイングランドの気候でも、かつて住居は、夏は夜に上方を被う屋根だけでした。インディアンの新聞と言ってもいいカバノキの樹皮には、ひとつのウィグワム[※83]の印が、一日の旅を表す記号として記されます。刻まれたり、絵の具で描かれたウィグワムの印の連なりは、旅が何日続いたかを表します。特にがっちりした四肢を持つわけではない人間は、体軀《たいく》も頑丈でなく、取り巻く世界を小さく囲う必要を感じ、壁で自分たちに合

※83　木の枠組みに樹皮などを結わえて造る、先住民の住居。

う広さに仕切ったのでしょう。もちろん、初めは裸で、太陽にさらされていました。のどかで暖かな日は心地よかったでしょう。けれど、炎天下ではそうはいかず、厳しい冬や雨季もあって、住居という避難場所に隠れなければ、人は芽のうちに摘み取られてしまったかもしれません。寓話によると、アダムとイブは、衣服を身に着ける以前に、小枝に付いた葉をまとっていました。人は暖かくて居心地の良い場所としての住居を、まずは体を温めるため、やがては家族の愛情を温めるために必要としたのです。

私たちは、人間という種の幼年期に思いをはせ、閃《ひらめ》きの才能に富む人々が避難場所を求めて岩の洞穴で暮らす姿を想像します。世界を初めから経験しようとする現代の子どもは、たとえ雨が降っても、寒くても、アウトドアが好きです。そして一種の本能として、ままごとやお馬ごっこ[※84]をして楽しみます。小さかったころ、ふと目にした岩棚に強烈に心惹《ひ》かれ、洞穴を探検

※84　手をついて、四つん這いで走り回る馬のまねをする遊び。日本のお馬ごっこでは、馬になる人と乗り手になる人に分かれるが、ここでは馬をまねる。

した経験を持たない大人はいないでしょう。それは、最古の祖先が感じた避難場所に対する自然な憧れが、今なお私たちに残っている証拠です。

人は、洞穴からヤシの葉の屋根へと進み、さらに木の枝と樹皮の屋根、縫って張った亜麻布の屋根、かやぶきの屋根、平板とこけら板の屋根、そして石と瓦ぶきの屋根へと進んだのです。今や私たちは、自由な天地を忘れ、〝家の心地よさ〟に寄りかかる暮らしに浸っています。自由な天地は、心地よい暖炉を前にして、はるか彼方に遠ざかりました。もし私たちが、自由な天地と私たちを隔てる障壁を取り除いて、昼も夜もアウトドアで時間を過ごせたら、素晴らしい何かが必ず生まれるでしょう。詩人は屋根の下でばかり語らず、聖者も自由な天地で暮らすのです。歌鳥は洞穴では歌わず、ハトもハト小屋では天真爛漫《らんまん》でいられないのです。

あなたが自分で住居を建てるとなったら、ヤンキーらしい、

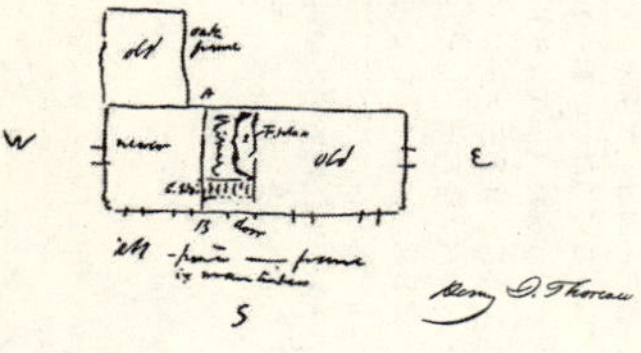

古い家の間取り

抜け目のない鋭さを発揮してほしいものです。少しでも気を抜くと、立派な家を建てたつもりが、工場、迷宮、博物館、救貧院、監獄、あるいは霊廟《れいびょう》で暮らすはめに陥ります。私はこの町で、ペノブスコット・インディアン※85が薄い木綿のテントを張って、一フィート近い雪に囲まれて暮らすのを見ました。もっと雪が深ければ、ペノブスコット・インディアンは、風を防げると言ってかえって喜ぶのではないかと、私は思いました。

▼かつて私が、正直に働いてお金を手に入れながら、本来の仕事をする自由も手に入れるにはどうすべきか悩んでいたころ(残念なことに今はそのころほど徹底して考えられません)、鉄道の線路脇に長さ六フィート、幅三フィートの木製の箱が置かれているのを目にしました。それは、線路工夫が用具を夜の間しまっておく箱でしたが、われら生活に困窮する者はみな、この箱を一ドルで手に入れ、らせん刃のドリルで換気孔をあけ、雨の日や夜には潜り込んで蓋《ふた》をしめて寝てしまえばいい、と思

※85　アルゴンキン語族に属する一部族で、主にメイン州に住んだ。このインディアンは、一八五〇年の秋にコンコードにやってきて、コンコード川の近くにテント(ティピー)を張ってしばらく暮らした。ソローはテントを訪れ、カヌー、料理、罠などについて学び、記録している。

いました。愛する自由が手に入り、魂を解放できます。これは最悪の話ではないし、卑しむべき選択でもありません。そこならあなたも、気のすむだけ遅くまで起きていてもいいし、目が覚めても、しつこい地主や、領主のように威張った家主に家賃をふんだくられる恐れもなく、自由に散歩に出られます。しかも、この箱さえあれば、凍え死ぬ恐れもありません。ところが多くの人は、はるかに大きく贅沢な箱を借りて、借り賃を払うのに死ぬほど苦しみます。[※86]私はもちろん、この話を冗談ではなく言っています。▼経済は軽く見られがちですが、避けて通れぬ大問題です。[※87]

多くの時間をアウトドアで過ごす、大胆な種族の居心地のよい住居は、かつて、ほぼ完全に自然が育む素材だけを使って、この土地にも建てられていました。マサチューセッツ植民地の支配のもとにあったインディアンの監督官グーキン[※88]は、一六七四年にこう記録しています。

※86 「かって私が、正直に」～「死ぬほど苦しみます」までは、一八五二年一月二八日の日記から。この日の日記で、人生は、旅のように活発で進歩的であるべき、と論じたあと、箱を家にする着想を記した。

※87 「経済は軽く……大問題です」は、一八五二年一月二八日の日記から。

※88 ダニエル・グーキン(一六一二～八七)。監督官として訪れたインディアンの村の状況についての詳細な報告で知られる。

「インディアンの最良のウィグワムは、ていねいにしっかりと、暖かく樹皮で被ってありました。樹皮は、樹液が木に上がっている季節に剝がして大きな剝片《はくへん》にし、生のうちに丸太を重石にして平らに伸ばしたものです。粗末なウィグワムは、樹皮の代わりにフトイのござで被われていました。前者ほど良質ではなくても、同じようにしっかりして暖かでした――私は長さが六〇フィートから一〇〇フィート、幅が三〇フィートあるウィグワムを見ています――私はウィグワムによく泊めてもらいました。おかげで私は、ウィグワムが、イギリスの最良の住居と同じように暖かであることを知りました」

グーキンはまた、ウィグワムには美しい模様を描いたござが敷かれ、同じように美しいござで内張りされ、多数の調度品が備えられていたと記しています。インディアンの建築術は、ウィグワムの天井に換気孔をもうけ、そこに当てた小さなござを下から紐《ひも》で操作して通気を調節できるほどの段階に達していました。ウィグワムは一日か二日で建ち、畳んで撤去し、ふたたび建てるにも数時間あれば十分です。そしてインディアンの家族がそれぞれひとつのウィグワムを持つか、あるいは大きなウィグワムを仕切って十分な広さの部屋を持っていました。

人は未開の段階では、素朴で簡素で、必要に十分に見合った豊かな避難場所としての住居を持っていたのです。▼このように私は、確実に自分で知った事実に基づき、空の鳥には雛を育てる枝上の巣があり、地のキツネには地中の巣穴があり、未開の人には心地よいウィグワムがあるのに、現代の文明化した社会では、全体の半ばを超える家族が住居を持てない、という現実を指摘できます。[※89] しかも、文明化が隅々まで行き渡っている大きな町や都市では、家を持つ家族は少なく、ほんのひと握りです。残りの家族は、今や夏と冬には欠かせない、いちばん外側に身に着ける〝衣服〟を借りるために、年ごとに税金のように家賃を取られ、その額といったら、インディアンの村の全ウィ

※89 「このように私は……現実を指摘できます」は、一八四五年の日記から。

グワムを買えるほどです。おかげで住居の借り手は、生きている限り貧乏です。

私は、住居を所有するほうがよくて、借りるのは損だと言いたいわけではありません。けれども、未開の人が家を持てるのは代価がわずかだからなのに、文明化された人が家を借りるのは、たいていは買えないからです。ただし、家を買うことができても、長い目でみれば、借用するのに比べていいことはないでしょう。

あるいは、人によってはこう考えるでしょう。文明化された人は、たとえ貧乏でも、家賃を払いさえすれば、未開の人の住居に比べて宮殿のような住居を確保できる、と。なるほど、この地方では、年に二五ドルから一〇〇ドルが家賃の相場で、誰もが十分な広さの部屋の数々、美しいペンキと壁紙、煙の吸込みのよいラムフォード式の暖炉[※90]、裏塗りの漆喰《しっくい》壁、ヴェネチア式のブラインド、その他の設備の整った住居、つまりは何世

※90　ベンジャミン・ラムフォード（一七五三〜一八一四）が発明した、煙が逆流しにくい構造の暖炉。

紀もの改良の成果をすべて備えた住居生活を楽しめます。ところが、こうして贅沢な住居生活を楽しむ文明化された人が、ほとんど決まって惨めに暮らしていて、宮殿のような住居を持たない未開の人が豊かに暮らしているのは、なぜでしょうか？文明化とは、人の暮らしの条件の進歩というのなら（私も同じ意見ですが、その良さを活用するには賢さが必要と思います）、文明は代価を大きくせずに（安く）良い住居を供給できなければなりません。そして、私は物の代価とは、その物を手に入れる時に、一度か分割してかを問わず、交換に提供する人の暮らしの量と言いたいのです。※91

　この町で平均的な住居を手に入れる代価は八〇〇ドルほどですが、このお金を働いて蓄えるには、家族を養っていない人でも、一〇年から一五年の暮らしの量をつぎ込まなければなりません。つまり、人が一日働いて手に入るお金は一ドル程度ですから（もちろん、これより多い人も少ない人もいます）、文明

※91　この文章は、アダム・スミスが『国富論』で、労働とは労苦の代価という考えを示した有名な一節「物の代価とは、その物を手に入れる時に、交換に提供する人の労苦と骨折りの（労働の）量」の言い換え。スミスが国家の富に関心を寄せたのに対し、ソローは個人の豊かさに関心があり、暮らしが破壊されてはならないと考えたため。

化された人が現代のウィグワムを手に入れるには、生涯の暮らしの半分も費やさねばなりません。もし、代わりに住居を借りるにしても、すでに書いた通り、ましな選択かどうか疑わしいのです。となると、未開の人が文明化することで、自分で造ったウィグワムを文明化した宮殿に、この代価で交換したことが賢明な選択であると、現代の私たちは言えるのでしょうか。

こう書くと、要するに私は、働いてお金を蓄え、将来の資金にしようとしても、結局は葬式の費用になるだけだと言いたいのだろう、と思う人がいるかもしれません。でも、人は葬式の費用まで考える必要はありません。▼ここにも文明化された人と未開の人とを隔てる厚い壁があります。文明化は、人が完璧に生きるために便利だから、と称して〝制度〟をもうけ、暮らしを支える働きの多くを〝制度〟に移しました（葬式の費用まで考えるのはそのためです）。そこで私は、文明化がどれほど不利益をもたらしたかをはっきりさせ、不利益をこうむらずに利益を享受して暮らす方法をお伝えしたいのです。私たちは昔から「あなたはいつも貧しき者と共にあり」[※92]とか、「父が酸っぱいブドウを食べると、子どもも歯が浮くように感じる」[※93]と言われてきました。本当でしょうか？

聖書がすでにこう答えています。

「王エホバはこう約束している。私が存在する限り、あなた方はイスラエルの地では、これらの言葉を二度と使う必要がない」「どんな人の霊魂も私のものである。つまり人の父の霊魂と息子の霊魂とは、それぞれ別個に私のものである。父が罪を犯したからといって、息子が問われることはない。罪を犯した霊魂だけが死すべきである」[※94][※95]

では、私の隣人たちの暮らしも、その通りになっているでしょうか。コンコードの農民は、他の階層の人たちと同じくらいには上手に暮らしてきました。でも、暮らしの内実はというと、私は農民のほとんどが、農場の本当の持ち主になろうと、二〇

※92　新訳聖書「マタイ伝」より。

※93　旧約聖書「エゼキエル書」より。

※94　旧約聖書「エゼキエル書」より。

※95　「ここにも文明化された人と」～「死すべきである」までは、一八五二年二月一四日の日記から。この文章を書いた後、午後三時から昨夜つもった若干の新雪のなか、ソローは散歩に出て、ウォールデン池へ。マツの腐った幹のミツバチの巣、雪の上にでたウィンターグリーンの実などの観察記録の後、この年の冬の進行過程をまとめている。そして、友人の家に立ち寄ろうか、とふとわき上がる気持ちが、人間社会を求めているようで嫌いだ、と書いた。

年、三〇年、四〇年と、汗水流して働いていることを発見しました。コンコードの農民の農場は、たいていは農場に付いた債務ごと相続したか、借金して購入したものだからです――それに、農民は得たお金の三分の一は、住居の代価にとっておかなければなりません――でも、普通、農民は、住居の代価を蓄える余裕はないのです。そのうえ、農場に付いた債務の額が、しばしば農場の実際の価格を上回っていて、農場を持つこと自体が、ひどい労苦のもとになっています。にもかかわらず、農場を相続したい人はいくらでもいて、借金は承知で相続していると農民は言います。

私は、固定資産の鑑定士に聞いて驚きました。なんと鑑定士は、コンコードの町で農場の借金を払い終えた農民の名を、ひとりふたりしか挙げられませんでした。もし、あなたも、地域の自営農場の実情を知りたければ、抵当権を設定している銀行で調べてご覧になったらいかがでしょう。自分の農場で働いて借金を完済した人は驚くほど少なく、近所の誰もが指さして教えてくれます。私にはコンコード全体で三人までいるかどうか、定かではありません。

一〇〇人の商人のうち九七人は事業に失敗するといわれますが、このことは農民にも正確に当てはまるのです。ただし、商人の失敗のほとんどは、ある商人が正直に「商人は都合が悪くなると契約を破って平気だから」と述べた通りです。商人の世界では、道徳まで破産して、限りなく深刻です。成功した三人も、自らの魂を救うことに失敗したからこその成功で、真っ正直に失敗した人より悪い破産者かもしれません。このように破産と債務履行の拒否は、私たちの文明がとんぼ返りを打つ弾み板です。それに比べ未開の人は、飢餓という、たいして弾まない板に乗るだけです。ところが、ミドルセックス畜牛品評会[※96]は、農業の仕組みのすべてが順調に動いていると言わんばかりに、毎年盛大に開催されます。

※96 年一回、九月に開かれる農業祭。ソローは毎年参加し、講演もした。

農民は暮らしの問題を、持って回ったややこしい方法で解こうとします。わずかな額の資金が欲しいだけなのに、牛の相場に投機します。そこで、こんな具合になります。いつも農民は、心地よい自立した暮らしを手に入れたいと、馬の尾の毛を編んで作ったくくり罠を、熟練の技で髪の毛が触れてもはじけるほどていねいに仕掛けます。そして、さあこれで万事よしと引き揚げようとした途端、自分の足をくくり罠に絡めとられます。

▼これが、農民がみな貧しい理由です。でも、じつは似た理由で、私たち現代人は贅沢品に囲まれて、いくらでも手に入る自然の心地よさとも無縁の、ひどく貧しい暮らしを送っています。[※97] チャップマン[※98]がこう歌っています。

いつわりの人の世よ……
俗界の尊大さばかりがはびこり
聖なる自然の楽しみは空へと霧散しているではないか

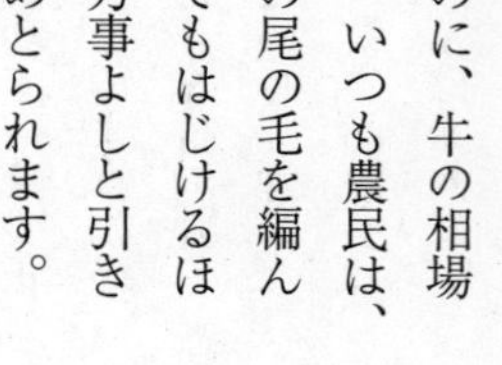

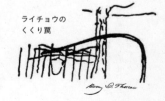

ライチョウのくくり罠

※97 「これが、農民がみな」〜「暮らしを送っています」までは、一八四五年の日記から。アダム・スミスが『国富論』で、文明化した社会では、分業により最下層にまで富がゆきわたる、としたことへの反論。

※98 ジョージ・チャップマン（一五五九〜一六三四）。イギリスの詩人。

ようやく家を手に入れると、農民は豊かどころか、お金の面でも、精神の面でも、貧しくなっています。農民が家を手に入れたのではなく、家が農民を手に入れたからです。私は、知恵の女神ミネルヴァ[※99]が家を建てたのを見て、快楽の神モーモス[※一〇〇]が「家は移動できる造りに限る。これでは、いやな隣人から逃げられない」と、じつに適切な批評をしたと聞いています。モーモスの考えは、今も大いに主張されていいはずです。

現代の家も、大きすぎる厄介な所有物です。人は、避難場所である住居に守ってもらうどころか、監獄に幽閉されています。そのうえ、ぜひとも避けたい隣人が、じつは、浅ましい自我なのです。コンコードの町で私は、一、二の家族から、町外れの家を売って早く町中へ移りたいと、一世代間[※一〇一]の長きにわたって言い続けるのを聞いてきました。でも、今も同じ家に住んでいます。死んでやっと、家から自由になれるのでしょう。

※99　ローマの知恵の女神。農業、航海術、機織り、裁縫を司った。

※100　ギリシャの神。あら探しと嘲笑と批判の咎で、天界から追放された。

※101　生まれた子どもが成長して子を産むまでの三〇年間を言う。

ここで、大多数の人が、住居を手に入れるか借りるかして、あらゆる改良を経た現代的な住居に住めたとしましょう。ついに文明化は、住居の改良に貢献したと言えるでしょう。でも、文明化は、改良された住居に住む人の改良も同じように進めることができたでしょうか。文明化は、宮殿のような住居を造りました。でも、それにふさわしい大勢の貴族や王を造り出すのは、簡単ではないでしょう。文明化した人の人生の目的が、未開の人のそれと比べ、格段の価値があるとはいえず、実際、暮らしのほとんどを、ただ暮らしに必要な物と心地よさを追い求めるために費やすとしたら、なぜ、文明化した人は未開の人より良い住居に住む必要があるのでしょうか？

そしてその前に、住居を手に入れることができない貧しい〝少数の〟人の暮らしはどうなるのでしょうか？　おそらく、こうでしょう。一部の人が未開の人より良い条件で暮らすなら、支える残りの人は、未開の人より悪い条件で暮らさなければ収支が合いません。一部の階級の贅沢な暮らしは、別の階級の貧困で支えられます。一方に宮殿に暮らす階級があれば、もう一方に、掘っ立て小屋で暮らす〝もの言わぬ貧民〟※102がいます。ファラオの墓であるピラミッドを造った多数の人々が、ニンニクを食べて生き長らえました。墓造りに働く貧しい人に、墓はなかったでしょう。宮殿のコーニスを造る石工は、夜、ウィグワムほど居心地のよい小屋には戻れませんでした。

文明化の徴候が広く見られる国なら、大多数の人の暮らしは未開の人のように堕落していないと考えるのは、誤りです。もちろん、ここで私が言うのは、金持ちの堕落ではなく、貧しい人の堕落です。現代の文明化の先端にある鉄道に沿って建ち並ぶ無数の掘っ立て小屋こそ※103、この問題のありかを明らかにしています。私は毎日の散歩で、豚小屋そのものの小屋に人が暮らすのを見ていますが、冬には明かりを取り入れるために戸が開け放たれるのに、暖房用の薪は見当たらず、薪などこの世に存

※102　この言葉は普通、自分の貧困の原因を個人の問題と考えてしまう人を指すが、ここでは、救貧院に入れられるのを嫌い、密やかに暮らす貧しい人を指す。

鉄道とフェアヘイブンの間の土地の売り方

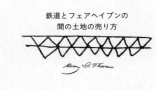

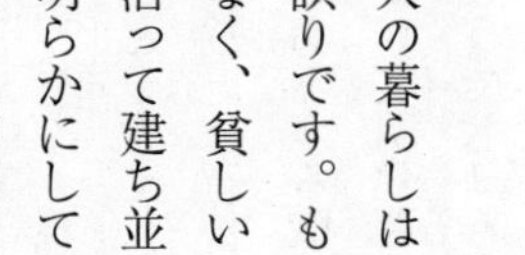

※103　鉄道建設に従事した、アイルランド人労働者の小屋を指す。

在していないかのようです。老いも若きも、長く続くひどい寒さと苦難のために体を縮めているのが習慣になって、委縮してしまったかのようです。四肢の発達が悪く、能力の発達が阻害されたように見えます。この階層の労働によってようやく、現代を現代たらしめた多くの仕事が成し遂げられたことを考えれば、この階層に報いてこそ、真の公正が保たれます。

同じ状況が、世界の大工場といわれるイギリスのあらゆる職種の労働者にも見られます。▼また、世界地図の上で、文明化された国として白く塗られるアイルランドの状況はどうでしょう。[※104]▼アイルランド人の健康状態を、北アメリカのインディアンや南太平洋の島の人々、その他文明化した人と接触して堕落させられる前の未開の人と比べれば、すべてが明らかです。[※105]私はこの国の指導者の賢さが、他の文明化した国の指導者の平均的な水準にあることを疑いません。私が問題にしたいのは、惨めな暮らしが文明化に付き物であることを、すべてが証明していると

※104 「また、世界地図の上で……状況はどうでしょう」は、一八五二年一月一一日の日記から。

※105 「アイルランド人の健康状態……すべてが明らかです」は、一八五二年一月一二日の日記から。

いう一点です。アメリカ合衆国の南部諸州の労働者の状況については、示すまでもありません。南部諸州の労働者の生産物がこの国の安定した輸出品目であるうえ、なんと労働者そのものが南部諸州の安定した生産物[※106]です。しかし、ここで私は、話題を主に、〝ほどほど〟にあるといわれる人々の状況に集中したいと思います。

▼ほとんどの人はおそらく、住居とは何かなどと一度も考えたことがないのでしょう。人は互いに隣を見て、似た家を建て、一生をわざわざ貧しく過ごすはめに陥っています。これではテイラーが仕立てた衣服なら、なんでも着用するのと同じです。というより、オオギバシュロの葉を編んだ帽子や、ウッドチャック[※107]の毛皮の帽子をかぶらなくなったかと思うと、王冠がかぶりたいのに買うお金がない、と過酷な時代を嘆くのに似ています！[※108]　私たちは、現代の最高の住居よりさらに便利で贅沢で、今は誰も買えない家をいつも考え出そうとしています。

※106　ここで言う「労働者」とは黒人奴隷のこと。当時、南部諸州では、黒人奴隷に子どもを産ませることが「産業」の利益として計算された。

※107　尾が短い、地上生の大きなリス類の一種で、体色は全体に霜降り状の灰色。体長六〇センチ、尾は一四センチくらい。毛皮で防寒用の帽子を作った。

ウッドチャック

※108　「ほとんどの人は」～「嘆くのに似ています！」までは、一八四五年の日記から。

このように、私たちはいつの時代にも、新しい贅沢をますます多く手に入れることばかり考えてきました。それなら、これからはずっと、ますます少なく暮らす方法をすべての人が考えてもいいのではないでしょうか？　紳士が若者への言葉として、実例と教訓を交え、ガロッシュ[※109]を何足か、傘を何本か、頭の空っぽな客人のためにいつも空っぽにしておく客間を何間か、等々を死ぬまでに備えるのがいい、などと教訓を垂れたら、これからは市民としてふさわしくありません。▼私たちの家具は、アラブ人やインディアンのように簡素であるべきです。[※110]そして、神の贈り物を伝える天の使者である、これからの人類の恩人の姿を心に描くなら、私には恩人が従者をつれ、流行の家具を荷車に積んで進む姿など、思い浮かべることはできません。あるいは、もし私がニューイングランド人[※111]の家具は、アラブ人の家具より贅沢であってよい、なぜならニューイングランド人は、アラブ人より、道徳的にも知的にも勝っているから、と

※109　長靴式の防水、防寒用オーバーシューズ。

※110　「私たちの家具は……あるべきです」は、一八四五年七月一七日の日記から。

※111　ソローは「ニューイングランド人」と「ヤンキー」を同じ意味で使っている。たとえば七三ページの「ヤンキー」と、この「ニューイングランド人」は同義。

いう考えを受け入れたとしましょう！（あり得ない仮定ですが）それでも、私たちの住居が、家具が多すぎて乱雑である事実に変わりはありません。洗練された主婦なら、朝の仕事が気持ちよくできるよう、家具のほとんどをダストホール[※1-2]に捨てるでしょう。完璧にできてこそ朝の仕事です！　では、暁の女神アウロラが照らし出す紅の朝焼けと、息子メムノン[※1-3]が奏でる朝の音楽の調べの中でなされる私たちの〝朝の仕事〟は、どうあったらいいでしょうか？　しばらく前まで、私は机に石灰石を三つ飾っていました。ところが、私の心の家具にはかすかな塵《ちり》も付かない素晴らしい朝に、三つの石灰石にはいつも塵が付くので怖くなり、窓から捨ててしまいました。そんな私に、家具付きの家など持てるでしょうか？　私は、朝も自然の中に座っているほうがいいのです。自然の中なら、人が地面をほじくり返しでもしない限り、草の葉に塵が積もることなどないのですから。

贅沢な遊び人が流行の先端を定め、人々の群れが懸命に追い

※1-2　ゴミを掃き出すために床に開けられた穴。

※1-3　アウロラはローマの女神。夜の星を空から追い払って暁を告げる。メムノンはエチオピアの王で、トロイアの戦士。

かけます。評判のいい高級ホテルに泊まる旅行者なら、流行を追う人の気持ちがわかるはずです。ホテルの支配人は、旅行者を、サルダナパルス※1-4でもあるかのように丁重に迎え、うっかり気を緩めて支配人の気配りのままに動こうものなら、骨抜きにされてしまいます。私は汽車に乗るたびに、安全性や利便性を犠牲にしてまで贅沢にお金をかけていることが心配になります。安全性や利便性を追求しなければ成り立たない汽車が、最新の応接間のようにトルコ風の長椅子やクッション付きの椅子、日よけその他、何百という東洋風の家具で豪華に飾り立てられています。東洋から西洋にもたらされたこれらの家具は、元来、トルコのハレムの女性や中国の軟弱な上流階級のために工夫されたもので、ジョナサン※1-5だったら名を聞くだけで恥ずかしくなるような代物でした。私なら、汽車の長椅子のクッションに知らぬ人と座るより、ひとりでカボチャ※1-6に座っていたいところです。目的地が決められた豪華な汽車の旅でマラリアの空気を吸

※1-4　ギリシャ名アシエールバニパル（紀元前六六九～紀元前六二六）。アッシリア最後の王。あまりの贅沢と臆病さゆえに、部下の反乱を招いたといわれる。

※1-5　典型的なアメリカ人を意味する。

※1-6　カボチャ（ここでは自然の象徴）を選んだのは、自然のものは誰のものでもなく自由であるが、列車は他の人と隣り合わせになる、という理由から。人の手になるものには、すべてそのような性格があるという指摘。

って天国へ昇るより、大空を循環する新鮮な空気を吸い、牛に引かれて自由に大地を進みたいものです。

　原始時代の人の裸そのものの暮らしは、驚くほど簡素で、少なくとも私の言う利点には恵まれていました。人はとても小さな存在であっただけに、自然に寄寓《きぐう》し、自然を渡り歩くことだけは存分に楽しめました。▼十分な食事と睡眠で元気を取り戻すと、次の日の旅の構想を練ったのです。人は自然を自由なテントにして暮らし、渓谷を縫って進み、草原を横切り、山を登り、頂に立ちました。※117 しかと見てください。▼今や人は、自分が作った道具の道具になっています！　お腹がすくと果実を摘み取って食べた自立した人が、今や農民になりました。※118 大樹の下を避難場所にした人が、今や大きな家を守る人になりました。私たちは、キャンプの夜を過ごすことがなくなって、地面に住み着き、今や天空を忘れました。

　私たちがキリスト教の信仰を取り入れたのも、土地を耕す※119の

※117「十分な食事と」～「頂きに立ちました」までは、一八四五年七月一七日の日記から。

※118「今や人は」～「農民になりました」までは、一八四五年七月一四日の日記から。

※119 土地を耕すは、英語でagri-culture、すなわち農業の意味。それにキリスト教が適していた、とは、人間形成（human-culture）ではなく、農業に良かっただけ、という意味。

梨形をした
クランベリーの実

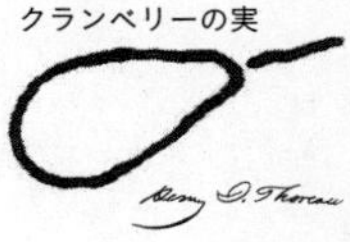

に適した考えだったからです。私たちはこの世界に、まず家族のための大きな家を建て、次に家族のための、まるで家のような墳墓を築きます。芸術の最高作品とは、この状況から自らを解放しようとする自由への闘争の表現でしょう。ところが現代の芸術の現実は、人々を低い水準の心地よさに誘い込み、理想を忘れさせるだけです。そもそもコンコードの町に、純粋芸術が運ばれてきても、私たちの暮らしの中にも、住居にも、街路にも、据えるにふさわしい心の場所がありません。一枚の絵画を掛ける鋲《びょう》もなければ、英雄や聖者の胸像を据える台座もありません。

私は、隣人たちの住居がどのように建てられて、代価をどう都合し、ついには都合がつかなかったとかという、経済の内側を見てきました。そのためでしょう、私は隣人たちの家も暮らしも、カードの家のようにぱたぱたと崩れ落ち、マントルピースに飾られた見かけ倒しの安ピカ物を見て感服している客が、床が抜けてもろとも地下の貯蔵庫へなだれ落ちるのではないかとはらはらします。ただ大地そのものの地下室だけが、建物の基礎としての実直さを保っています。

贅沢や洗練された暮らしへの憧れのために、人々は無理なジャンプをしています。私たちはいつも、ジャンプしよう、ジャンプしようと鵜《う》の目鷹の目になっていて、実直な暮らしにふさわしい芸術作品に目を向けることができません。ところが、人のジャンプ力といえば、私はアラブの遊牧民のひとりが筋力だけで平坦地を二五フィート跳んだ、という記録を思い起こすだけです。他人の助けなしには、人はせいぜいこの程度の距離を跳べるだけで、地面に落ちます。そこで私は、大邸宅の所有者、つまり大まやかしのジャンプをした人に問いたいのです。あなたを支えて「大儲けのジャンプをさせてくれたのは誰ですか?」と。そして「あなたは失敗した九七人のひとりですか、それとも成功した三人のひとりですか?」と。もし、これらの質問にあなたが答えてくれるなら、私はあなたが所有する芸術作品の中に、鑑賞に値する素晴らしさを見つけ出せるでしょう。

馬の前に付けた馬車は、美しくも有用でもありません。物事は逆であってはなりません。私たちは偽りの住居を美術品で飾る前に、壁を暴き、暮らしを暴き、すべてを暴いて打ち壊し、こうして自分をきれいにしてから、その基礎の上に美しい住居と美しい暮らしをしっかり据えるのです。美しさの感受性は、住居がなく、人が掃除していない自然の中で最もよく育まれるのですから、まず自然を大切にしなければ家は建てられません。

かの懐かしき良きジョンソン[※120]は、著書『ニューイングランドにおけるシオンの救い主の大いなる摂理』で、同時代のコンコードの町の最初の開拓者の暮らしを、こう書いています。

「開拓者は、最初の避難場所を丘の麓の傾斜地に掘って造りました。地面に穴を掘り、掘り出した土を穴の中から高いほうの縁に積んだ丸太の上に投げ上げて、煙と炎を地面に這わせ、土

※120　エドワード・ジョンソン（一五九八～一六七二）。マサチューセッツ植民地の初期の歴史を、自らの経験に基づいて記録した。インディアンの道を分け入り、コンコードに達し、オオカミやクマに囲まれて暮らした。

を焼いたのです」

ジョンソンは「神の恩恵によって、大地がパンを生み出して人を生かしてくれるまで」、開拓者たちは「正式の住居は造りませんでした」と記しています。最初の年の収穫はわずかで、「次の年までの長い月日をずっと、パンを薄く切って乗り切る」苦難がありました。

ニューネザーランド植民地の長官[※121]は、一六五〇年に、開拓に入る人への案内として、事実に則してオランダ語でこう書いています。

「ニューネザーランド、特にニューイングランドでは、資産がなくて農場に家屋を建てられない人は、自分たちで決めて地面に四辺形の貯蔵穴に似た大きな穴を掘り、避難場所にします。深さは六〜七フィートで、奥行きと幅は必要に応じて決めます。土の壁面は丸太をめぐらして留め、丸太と丸太の隙間は、樹皮その他の適当な詰め物をし、土くれが部屋に落ち込むのを防ぎ

※121 現在のニューヨーク。

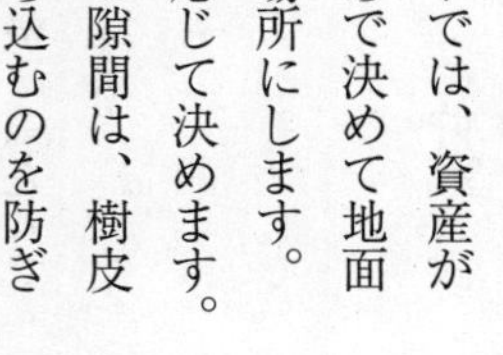

釘を使わずに組む

ます。床は厚板で被い、天井は羽目板を張り、屋根は細丸太で高くして、樹皮と緑の芝を張ります。この地下の貯蔵穴に似た避難場所は、乾燥しているうえ暖かく、大家族でも二〜四年は使えます。家族の数に応じて部屋をいくつかに仕切ることもできます。植民地が切り開かれた当初は、ニューイングランドでも、資産があり長と名の付く人も、最初の住居をこの貯蔵穴式で造りました。それにはふたつの理由がありました。第一に、本格的な家屋を建てるのに時間を取られては、作物が穫れません。第二に、母国から連れてきている大勢の貧しい人たちのやる気をなくしてはいけない、ということがありました。三〜四年して、土地が農業に適するものになって初めて、開拓者たちは豊かな資金を使い、見事な家屋を建てたのです」

私たちの祖先が採ったこの物事の進め方には、慎重さと思慮分別があります。私たちはそこから、暮らしに「最も大切な必要」から取りかかるという、生きるための原理を読み取ることができます。では、今、私たちが取りかかるべき「最も大切な必要」とはなんでしょうか？　現代の贅沢な住居を建てることを私は躊躇《ちゅうちょ》しますが、その理由は、この国がまだ〝人間を耕す〟※122ほど熟してはいないからです。私たちは、まだまだ〝精神のパン〟を、祖先がパンを薄く切って使ったように、それも、もっと薄く切って使わなければなりません。ただ、いくら未熟でも、どんな建築にも装飾を施す余裕がないとは言いません。そこで、たとえば住居なら、外側を飾り立てずに、貝類の住みか（貝殻）に見習い、私たちの暮らしと深い関わりがある内側から美しくしてみてはどうでしょう。私は一、二の隣人の住居を見せてもらったものの、残念ながら空しさが目につき、感心しませんでした。

▼退化したとはいえ、現代人はその気になれば、今も洞穴かウイグワムに住み、野生動物の毛皮を着て暮らすことができるでしょう。でも、私は現代の発明によって工業が作り出す製品の

※122 「人間を耕す」(human-culture) は、九三ページの「土地を耕す」に対応し、「人間形成」という意味。

思い出の家

W

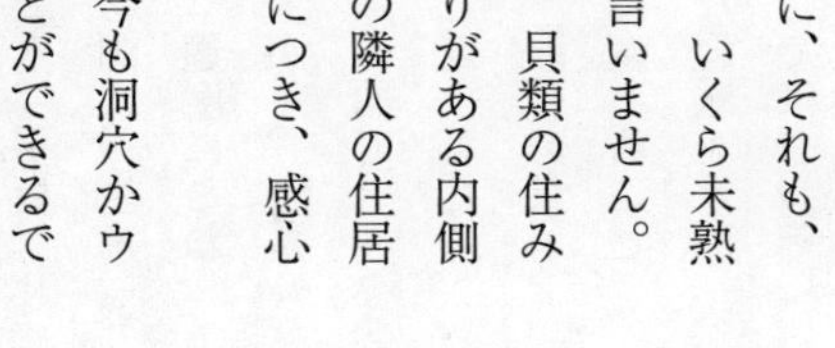

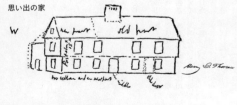

利点は、たとえ大きな犠牲を払って作られた製品でも、個人が利用するのは悪くないと考えます。私の住む地域でも、平板、こけら板、漆喰《しっくい》、レンガなどの工業製品が、自然の洞穴、生木、樹皮などよりはるかに簡単に、安く手に入ります。適度にこねた粘土や平らな石でさえ、買ったほうが安いのですから、驚きです[※123]。この問題は、私が普段から理論の面でも実際の面でも興味をそそられていて、つい詳しく書いてしまいました。私たちはこれらの資材を、知恵を働かせて上手に使えば、現代の最も豊かな人よりもっと豊かになれ、現代文明を恵みに変えることができるでしょう。文明化した人とは、さまざまな経験を重ねて賢くなった未開[※124]の人にほかならないのですから。ではさっそく、私の実験の話に入ることにしましょう。

私は一八四五年の三月も終わり近くになって、斧《おの》を借り[※125]、ウ

※123 「退化したとはいえ」(九九ページ)～「驚きです」までは、一八四五年の日記から。

※124 賢くなって未開を忘れた人ではなく、未開の頑強さ、簡素さ、素朴さに加えて、文明の良さを身に付けた人を言っている。

※125 斧は、エマソン、オルコット、チャニングの三人の親友それぞれが、「私が貸した」と書いている。チャニングは、「彼(ソロー)は家造りの計画を立てると、『さあ、チャニング、斧を貸してくれないか?』と言った」としている。

ォールデン池の近くの森に出かけました。家を建てること[※126]に決めた木立の近くで、私は、柱に使う矢のように細くまっすぐな若いストローブマツを、何本か切り倒すことから家造りを始めたのです。たくさんの道具がいる家造りのような仕事を、道具を借りずに成し遂げるのは難しいものです。でも、仲間から道具を借りて、私の仕事に興味を持ってもらえたら、最高に思いやりのあるやり方になるでしょう。私に斧を貸してくれた人は、手に握った斧を私に渡しながら、この斧は目に入れても痛くないほど大切なものなんだ、と言いました。そこで私は、借りた時より切れ味を良くして返し、助けてもらった恩にいくらかでも報いました。

私が作業をしたのは、美しく心地よい緩やかな傾斜地のマツの森でした。木々の間から、ウォールデン池と、マツとヒッコリーの幼樹が勢いよく伸びる森の中の小さな草地が見えました。池はまだ凍結したままで、全体に春らしい暗い色[※127]をしていまし

※126 家を建てる決意をしたのは、友人の勧めがあったためでもある。チャニングはこう書いている。「君はつやのない硬貨でも中身は本物。〈ブラックベリーの原〉がぴったり。小屋を建て、自分をがつがつ食べて暮らしたらいいよ」。

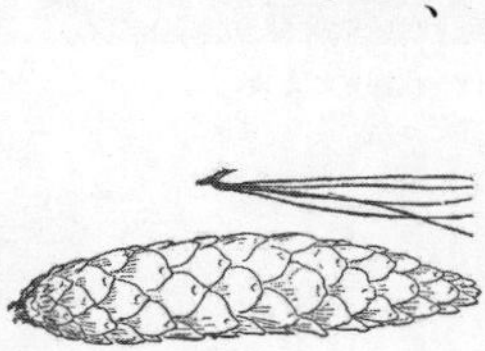
ストローブマツ
細長い球果が特徴

※127 「春らしい暗い色」とは、冬は雪や氷で明るいが、春は雪が消え、池の水底が透けて暗く、暖かな感じがする、という意味。

ソローの森の家から見たウォールデン池

小屋を囲んでいたのは、伐採された後に
生えた、樹勢のある林だった。

グース池の反射

ウォールデン池の周囲には、グース池をはじめ、リトルグース池、アンドロメダ池など、多くの小池、小沼がある。水と湿気に生命の源を見るソローは、池それぞれの水色などの特徴を見極めようとした。

た。池の氷は溶け始めていて、何か所か水面が出たところも、氷の表面だけが溶けて水が溜まり、プールになったところもありました。私がマツの伐採をしていた間も、わずかに雪が舞ったりしましたが、帰りに線路に出ると、路床の黄色の礫《れき》の連なりが、霞《かすみ》がかった大気の中にちらちらとほのかに明るく伸び、レールが春の太陽の光を反射してきらめきました。そして、私はヒバリやタイランチョウ、※128その他何種かの小鳥がすでに飛来していて、私と一緒に新しい年の暮らしを始めようとして囀《さえず》る歌声を聞いたのです。人々の〝われらが不満の冬〟は、凍り付いた大地と共に溶け去り、陽気な心の春がやってきていました。休眠していた生き物もみな、体を伸ばし始めていました。

ある日、斧の刃が柄から抜けました。私はヒッコリーの生木を削ってくさびを作り、柄をはめて石でくさびを打ち込み、柄をふくらませるために、斧を池の氷の穴から沈めておこうとしました。と、その時、私は、体に縞《しま》があるヘビが池に逃げ込ん

※128 いずれも三月下旬に移り住んでくる鳥。

ヒッコリー

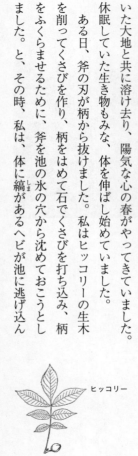

でいくのを見たのです。ヘビは水底に潜り、見たところなんら不自由なく、私が見ていた一五分以上もそのままじっとしていました。おそらく休眠状態から十分に目覚めていなかったのでしょう。私には、現代人もこのヘビに似て、低い、原始的な状態にとどまっている、と思えました。でも、毎年やってくる春の中でも最高に春らしい春を感じて人が目覚めていけば、人はもっと高い、絶妙に美しい存在になれるはずです。かつて私は、真っ白な霜《しも》が一面に降りた朝に、散歩道に体をこわばらせて横たわる何匹かのヘビに出会ったことがあります。ヘビは、昇る太陽の温かな光が体を溶かすのを待っていました。

四月一日に雨が降り、すべての池の氷を消し去りました。この日の早朝は、深い霧が立ち込めて、私は仲間からはぐれた一羽のガンが、池の上を繰り返し飛びながら道に迷ったかのように、けたたましく鳴くのを聞きました。ガン（カナダガン）の鳴き声は、霧の精霊のように聞こえました。

カナダガン

こうして私は、刃幅の狭い一本の斧で、何日間かひたすら木を切り倒して削り、刻んで、柱を作り、間柱《まばしら》や垂木《たるき》を作りました。この間には人に伝えるほどの考え、つまり学者らしい考えは浮かびもせず、代わりに独り言をつぶやくように歌を作りました。

人間はなんでも知っている、と言う
でも、森に入ると、そら!
知識が、翼を生やして飛んでいく
芸術も、科学も、どんどん飛んでいく
何千、何万という技も、みんな翼を生やして飛んでいく
森の私が知っているのは、ただ風が吹いているってことだけ

私は斧で、柱に使う用材を六インチ角に仕上げ、間柱の大部分はふたつの面だけを、垂木と床板はひとつの面だけを平らに

し、後の面は樹皮を付けておきました。そのため用材は、使う側から見れば、どこも鋸《のこぎり》で挽《ひ》いたように平らでしたが、普通の用材より頑丈※129でした。どの用材も端に慎重にほぞ穴を開けるか、ほぞを切りました。つまり、そのころには私は、さらに幾種類もの大工道具を知人から借りていました。こうして家を建てる準備をして、森で過ごしたのは、たいした日数ではありません。その間、私はたいていバターをつけたパンを昼食に持っていきました。お昼時になると、私は切り落としたマツの枝の間に入って座り、マツの緑の葉に囲まれてパンを食べ、パンの包み紙の新聞を読みました。パンを頬張《ほおば》るとマツの芳香がしましたが、松脂《まつやに》だらけの私の手から移ったものでしょう。こうして、私は用材の下ごしらえを終える前に、マツの敵というより友人になっていました。たしかに私はマツを何本か切りましたが、おかげでマツと知り合えたのです。時に、森を散歩する人が、私の斧の音に惹《ひ》かれて私を訪れてくれました。私はお客と一緒に、

※129 普通の用材より頑丈な理由は、用材にするために丸太を縦に切ると、材の繊維が一部切断され、弱くなるため。丸太のまま使う部分があれば、強くなる。

散らかった切り屑に座って、おしゃべりして楽しく過ごしました。

私は仕事を少しも急がなかったものの、用材の下ごしらえを終え、家の骨組みを組み上げて、四月の中ごろには棟上げの準備を整えました。その前に私は、フィッチバーグ鉄道の敷設工事で働く、アイルランド人のジェームズ・コリンズの掘っ立て小屋[※130]を買い取る下約束をしていました。古板にして使うためにです。コリンズの小屋はめったに見られない素晴らしい造りということでした。私が小屋を下見に訪れた時、彼は不在でした。私はまず、小屋の周りを回って見ました。小屋の中からは、私がいるのはわかりにくかったでしょう。窓が高くて深かったからです。せり上がるコテージ風の屋根を載せた小さな小屋で、周りを五フィートもある堆肥《たいひ》のような土手で囲んであって、よく見えませんでした。

太陽にさらされた屋根板は反り返り、脆《もろ》くなってはいました

※130 フィッチバーグ鉄道がボストンからコンコードまで通じたのは、一八四四年六月。フィッチバーグまでは四五年三月。以西の工事も続けられた。アイルランド人労働者は、線路沿いに小屋を建てて住み、工事の進展に応じて移り住み、不要な小屋は数ドルで売られた。

が、どうやら、いちばん傷みが少ない、まともな部分でした。ドアの下側の枠は腐ってなくなり、鶏が自由にドアの下から出入りしていました。ドアが開いてコリンズ夫人が出てくると、中に入って見るように私に言いました。私がドアに近づくにつれ、鶏が逃げるように小屋へ入りました。小屋の中は暗く、じめじめとうす汚れた土間で、不潔で冷え冷えとしていました。ここに一枚、向こうに一枚と置いてある板は腐って、動かすと壊れそうでした。コリンズ夫人はランプに火をつけ、屋根と内壁を見せ、床の板がベッドの下にも伸びているのを確認してくれ、穴蔵式の貯蔵庫に足を突っ込まないように注意してくれました。深さ二フィートのただの穴である貯蔵庫が、ゴミ穴になっていたのです。コリンズ夫人の言葉では「頭上の板はいい、壁板もいい、窓もいい」でした。

　窓は、二枚の正方形のガラス板がはまっていたとはいうものの、今は一方のガラス板がはずれて、猫が外に出る道にしている代物でした。小屋の中には、ストーブが一台、ベッドが一台、ここで生まれた赤ん坊がひとり、座る場所が一か所、金メッキの枠付きの姿見が一台、オークの若木に釘《くぎ》で打ち付けた新しい特許コーヒー挽きが一台、それがすべてでした。そうこうしているうちにジェームズが帰ってきて、私は正式な売買の契約をし、私が夜までに四ドル二五セント支払い、ジェームズは明日の朝五時に小屋を空ける、そして、他の人には売らない、と取り決めました。

私が翌朝の六時に小屋を取りに来たいと言うと、ジェームズは「それはいい、早いほうがいい」と言い、土地の使用料と燃料代で根拠のない不当な請求をされそうだから、早くすませよう、と言い訳するのでした。ジェームズが私に誓って言うには、「それだけが負債といえば負債」でした。

翌朝六時に、私は道でジェームズと家族に会いました。ジェームズは家財の一切合切《いっさいがっさい》を大きなひと包みにして運んでいました。包みには、ベッド、コーヒー挽き、姿見、それに鶏と、猫を別にしてみんな入っていました。猫は森に入り、野猫になったものの、私が後に聞いた話では、ウッドチャック用の罠※131を踏んで、哀れな最期を遂げたということです。

私は手際よく立ち働いて、まだ朝のうちにジェームズの掘っ立て小屋を倒し、釘を抜いて、古材を整理してしまいました。古材は小さな手押し車に少しずつ分けて載せ、ウォールデン池の森に運びました。板は草の上に間をあけて置き、日の光で反りを戻しました。早々と森に到着したツグミが、ひと声、ふた声、小道を手押し車を押して主材を運ぶ私に語りかけてくれました。私はアイルランド人の少年から、私がジェームズの掘っ立て小屋跡から手押し車で古材を運んでいる間に、やはりアイルランド人のシーリーが、まっすぐで状態の良い、まだ使える釘、かすがい、大釘※132をこっそりポケットに入れていることを知らされていました。私が戻ると、シーリーは裏切られたとは露

※131 鋼鉄製の挟み罠（虎挟）。

※132 これらの資材は手作りで、再利用された。

知らず、立ち上がって私に挨拶して、取り壊した跡地をぼんやりと、春の心楽しさを満喫してでもいるかのように見ていました。このごろは仕事がなくてね、とシーリーは私に言い、取り壊し劇の見物人を演じていました。おかげで、この一見何の変哲もない取り壊しに、トロイアの神々の撤退劇の一幕のような、味わい深い雰囲気が添えられました。

私は次いで、家を建てる南向きの丘[※133]の斜面の、かつてウッドチャック[※134]が巣穴を掘った場所に、地下の貯蔵庫のための穴を掘りました。ハゼノキとブラックベリー[※135]の根に当たりましたが、どんどん掘り進み、植物の根が伸びる最高の深さを超えて、深さ七フィートで、ついに微細な砂の層に達しました。広さは六フィート四方です。これなら、どんなに寒さの厳しい冬でも、ジャガイモを凍らせずにすみます。貯蔵庫の土と砂の壁は掘ったままにしておき、石積みで固める手間は省きました。というのは、家を建てれば日の光は土の壁に当たらず、崩れないと考

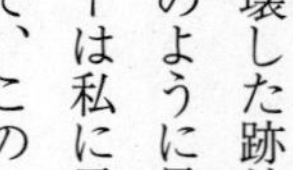

ウッドチャックの巣穴

※133 チャニングは「近くに丘はない。おそらくヘンリーは小さな塚を意味している」と記している。丘とは、ウッドチャックの巣穴の塚かもしれない。

※134 ウッドチャックは、地中に直径一五センチほどのトンネルの巣穴を掘る。長さは最長で一五メートル。

※135 共に、開けた明るい林に生育する植物。ハゼノキは、ウルシに似るが、小葉の縁に鋸歯状の突起があるので容易に識別できる。触れなくてもひどくかぶれるなどの(ウルシのような)強い毒性はない。

えたからです。実際、今でも貯蔵庫の壁は砂一粒崩れず、掘った時のままです。

私は貯蔵庫の穴掘りを、わずか二時間の仕事で終わらせましたが、地中に潜り込む作業は、私に特別な歓《よろこ》びを与えてくれました。人は地球のどんな緯度に住もうと、地中に穴を掘って安定した温度を得ています。贅《ぜい》を尽くした都市の建造物にも、地下の貯蔵庫はあり、古き良き時代と同じく、イモなどの根菜類が蓄えられています。建造物の地上に出た部分である立派な家がついえ去ったずっと後でも、私たちは貯蔵庫の跡である穴から、何があったかを知ることができます。住居とは、今なお動物の巣穴の出入り口のようなもので、地下の貯蔵庫を飾る玄関口にすぎません。

五月の初め、私は棟上げの日を迎えました。私は地面に組んだ家の枠組みを、数人の知人[※136]の手を借りて立ち上げたのですが、実際に手助けが必要というより、隣人として友好を深め合う楽

※136　エマソン、オルコット、チャニングら、五人の知人。

ウッドチャックの足

滑らかな水面に映る木々

水の変化を微妙に反映する、水面の反射が運ぶ木々の像は、
時々刻々と変化して、見ることの意味を問うた。

満開の春のジューンベリー

枯れ葉をつけたまま冬を越したオークが、
芽をふくらませ、葉を落とす5月の初め、
ジューンベリーは真っ白な花を咲かせる。
景観の中でもっとも目立つ、春の花。

しい機会にしようと呼んだのです。知人たちの仕事ぶりは見事で、私ほど棟上げの助っ人に恵まれた人はいないでしょう。いつの日か知人たちは、立派な家屋の棟上げに加わって存分に腕を発揮する、と私は信じています。

棟上げに続いて、屋根葺《ふ》きにかかりました。平板の一方の縁をていねいに斜めにそぎ落とし、縁を逆にそいだ隣の平板とぴったり重ね合わせて水が漏らないようにしながら、屋根を葺きます。次いで同じように、外壁の板張りを仕上げました。そして、それらの作業が終わった七月四日[※137]、さっそく私は、ウォールデン池に近い家に移り住みました。外壁の板張りをする前に、私は池の縁から丸石を腕に抱えて、手押し車二台分ほどを家に運び上げ、家の一方の端に積んで、暖炉の煙突の基礎を組みました。でも、煙突を積み上げたのは、夏が終わり、秋の草刈りをしてからでした。それでも、体を温めるのに暖炉の火がいる季節には間に合いました。

※137 七月四日は、アメリカ合衆国独立記念日。

移り住んでしばらくは、暖炉のない暮らしでした。炊事は、早朝に家の外に出て地面でしました。この経験から、私は今も、戸外の炊事は家の中の炊事より簡便で、清潔で、理にかなっていると考えています。パンを焼くうちに天気が急変して雨になると、私は火に雨がかからないように、大きな板を二、三枚広げて火を守り、その下でパンの焼け具合を見守って愉快なひとときを過ごしました。

こうして過ごした日々は手仕事で忙しく、私には読書の時間がほとんどありませんでしたが、地面に落ちたり、取っ手やテーブルクロスにした新聞紙の小さな切れ端が、『イリアス』を読むような楽しみを与えてくれ、実際、同じように堪能することができました。

私はあなたに、今、自分で住居を建てるつもりがおありなら、

去年の株から燃えいずる新葉

私よりもいっそう慎重に、ゆっくり事を運ぶようにお勧めします。そうすれば、私よりさらに素晴らしい収穫を手に入れるに違いありません。たとえば、家のドア、窓、地下の貯蔵庫、屋根裏部屋は、人間の本性の何と関係しているかをよく見極め、私たちが普通に言われる世俗的な理由とは別の、もっと根源的な理由なしには作りません。人間が自ら住居を建てるからには、あらゆる行為に、巣を造る鳥と同じ必然性があるはずです。もし、人間がそうして建てた住居に住み、自分の手で食物を得て、自分と家族を簡素に正直に養うなら、誰もが詩心を覚えるでしょう。そう思う私を誰が咎《とが》められるでしょうか。実際、そうして暮らす鳥は、みな歌うのですから。

けれども私たちの現実は、なんと鳥の暮らしとかけ離れていることでしょう！　まるで他の鳥が造った巣に卵を産む、コウウチョウやカッコー※138のようではありませんか。コウチョウやカッコーの歌はぺちゃくちゃと騒がしく、調子も異様で、私たち

※138　共に託卵性の鳥で、他者に経験を譲り渡していいのか、という意味。

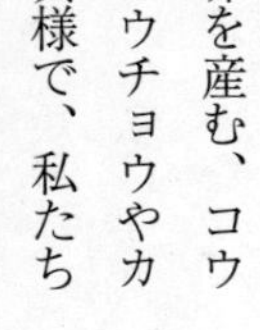

カッコウ

心の旅人を元気づけてはくれません。

私たちは、家を造る楽しみを、大工に譲り渡したままでいいのでしょうか？ 私は散歩していていつも、自分の家を建てている人の姿ほど、純真で自然な姿はないと感じます。私たちは、共同体の一員です。テイラーだけが九人それぞれの役割を果たしてひとつの仕事ができるわけではなくて当然です。[※139] 伝道師、商人、農民が、同じく助け合って仕事をします。けれど、私たちは分業をどこまで細分化したら気がすむのでしょうか？ そして、分業のどこに真の意味があるのでしょうか？ たしかに、他の人も私のことを考えてくれるかもしれません。でも、その人が私のために考えることが、私に考えることをやめさせるためなら、望ましいことではありません。[※140]

▼住居に関してなら、この国にも建築家と呼ばれる人がいます。私はその中の少なくともひとりが、建築の装飾は真実の核心で、必需品で、美であると、まるで新しい発見でもあるかのように

※139 テイラー（仕立て屋）は、九人でひとつの仕事ができる。アダム・スミスが『国富論』で論じた、ピン作り工程における一八の分業を想起させている。

※140 アダム・スミスが『国富論』で、「労働の生産力の改善は分業による」としていることへの一貫した反論。

述べるのを聞いています。この考えは、建築家に都合が良すぎて、単なるディレッタントの考えとほとんど変わりません。なぜなら建築家は、建築を土台（基礎）から考えずにコーニス（軒先の帯状装飾）から考え、感傷に基づいて建築学を変えようとしているからです。つまりこの考えは、真実らしさを建築の装飾に添える方法を述べていて、よく砂糖のお菓子の中にアーモンドやキャラウェーの種子を入れるのと同じです（私は、アーモンドを砂糖漬けにして味わうより、そのままのほうが完璧で素晴らしいと感じますが）。

それに、この建築家の考えは、住居で長く暮らす住み手が、自分の住居を内側と外側からどう造るのかが肝心、という考え方とまったく異なります。普通の人なら、装飾とは、カメの甲《こう》羅《ら》の斑紋や貝殻の真珠色の輝きのように、自然に内側から表面に滲《にじ》み出るもので、ブロードウェーの住人が豪勢なトリニティー教会※141に買って飾り付けた華美な装飾とは違うとわかるでしょ

※141　華美で知られるニューヨークの教会。アメリカ最古の教会のひとつであるが、ソローがウォールデン池で暮らした一八四六年に焼失、再建された。多くの尖塔を持ち、エクステリアの装飾が豪華。

う？　もともと人と住居の装飾の関係は、カメと甲羅の関係ほど深くありません。軍服も、いちいち兵士の〝実力〟を色で表すものではないのと同じです。敵兵は軍服の違いなど見ずに挑んでくるし、いざ接近戦となれば、兵士の〝実力〟も青白く変色するでしょう。私には建築家の言葉は、住居に住んでよくわかっている住み手に向かって、コーニスから体を乗り出してつぶやく生半可な理論のように聞こえます。

　私が今、理解している住居の美しさとは、住居の本当の造り手である住み手の性格と必要が、時間をかけて少しずつ建物の表層へ滲み出るもので、たとえ住み手が建物に関心がなくても、自然に正直さと気高さが表れます。※142 これからも確実に、住居の美は創造されていくはずですが、それは自然な暮らしの美が先にあってのことです。

　私たちの国の住居の中で、最も魅力ある建物といえば、画家がしばしば作品に取り上げる、貧しい人たちの、最小限にしか

※142　トリニティー教会を対極に押しやる建築美の新しいとらえ方。フランク・ロイド・ライト（一八六七〜一九五九）は、この考え方にヒントを得て、プレーリー・ハウスを造った。

飾られていない丸太小屋や小家屋です。住む人の暮らしを守る貝殻であるこれらの住居を〝画趣に富む〟ものにしているのは、人の暮らしであって、わざわざ取り付けた建物の装飾ではありません。そこで、今後が期待される建物といえば、都市の市民が郊外に建てる簡素な箱型住居※143でしょう。もし、住み手である市民が簡素に暮らし、豊かな想像力を育めば、そして、建物に余計な手を加えなければ、丸太小屋と同じように魅力ある建物になるでしょう。

　建築家の言う建物の装飾の多くは、文字通り中身がなく、九月の突風がプラムを果樹に傷を残さずに落とすのと同じように、装飾を建物から剝《は》ぎ取るでしょう。私たちが地下の貯蔵庫にオリーブやワインを蓄えるつもりがなければ、建物すらなくてすむかもしれないのです。もし、作家が作品に、建築の装飾と同じように大騒ぎして虚飾を施していたら、また聖書の編纂者が教会の建築家のように聖書の文章を飾るのに凝《こ》っていたら、ど

※143　箱に屋根を乗せたような簡素な家。ソルト・ボックス（塩箱）とも呼ばれ、今日、ニューイングランドの町を特徴づける家になっている。

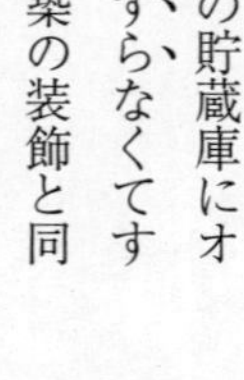

古い箱型の家、ソルト・ボックス

うなるでしょうか？　まさに今日の美学や美術史の学位、それにその教授が答えです。実際、建築家たちは厚板を上に取り付けるか、下に取り付けるかと考えこみ、また、どんな色で塗ったらいいかと頭を悩ませて、時間を無駄にしています。住み手が自分で造り、真面目に考えて、初めて意味があるのです。住み手抜きでは、魂が抜けているも同じで、住居は棺桶《かんおけ》か、墓付きの建築物です。となれば、〝大工〟は〝棺桶職人〟の別名です。

人生への絶望のためか、はたまたあきらめのためか、足もとの土を拾い、その色で住居を塗ればいい、と提案する建築家さえいます。やはり建築家は、最後に入る狭い家を塗ることを考えているのでしょうか？　それではコインを投げて決めるのと変わりなく、生き生きとした人がすることではありません。なんと贅沢な、暇を持て余した人たちでしょう！　それでもやはり土を拾いますか？　いやそれなら、あなたの顔色、つまり性格に似せたほうが、最後の家にふさわしいでしょう。気分によって、青くなったり赤くなったりします。これが建築家の言う小家屋の一大改革です！　改革が実現するとは考えにくいのですが、期待して待つことにしましょう。[※144]

冬に入る前に、私は暖炉の煙突を立て、雨を防ぐだけだった板張りの外壁に、こけら板を重ねて張りました。こけら板は、丸太を製材する時に切り落とす、いちばん外側の丸みのついた板を使い、一枚ずつカンナで平らにして張りました。

これらの作業を最後に、私の家は完成しました。[※145]幅が一〇フィート、長さが一五フィート、柱の高さは八フィートで、外壁は、水を漏らさないしっかりしたこけら板張り、内壁は漆喰塗りです。屋根裏部屋と備え付けの戸棚があります。両側面にそれぞれ大きなガラス窓がひとつあり、はね上げ式の板戸がふたつあります。正面に出入り口の戸があり、奥にはレンガ造りの暖炉があります。この私の住居の代価は、正確に計算できます。資材は通常の値段で買ったものがかなりあり、それらの代金の

※144　「住居に関してなら」（一一九ページ）～「待つことにしましょう」までは、一八五二年一月一日の日記から。ソローは前日会ったR・エマソンから、彫刻家で建築家、H・グリーノウ（Greenough）の手紙を見せられて、ここで取り上げた彼の建築論を知った。エマソンはグリーノウの主張を高く評価しており、この長い反論は直接にはエマソンに向けられている。

※145　基本的な造りが完成、という意味。二年以上にわたる暮らしを一年に縮めて書いているために、未完の作業が、終わったこととして記されている。漆喰塗り、暖炉造りなどは、夏の終わりから初冬にかけて行なった。第十三章「新築祝い」に詳しい。

合計が代価です。作業はほとんどすべて私がしたので、労賃は代価に入りません。以下にその細目を挙げます。家を建てるのにいくらかかったかを示す資料は少なく、特に細目まで記した資料となると、ほとんどないからです。

平板	八ドル三・五セント（大部分は解体した小屋による）
屋根と外壁のこけら板	四ドル
薄板	一ドル二五セント
ガラス入りの古窓（二個）	二ドル四三セント
古いレンガ一〇〇〇個	四ドル
石灰二樽	二ドル四〇セント（高すぎ）
馬の毛	三一セント（多すぎ）
暖炉の炉口の横架材（鉄製）	一五セント
釘	三ドル九〇セント

蝶番《ちょうつがい》と木ねじ　一四セント
戸の掛け金　一〇セント
白亜《チョーク》　一セント
運搬費　一ドル四〇セント（多くは自分で運んだ）
合計　二八ドル一二・五セント

自由定住者の権利によって私が自由に使った樹木、石、砂を別にすれば、以上が家を建てるのに使った資材です。家の裏に造った物置の資材は、家の資材の余りで間に合いました。コンコードの本通りには、大きく贅沢な家が立ち並んでいます。もし、私があのような家を建てるのを心から楽しめそうなら、私は今すぐにでも、この家とたいして変わらない代価で、いっそう豪奢《ごうしゃ》にして建ててみせます。

以上の通り私は、避難場所を手に入れたい学生が払う今の家賃の一年分で、一生使える家を建てられることを発見しました。こう書くと、自慢していると思われるかもしれません。けれども、私は自慢ではなく、読者を代表して人間の可能性を誇っているだけですので、お許しください。それに、私の表現の拙《つたな》さや不適切さも、私が発見した真実までは損なっていないはずです。ありきたりの言葉や猫かぶりの表現も多く、私も気にはしていますが、それらは、私という麦の種子にしっかり結びついた柄や籾殻《もみがら》で、引き剝がすのが難しいのです。私は道徳をあまり気にせず、心身とも自由に羽ばたかせてもらっています。さもないと、自分を卑下して悪魔の弁護士[※146]になってしまうからです。私は、真実を伝える耳寄りな言葉をあなたに伝えたいのです。

ケンブリッジのハーバード大学は、私の家よりいくぶん広い部屋を、年に三〇ドルで学生に貸しています[※147]。寄宿舎は、三二の部屋を連ねてひとつの屋根の下に入れた共同住宅で、建てる

※146　弁護士は相手の欠点をついて、人格の評価を落とす役割、すなわち悪魔の立場をとるという意味。

※147　ソローが一八三七年にハーバード大学を卒業した時の大学寮の料金。

には都合が良かったでしょうが、住み手の学生は多くの隣人と隣り合わせに暮らすため、騒々しく、互いに迷惑をかけ合っています。それに四階などという不便なところに住むことにもなりかねません。※148

人は自ら進んで考え、学ぶ知恵を持っています。それに学生は、すでに経験を重ねて分別もある以上、教育をただ多く受ければいいとは言えません。となれば、大学教育の代価も大幅に減らすことができ、むしろ、そのほうが成果が得られるでしょう。ハーバード大学その他の大学の学生(あるいはその支援者)は、もっと上手に学ぶ知恵を働かせた場合に比べて、教育に対して一〇倍も高い代価を払っていることでしょう。学生にとって授業は、お金をかければかけるほど、身になる良き授業になるとは限りません。しかも授業料は、学生が学期ごとに大学に納める代価の大きな部分を占めています。それに対し、学生が自ら進んで、現代の最も修養を積んだ人と交わることによる教

※148　学生時代にソローは、実際に大学寮の四階に住んでいた。

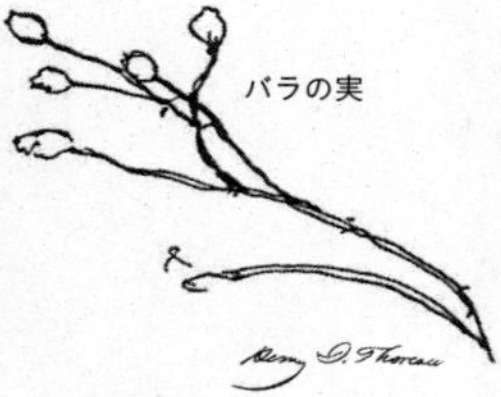
バラの実

育は、大学の授業に比べてはるかに価値があるのに、授業料は必要ありません。

大学の建物を建てるには、普通、何ドル何セントといった寄付を大勢の人から募り、資金を作ります。続いて、極端に押し進めた分業の原理に無邪気に従い（分業はよほど慎重に行なわない限り、無駄が多い）、投機的な金儲《かねもう》けのために事業をしている建設業者に仕事を頼みます。当然、建設業者はアイルランド人らの安い作業員を使い、大学の基礎を据えるのはこの人たちです。これから大学で学ぶ若者こそ、基礎を据える仕事にふさわしいのに、そうはなりません。この過ちの代価は、未来の世代が償うことになるでしょう。

私は学生、あるいは大学から利益を得ている人は、分業の原理を捨て、自らの手で大学の基礎を据えたほうがはるかにいいと考えます。学生は、人に必須の労働から逃れて、望みの余暇を手に入れたものの、無駄に使っています。経験だけが余暇を実りあるものにできるのに、大切な機会を自分で捨てているためです。

「それにしても」と、人によっては私にこう詰問するでしょう。「あなたは学生に、頭ではなく腕で働けというのですか?」。私は杓子《しゃくし》定規な言い方はしたくありませんが、経験を重んじる、という意味で、言葉通りに受け止めてもらって結構です。学生は、大学で学ぶというお金のかかる機会を、結局は共同体の支えで手に入れていることを考えれば、中途半端に生きては期待に反し、また、ただ生き方を研究するのでは不十分でしょう。私は、学生もまた、終始一貫して、真剣に、誠実に生きるのが当たり前だと考えます。若者には、今すぐ生きるための実験に取り組むことが、生き方を学ぶ最高の方法になるのではないでしょうか? 私の考えでは、生きるための実験は、若い頭を鍛えるのに、数学と同じ効果があります。

私は、若者に人文科学や自然科学の基礎を学ばせるのに、大学教授の足もとに送り届けて教養課程を修めさせれば十分であるとは考えません。たしかに大学は、若者に教養を教授し、実習で鍛えもします。ところが肝心の、人が生きるための知恵と方法は教えません。大学は、顕微鏡や望遠鏡で世界を覗《のぞ》いて研究する方法は教えても、自分の目で見る方法は教えません。化学なら研究の方法を教えますが、毎日食べるパンの作り方は教えません。機械学は教えても、技術を使って生きるための方法は教えません。海王星を探査して未知の衛星を発見する方法は教えますが[※149]、自分の目に入った小さなゴミのありかを探り出す知恵と方法は教えません。

つまり学生は、大学で、専門に凝り固まった教授の衛星に成り下がるばかりです。おかげで自分がどれほどひどい彷徨人《さまよいびと》になったかはわかりません。大学でこそ、一滴の酢の中でうごめく無数の微小な怪物を観察できるでしょう。けれども、観察に励むうちに、肝心の自分が怪物たちの中に彷徨《さまよ》い込み、食われ

※149 海王星の発見は一八四六年で、引き続いて衛星が見つかっている。この記述は、当時の最新の発見を伝えている。

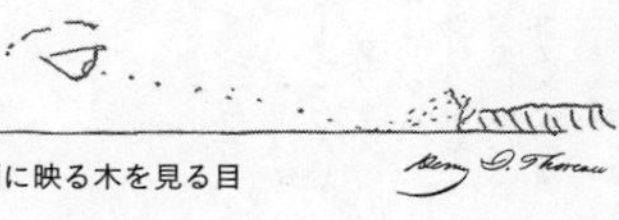

水面に映る木を見る目

ています。自分で掘り出した鉄鉱石を、一か月かけて、必要なら本で調べて精練してジャックナイフを作った青年と、その間、大学の工学部で冶金学の講義を聞き、父親からロジャーズ[※150]のペンナイフをもらった青年と、どちらが進歩したでしょうか？　どちらがナイフで指を切る恐れが大きいでしょうか？

私が大学を卒業した時のことです。私は大学から、あなたは人生の航海学を修めたと言われて、驚きました！　海を航行するための学問を身に付けるには、港に出て、湾内を一周したほうがはるかに多くを学べます。

大学は、貧乏な学生に政治経済学を研究させます。ところが、哲学と異名同義の学問である「生きるための経済学」は、真面目に取り組まれたためしがありません。学生がアダム・スミス、リカード[※151]、セーら政治経済学の権威者の学問を学ぶうちに、父親が「生きるための経済学」に失敗して、借金地獄に陥る始末です。

※150　当時、世界最大の、イギリスのテーブルナイフメーカー。「王のナイフ、ナイフの王」で知られた。

※151　リカード（一七七二〜一八二三）、イギリスの経済学者。セー（一七六七〜一八三二）、フランスの経済学者。共にアダム・スミスの影響を受け、前者は農業と工業の関係について、後者は需要とコストの関係を論じた。

このような大学の矛盾と欠陥は、〝現代社会の進歩〟のあらゆる面に同じように見られます。誰もが幻想を抱く〝進歩〟は、いい意味の前進とは限りません。悪魔が進歩の初めから投資しているばかりか、日々まめに追加投資をして、進歩から複利で資金を回収しています。〝進歩〟にともない、どんどん悪くなると言ってもいいくらいです。

現代の発明は、キンキラの玩具のようで、生きるための注意力を鈍らせる働きばかりしています。発明が手段を改善するのは確かだとしても、人の生きる目的は、時代によって変わりはしません。目的が変わらず、高くもなっていないのに、手段が改善されても、目的の達成が簡単になるだけです。ボストンとニューヨークに鉄道が敷かれた時に、その通りになりました。今、メイン州とテキサス州を大急ぎで電信線でつなごう※152と四苦八苦していても、両者が急いで通信し合う必要はたいしてありません。耳の遠い上品な女性を紹介してもらいたかったある男性が、

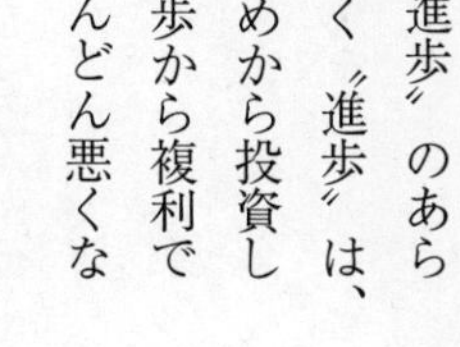

オオミズアオ

※152 モースによる電信の発明は一八三七年。コンコードに電信が布設されたのは一八五一年で、ソローは本書の執筆中だった。

その機会を得て、さて彼女の耳にあてた伝声装置のラッパを手にしたら言う言葉がなかった、という逸話を思い起こします。電信の発明の目的は、早く話すことであって、心をこめて話すことではないということでしょう。

今や大西洋に海底トンネルを掘り、旧世界を数週間ほど新世界に引き寄せる夢の計画が構想されています。たとえ、この計画に成功しても、なんでもヨーロッパに聞きたがり、耳をヨーロッパに向けてまるでゾウのように大きくし、ばたつかせるアメリカ人に最初に聞こえるニュースは、アデレード王女が百日咳にかかったというような、相も変わらぬ話題でしょう。一分間に一マイル駆け抜ける最高に足の速い馬に乗った人が、大切な言葉を運ぶでしょうか。福音を伝える人なら、そんな馬に乗りたいとは思わないでしょうし、野生のイナゴ、果実、蜜を食べて野生の地をやってくる良き預言者は、立派な馬を持つ人ではありません。競馬界最高の名馬フライング・チルダーズ※153は、

※153 イギリスのチルダーズ厩舎の名馬。

ヒッコリーの果実

製粉所に一ペックのトウモロコシすら運びませんでした。

私は、ある友人からこう言われました。「君は全然お金を貯めてないようだけど、好きな旅もできないでしょう。汽車に乗れば、今すぐフィッチバーグ[※154]を訪ねてこれるのにね」。けれど私には、そうは考えない分別があります。私は経験から、最も速い旅人は、足で歩く人であると、学んでいるからです。私はその友人に、こんな意味のことを言いました。では、ふたりのうちのどちらが先にフィッチバーグに着けるか、考えてみましょう。距離は三〇マイル、汽車賃は九〇セントでしょう。九〇セントというと、一日分の労働の対価です。この鉄道を敷設した労働者の賃金が六〇セントでした[※155]。

私はフィッチバーグに向け、今すぐに歩いて出発します。夜までには着きます。なにしろ、私はいつもそれくらいの歩調で、一週間ぶっ続けで歩いているので、自信があります。あなたは、私が歩いている間に働いて労賃を稼ぎ、明日か、うまくいけば

※154　ボストンから五〇マイル離れた市。当時はナシュワ川に沿う紡績業で栄えた。

※155　アイルランド人労働者の賃金は、労働時間一日一六時間につき六〇セント。五〇セントの人もいた。鉄道の開通は一八世紀の終わりを告げる事件。

今日の夕方にフィッチバーグに着くでしょう。仕事が見つかる幸運に恵まれれば、の話ですけど。ともかく、あなたはフィッチバーグに向かう代わりに、昼間を働いて過ごします。となると、鉄道が世界中に張り巡らされても、私はいつもあなたの先を行っているでしょう。私は歩いて地域の実情に触れ、経験を積んで、どんどん変わっていきます。働いてばかりのあなたとは、話が合わなくなってしまうかもしれません。この、今すぐに始めたほうが手っ取り早いという考えは、すべてに当てはまる普遍的な結論で、ひとつの法則です。誰もがこの法則の下に生きています。

鉄道は長く延びるばかりか、人々を巻き込む幅があります。鉄道を世界中に張り巡らせ、すべての人が使えるようにすれば、地球の全表面を耕すに等しい大きな影響があるでしょう。資本の連合がどんどん鉄道を延ばしていくのを見ると、誰もが自由に、いつでも汽車に乗れると夢見ます。駅へ駅へと人々は殺到し、車掌が「どうぞご乗車ください」と叫ぶ声が聞こえるようです。ところが、汽車の煙が薄れ、蒸気が凝縮して視界が晴れると、汽車に乗れたのは一部の人だけで、大多数の人々は汽車にひき殺されたのだとわかるのです――この事件は「悲劇的な結末」[※156]と報道されるでしょうし、そうとしか言いようがありません。

たしかに、お金をふんだんに稼ぐ人は汽車に乗れます。ただし、十分に稼げるだけ長生きできればの話です。長生きすれば、働きすぎて頭が固くなり、旅したい気持ちは失《う》せます。人生の最良の時期をお金を稼ぐために費やし、稼いだお金を、人生の最も価値の少ない残りの時期の怪しい自由を楽しむために使う人を見ると、私はインドでお金を稼いで青年期を過ごし、のちにイギリスに戻って詩人の暮らしをしようとした、あるイギリス人[※157]を思い起こします。詩人になるなら、今すぐ屋根裏の安アパートで暮らすべきです。

※156 当時の新聞の典型的な見出しの付け方。

※157 「あるイギリス人」は実在の人物。おそらくはインド植民地のイギリス政庁に勤め、詩を書いたロバート・クリープをイメージして書かれている。

こんなことを言うと、わが国のあらゆる掘っ立て小屋から、何万というアイルランド人が飛び出して、「何を言うか！」と叫ぶでしょう。「せっかく造った鉄道が駄目な進歩だなんて、とんでもない」。私はこう答えます。その通り、鉄道もまずまずの進歩と言っていいでしょう。他と比べれば悪くはない、と。私はあなたがたの兄弟として、えんえんと土を掘るより楽しい時間の使い方がある、と言いたいだけです。

私はわずかな出費で暮らしていたものの、秋に家を完成するまでに一〇ドルか一二ドルのお金を、正直な納得のいく方法で手に入れる必要がありました。そこで私は春に、家に近い二エーカー半（一ヘクタール）ほどのふかふかとやわらかな砂地に作物を植え付けました。※158 インゲンが大部分で、ジャガイモ、トウモロコシ、エンドウ、それにカブも作りました。この畑は、

※158 土地はエマソンの所有。エマソンはさらに、ウォールデン池の周囲の森を買い足し、一九二二年に子孫が州に土地を寄付して、州立公園となった。

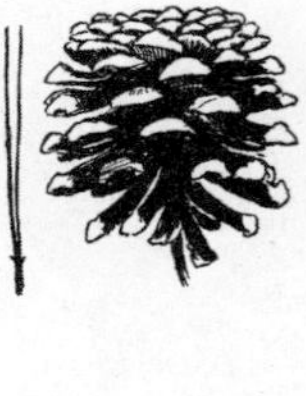
アカマツ

全部で十一エーカー（四・五ヘクタール）ほどある砂地の一角でした。ほとんどはマツかヒッコリーが育っていて、昨年一エーカーあたり八ドル八セントで売りに出された時、ひとりの農民がこう言った痩せ地でした。「キュルキュル鳴くリスなら育つけど、ほかにはどうしようもないね」。私は自由定住者※159で、広い畑を次の年も続けて作るつもりはなく、堆肥は使わず、鍬《くわ》でていねいに土を返しもしませんでした。

私は畑を鋤《すき》で起こしていて、数コード（一コードは三・六立方メートル）ほどの切り株を掘り起こし、長い間、燃料に使いました。切り株を取った後に残された新しい豊かな腐植土の広がりは、面白いことに、夏になるとインゲンがその部分だけたくさん実って、丸い形に見えました。家の後ろの森の、買い手のない枯木と池で拾う流木とが、私の燃料を補ってくれました。私も畑を鋤で起こすには、二頭一組の馬の操り手である馬子を雇いました（鋤は自分で操作しました）。こうして私が経営し

※159　土地を少数者に独占され、ヨーロッパからアメリカに移住する人は、土地を手に入れるのが目的だった。ところが、土地の所有権を獲得できても、獲得せずに定住する人がいて、それを自由定住者といった。ソローはエマソンから土地を使う許可は受けていたが、土地を私有すべきではないと考えて、自由定住者と自称した。

た農場は、収穫期までに農具代、種子代、労賃などで一四ドル七二セント半かかりました。収量はインゲンが一二ブッシェル、ジャガイモが一八ブッシェルでした。それにエンドウとトウモロコシ（スイートコーン）がいくらか穫れました。イエローコーンとカブは、出来は良かったものの、収穫の時期が遅すぎて売れませんでした（必要な人は買い入れをすませていました）。

農場からの私の収入は結局、以下の通り。

売り上げ	二三ドル四四セント
支出	一四ドル七二・五セント
収入	八ドル七一・五セント

この計算をした時点で、自分で消費した分と売らずに残した分が、四ドル五〇セント相当分ありました。この額は、私が育てなかったために必要な分を買った牧草の金額をはるかに上回

りました。さて、私の農場は、魂を大切にして今を生きる、私の生きるための方法の実験場です。農作業にはあまり時間をかけなかったのに（というより実験だったからこそ）、同じ年のコンコードのどの農民より上出来だったと、私は見ています。

次の年には、私はいっそう腕が上がりました。私は自分に必要なだけの土地、つまり三分の一エーカー（一三五〇平方メートル）ほどを自分で耕して、作物を作りました。私は、これら二年の経験から学びました。アーサー・ヤング※160ら、農業技術の権威者たちが書いた優れた本などほとんど無視しても作物は育つし、簡素に、純真に暮らせば、自分で育てた作物を食べて生きられるということを。人は、自分で食べる以上の作物を作らず、自分の作物を贅沢で役に立たない高価な品物と交換しなければ、ほんの数ロッド（一ロッドは二五平方メートル）の畑を耕すだけで十分暮らせるし、それくらいの畑なら、牛を使うよりひとりで耕したほうが簡単です。また、それくらいの畑なら、

※160 アーサー・ヤング（一七四一〜一八二〇）。イギリスの園芸家で作家。優れた農業書を書いたほか、旅の本もよく書いた。アイルランドのカトリック教徒を弾圧するイギリスの政策の改善を求める記述など、彼の社会観察にソローは関心を示した。

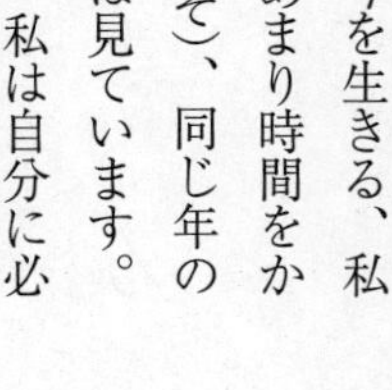
ミルクウィードの種子のさや

作物を育てた後に堆肥を施すより、毎年、場所を変えて輪作したほうが簡単です。こうして私たちは、望むなら、暮らしに必要な畑仕事を、夏の日々の細切れの時間に左手の仕事にして片づけ、右手はものを書くのにとっておけます。多くの農民のように、牛、馬、豚の世話に明け暮れする必要もありません。

私は、今の社会や経済的な成功に関心を持たない者として、暮らしの問題を公平に語ることができる立場にいたいと願っています。この意味で私は、今すでに、コンコードの農民の誰よりも自立しています。なぜなら、私は家にも農場にも縛られず、私の生まれながらの天性が時々刻々と命ずるがままに進む者だからです。私は何も持たない身であるがゆえに、コンコードの農民の誰よりも、今すでに豊かで、たとえ家が焼け、作物が実らなくても、さして変わらず豊かでしょう。

私には、人が家畜の飼い手ではなく、家畜が人の飼い手のように見えます。※161 農民より家畜のほうが自由のようにも見えます。

※161 ジョナサン・スウィフトの『ガリバー旅行記』第四編「フウイヌム国」では、人間に似たヤフーという使役動物が、馬に似たフウイヌムに飼われている。

なるほど人と牛とは、お互いに仕事を交換しています。でも、仕事の量では、人のほうがずっと多く提供しているのではないでしょうか。しかも、牛の棲《す》む場所である牧場は、人の家とは比べようもないほど広いのです。それに、人が牛に提供する仕事のひとつに、六週間も続くきつい干し草作りがあり、どう見ても子どもの遊びではありません。

もし、すべてにわたって簡素と誠実を尊ぶ国があれば、すなわち本当の哲学者の国があれば、動物の力を借りるような失敗はしなかったでしょう。[※162] もちろん、哲学者の国など一度として生まれたためしがなく、生まれる見通しもありません。それに今の私には、哲学者の国が望ましいかどうかも、定かではありません。ただ、少なくとも私は、馬や牛を力ずくで調教して仕事をさせたいとは思いません。馬や牛を飼うだけで、ほかに何もできなくては困ります。全体として見て、社会は家畜のおかげで利益を得ているかもしれません。けれども、ある人の得は、

※162 ソローは、友人で哲学者のブロンソン・オルコットを想定して述べている。オルコットのコミュニティーは、使役動物を飼わなかった。

他の人の損です。馬の世話をする少年は、馬に乗る雇い主と同じくらい満足でしょうか?

社会に貢献する大きな事業の一部も、家畜の力があって成功しました。人は馬や牛と共同で、大事業の一部を成し遂げました。でも、人はこの成功のおかげで、もっと価値ある仕事ができなかったのかもしれません。人の暮らしに直接は必要のない芸術に加えて、家畜の力を借り、贅沢すぎて無駄な大仕事をしているうちに、家畜の世話は専門家の仕事になり、強者に仕える奴隷が誕生しました。人はこうして、内なる動物のためだけでなく、外なる動物のためにも働くはめに陥りました。

農民にも石造りやレンガ造りの頑丈な住居があるのに、農民の成功は今なお、納屋の立派さで評価されます。コンコードは、牛や馬の畜舎の大きさでは近隣の町村の中で抜きん出ているといわれ、公共の建築物でも後れを取っていません。このように、この町にはありきたりなものはあっても、自由な礼拝や自由な討論のために使える集会場や公会堂は、ひとつふたつしかないのです。[※163] 国は、自らを称える建築物や記念碑をやたらに建てるのではなく、人々が共有する自由な哲学を深め、そのことを祝祭すべきです。

私は、東洋のどんな立派な遺跡に比べても、インドの哲学的叙事詩『バガヴァッド・ギーター』に深い感銘を覚えます！　巨大な塔や寺院は、王子たちの度の過ぎた贅沢に過ぎません。簡素を尊ぶ自由な知性の人は、たとえ王子の命令であろうと、無駄に働くことはしないでしょう。天才はどんな皇帝の家臣にもならず、小金を別にして、金銀や大理石を用いもしません。どんな立派な目的や祈りがあって、巨石をハンマーで叩かなければならないのでしょうか？　私が訪れたアルカディア[※164]には、石を叩く人などいませんでした。じつに多くの国が、ハンマーで整えた大量の石で、国の記憶を残す狂気の野望に取り付かれてきました。同じ労苦を費やすのなら、国の風習を磨き上げ、

※163　ソローは一八四四年、反奴隷制度の集会に教会を使わせてもらえなかった。

※164　ギリシャの山岳地帯にあると想定される理想郷。

洗練させたほうがましではないでしょうか?

もし私たちが、いくらかでも分別を育めたとしたら、月に届く記念碑を建てるより、はるかに記憶に値する事業になるでしょう。私は、ところを得た石を見るのが好きです。人々を威圧するテーベの建築物は俗悪です。人の暮らしから遠く離れたテーベの一〇〇の立派な石門より、正直な農民の畑を囲む一ロッドの石垣が好きです。[※165] 粗野で未開といわれる異教徒の宗教と文明が、壮麗な寺院を建ててきました。では、私たちがキリスト教と呼ぶ宗教はどうだというのでしょうか? ▼ある国では、ハンマーで整えられる石の大部分が墓に使われています。そんな記念碑は、端《はな》から死んだも同然です。ピラミッドという石の記念碑もなんら驚異ではないでしょう。威張りくさった間抜けな者の墓を造るのに、多くの人が一生を台なしにするほど品位を下げていたという事実こそ驚異です。[※166] 本来なら、ピラミッド造りに働いた人たちが、間抜けな者をナイル川に投げ込んで犬に

寄りかかる大石

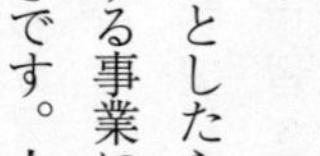

※165 ニューイングランドは、かつて氷河に被われた名残で丸石が多く、農民は家畜の侵入を防ぐため、畑を石垣で囲んだ。

※166 「ある国では」〜「驚異です」までは、一八五一年七月一九日の日記から。

食わせたら、男らしく賢明、と称賛されるところです。

なぜピラミッドなどという馬鹿げたものを造ったのか、私ももっと時間をかけて考えたら、ひょっとして造った人々も葬られた人も、それぞれに評価できる言い逃れを思いつくかもしれません。しかし幸い私には、時間がありません。エジプトの寺院でも、アメリカ合衆国銀行でも、この種の建造物を造りたがる人と、造る人の宗教と芸術への愛に、大きな違いはないでしょう。どちらも驚くべき巨大な代価を払いながら、なんの役にも立ちません。巨大な浪費の主な要因は、造りたがる人の虚栄心であり、造る人のニンニク、パン、バターを欲する食欲が、その虚栄心を後押ししました。新進気鋭の建築家バルコム氏が、ローマの建築家ウィトルウィウスの建築理論に助けられて硬い鉛筆と定規で設計図を引くと、図面は石切り場、ドブソン・アンド・サンズ会社の下に届けられます。※167 三〇〇〇年の歴史が図面を照らし、人々が仰ぎ見ます。

岩についたコケ

※167 建築家、会社ともソローの架空の設定。

私たちの心に浮かぶ高い塔や記念碑といえば、こんなこともありました。かつて、このコンコードにおかしな人がいて、地面を抜けて中国に行くといって穴を掘り、当人が言うには、ついに中国の鍋、釜がカチャカチャいう音が聞こえた、ということです。私はその人が掘った穴を見て、感服したいとは思いません。ところが、ヨーロッパやアジアの記念碑には、なんと多くの人々が関心を寄せ——誰が建てたかを知りたがることでしょう。私は、同じ時代にあって記念碑を建てなかった人と知り合いたいのです——おかしなものを建てずに超然としていた人の考えを知りたいのです。

私は土地の測量、大工仕事など、指の数ほどの仕事をこなせます。ウォールデン池に住んでいる間、私は、何回か日雇い仕事に精を出し、合わせて一三ドル三四セントの収入を得ました。次の表は、私がウォールデン池で二年余りを暮らしたうちの最初の八か月、つまり七月四日から三月一日までの食費です。た

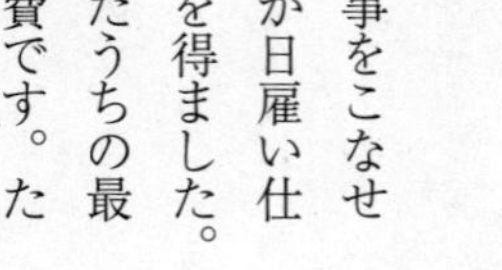

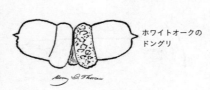

ホワイトオークのドングリ

だし表には、私が作ったジャガイモ、若干のグリーン・コーン、エンドウなどの評価額と、三月一日に手元に残った食料の評価額は入れてありません。

米　一ドル七三・五七セント
糖蜜　一ドル七三セント(甘い糖では最も安い)
ライ麦の粉　一ドル四・七五セント
トウモロコシの粉　九九・七五セント（ライ麦の粉より安い）
豚肉　二二セント
小麦粉　八八セント（トウモロコシの粉より高い。焼くのが難しい）
砂糖　八〇セント
ラード　六五セント
リンゴ　二五セント

干しリンゴ　二二セント
サツマイモ　一〇セント
カボチャ一個　六セント
スイカ一個　二セント
塩　三セント

以上の品目のうち、小麦粉からスイカまでの八品目は、試しに食べてみたもので、失敗でした。

私は間違いなく、総額八ドル七四セントを食べたと告白します。でも、もし読者の多くも私と同じように〝罪〟を犯していて、自分のリストを作れば気が咎める、ということがなければ、私はこれほど正直には書きません。二年目には、私は時に一皿分の魚を釣って夕食に添え、私の豆畑を荒らしたウッドチャックの一匹を捕らえ、食べました※168——ウッドチャックは私の豆を

※168　ウッドチャックは豆類を好み、豆だけでなく葉や鞘（さや）も食べる。ソローはウッドチャックに共感をおぼえ、平和な付き合い方を工夫したが、手強く、箱罠で生け捕りして、遠くの森に放すほか手がなかった。

たくさん食べたので、タタール人なら輪廻転生《りんねてんしょう》といって許してくれるかもしれません。私は珍しくもあり、実験の意味もいくらかあって食べました。臭いがきつくて味に癖があり、たとえ肉屋で枝肉にして売っていても、二度と食べません。

同じ期間の衣類と臨時の支出は（内訳はここに記す意味がなく省略）

合計で　八ドル四〇・七五セント

油と台所用品などの家庭用品　二ドル

支出は以上がすべてです（家の外でしていた洗濯と繕い物は、請求書が来ず[※169]、入っていません）。これらの支出の項目は、地球上のこの位置にある地域で暮らすには、どうしても必要になるお金のすべてで、合計すると、以下の通り。

※169　「洗濯と繕い物は、請求書が来ず」とは、家族の援助に頼った、という意味。

家の建築　　二八ドル一二・五セント
農場の経営（一年分）　　一四ドル七二・五セント
食物などの購入（八か月分）　　八ドル七四・七五セント
衣類などの購入（八か月分）　　八ドル四〇・七五セント
油など（八か月分）　　二ドル

支出の合計　　六一ドル九九・七五セント

特に自分で生活費を稼ぎ出して生きる読者の参考に供したいのですが、これらの支出に対して、私の収入は、以下の通り。

農場の生産物の売り上げ　　二三ドル四四セント
日雇い仕事で得た収入　　一三ドル三四セント

収入の合計　　三六ドル七八セント

収入を支出から引くと、二五ドル二一セント四分の三の不足が生じます。この額は、私が森で暮らす実験を始める時に所持していた金額に近く、それで穴埋めしました。私はこれらの代価をもって、余暇と独立、それに健康を手に入れたばかりか、住もうと思えばいつまでも住める、心地よい家を手に入れました。

私の暮らしの収支についてのこれらの資料は、ひとつの事例で、ほかの人には役に立たないと思われるかもしれません。でも、細部にわたる記録の集計には、誰にも役立つ確かな価値があります。私は、手にしたものについては、すべてを記録しました。たとえば私は、食物なら一週間あたり二七セントの代価で生きた、とわかります。それに、私はこの八か月に続く二年近くの森の暮らしを、イーストを使わないライ麦とトウモロコ

スカーレットオークのドングリ

シの粉、ジャガイモ、米、ごく少量の塩漬けの豚肉、糖蜜、塩で生きました。飲み物は水だけでした。▼インドの哲学をこよなく愛する私には、主食のひとつとして米を食べて暮らせるとわかったことも、素晴らしい経験でした。※170

ただ、あら探しが好きな人の異論に答えて、時に知人の夕食会に招かれたことを記しておきます。私はかつてと同じように、森の暮らしをしている間も、知人の家に招かれてご馳走《ちそう》になりました。これからも機会があればいいと期待しています。とはいえ、夕食会は私の暮らしのリズムを壊しました。いずれにせよ、夕食会はいつもある、言わば変わらぬ要因であり、私が試みた、生きるための実験に、実際上はほとんど関係ありません。

私は二年余りの森の暮らしの実験から、コンコードほど北の地でも、人が生きるために必要な食物を手に入れるのに、信じがたいほどわずかな労働で足りることを知りました。それに私は、人が動物と同じように質素な食物で、健康と強さを保てる

※170　「インドの哲学……経験でした」は、一八五二年一月二二日の日記から。

ことを知りました。私はトウモロコシ畑の雑草であるスベリヒユ（*Portulaca oleracea*）を一皿分摘むと、茹《ゆ》でて塩をふり、完璧に満足な食事をしました。学名を記したのは、スベリヒユの※171種小名*oleracea*の〝野菜のような〟という意味が気に入っているからです。それに、普通の人なら誰でも同じでしょうが、ある日の平和な昼時に、欲しいだけのスイートコーンを穫って茹で、塩味で食べる以上に心豊かな経験があるでしょうか？　私が食事にいくらか変化をつけたのも、健康のためというより味を楽しむためでした。ところが人は窮乏のためではなく、贅沢のために飢えるといわれます。私の知人のある良き女性は、自分の息子が死んだのは水しか飲まなかったためと信じています。

あなたは、私が食物を栄養学の問題ではなく、「生きるための経済学」の問題として扱っていることに気づかれているはずです。そこで、私はあなたがもし、私の言う暮らしの提案のすべてではなく、食事の提案だけを試みるおつもりなら、貯蔵庫

※171　マツバボタン大の多肉質の雑草。食べられるばかりか、整腸剤、駆虫剤、利尿剤など、部位により多彩な薬効を持つ薬草。朝、黄色い花をつける。

に十分な食物を蓄えてからにしてくださると信じます。
▼私がトウモロコシの粉と塩で作った最初のころのパンは、言葉通りの鍬焼きに近いパンで、私の家を造ったこけら板か端材に載せて、家の外の焚《た》き火《び》で焼きました。パンをかじると、決まって煙と松材の香りがしたものでした。私は小麦粉も使ってみました。けれども、結局、ライ麦の粉とトウモロコシの粉を混ぜると、最も簡便かつ味も良いと知りました。寒い日には、小さなパンをいくつか、ハトの卵を孵《かえ》すエジプト人のようにていねいに扱いながら返して、焼き上げるのが楽しみでした。できあがったパンは、まさに私が実らせた穀類の果実で、私が収穫し、布に包んで長く保存した気高い果実と同じように、かぐわしい香りがしました。
　私は、古代の大切な生きるための知恵と技だったパンの製法を、専門家が書いた文献にあたって研究しました。原始の時代に遡《さかのぼ》り、人が堅果や獣肉などの自然から直接に得た食物の採用

に始まって、精製されたパンという、口当たりのよい食物の発明に至った経緯を知りました。それはパン種《だね》（イースト菌など）を入れないパンでしたが、時代を下り、経験を重ねるうちに、人は酸っぱくなったパン生地に注目して発酵作用を知りました。続いて、発酵作用にさまざまな工夫を加え、ついには命の糧と呼ばれる「美味で体に良いパン」にたどり着いたのです。

多くの人が、発酵こそパンの神髄であると言って、パンの生命が隅々まで行き渡ったパン生地を、ウェスタ女神[※172]の火のように、細心の注意を払って保存しています。その貴重な火種が瓶に入れられ、メイフラワー号に乗せられてアメリカに伝えられ、ひと働きしたのでしょう。パンの勢力圏は今も広がっています。アメリカ大陸を被いつくす穀類作物のうねりに乗って、浮かび上がり、ふくれあがり、前進しています。[※173] 私はパン種を、いつも村に出かけ、暮らしに欠かせないものとして買っていたのですが、ある日、うっかり熱くしすぎました。この偶然の事故の

※172 ローマ神話の女神で、暖炉や竈（かまど）の火種を守る。火を起こすことが難しかったローマ時代には、火種を守ることは神聖な仕事とされた。ローマには、ウェスタ崇拝の聖所パラディオンが設けられて、六人のウェスタ乙女が聖火を守った。「細心の注意を払って保存」とは、このことの連想。

※173 「私がトウモロコシの粉と」～「前進しています」までは、一八四五～四七年の日記から。

おかげで、私はパン種も欠かせないものではないと知ったのです——私の発見は確かな経験に基づくもので、書物に書かれたことから推測したのではありません。

それ以来、私は大喜びでパン種なしですませていますが、ほとんどの主婦が心配して私に、イースト菌なしでは安全で健康に良いパンはできないと言い、年配の人たちは、生命力が衰えると予言します。でも私は、イースト菌が必須の成分ではないことに自分で気づき、イースト菌なしで一年ほど暮らして、今もこの世にいます。私は、パン種入りの瓶をポケットに持ち歩く厄介な仕事から逃げ出しました。瓶の栓がポンとはじけて中身が流れ出し、あわてさせられたことが一度ならずあったからです。それに、パン種をやめたほうが、簡素で、清潔にしていられます。

人間は、他のどんな動物よりも、はるかに広い気候や環境で暮らせる動物ですから、私はパンに炭酸水素ナトリウム（ふくらし粉）を入れず、いかなるアルカリも酸も加えません。私はパンを、紀元前二世紀のローマのマルクス・プロキウス・カトー[※174]が残したレシピに従って作っていたのだと思います。私はカトーが書いたパン作りの文章をこう解釈しています。

「パンを作るには以下のようにする。まず、手とこね鉢をよく洗う。次いで粉を鉢に入れ、水を少しずつ加えながら全体をよく練る。十分にこね終えたら、形を整え、蓋をして焼く」[※175]

カトーは、パン種には一言も触れていません。とはいえ、私はこの命の糧をいつも食べていたわけではありません。財布が空っぽ続きで、一か月余りもパンを見なかったこともあるくらいです。

ライ麦とトウモロコシの栽培に適したニューイングランドに住む人は、自分でパンの原料をいくらでも育てられ、遠く離れた変動の激しい市場経済に頼らずに生きていけるはずです。ところが、多くの人々は簡素で自立した暮らしからすっかり離れ

※174　マルクス・プロキウス・カトー（紀元前二三四～紀元前一四九）。ローマの政治家。少年時代を農場で過ごし、「貧しく、質素に、よく働く農民として、石だらけの農場の大石を片付け、土を掘り、植物を植えて過ごした」と書いている。ソローはウォールデン池を去った後の一八五一年、カトーの『農業論』を読み、人生を豊かにする楽しみは変わらない、と確信した。

※175　この文章は、ラテン語で書かれたカトーの『農業論』をソローが訳したもの。ソローはこの本から、ローマ人の暮らしを共感を持って知った。「しっかりした、中身の濃い、よく練られた文章で、無駄がない」と感嘆し、彼のラテン語に匹敵する英語を書きたいと切望した。

てしまい、コンコードの新鮮で美味な小麦粉が店で手に入ることさえめったになく、もっと粒の粗いトウモロコシ類の粉は誰も使いません。農民は、作った穀類の大部分を牛や豚の餌《えさ》にし、代わりに、自分の穀類より健康には良くない小麦粉を、店から高い代価で買っています。私は自分の経験から、一ブッシェルか二ブッシェルのライ麦やトウモロコシなら簡単に育てられることを知りました。ライ麦はどんな痩せ地でも育ち、トウモロコシも最高の農地でなくても大丈夫です。収穫したライ麦やトウモロコシは手臼《てうす》で挽いて粉にします。そうすれば、米や豚肉なしで生きていけます。私は濃い甘味料が好きで、実験を重ね、カボチャと砂糖大根のどちらからでも、良い糖蜜を作れるようになりました。気軽に甘味料を手に入れたいならカエデ※176を植えればいいし、カエデが大きく育つまでの間は、今挙げた糖蜜を含む代用品がいくつかあります。

私たちの祖先はこう歌っています。

※176　ここでいうカエデはサトウカエデ。

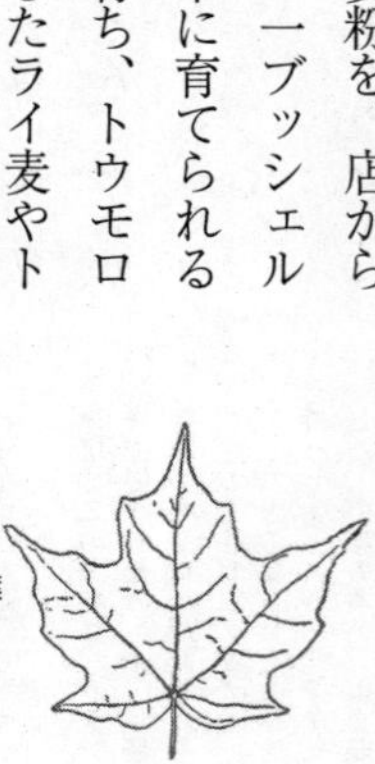
サトウカエデの葉

唇を楽しませる糖蜜なら、
カボチャ、パースニップ、クルミで作れるよ

最後に、食料雑貨としてどんな店にも必ず備えられている塩に触れたいのですが、もし、私が塩を買わず、塩を手に入れるために海岸へ旅に出るとしたら、それは海岸へ旅するにぴったりの理由と誰もが納得するでしょう。あるいは、もし、私が塩を買わず、旅にも出ずに、塩なしで暮らすとしたら、飲み水の量を減らす方法をとるでしょう。では、インディアンは塩をどうしているのか、私はよくよく調べたのですが、今のところインディアンが塩を求めて特別の方法をとることはないと結論しています。[※177]

つまり私は、自分の食物に関する限り、商取引や物々交換なしで生きられることを発見しました。避難場所としての家はす

※177　ソローは一八五〇年秋、インディアンに関する二七〇の文献を集中して読み、抜き書きがノート一一冊になった。それらのノートをソローは「インディアン・ブックス」と呼んでいる。

でに確保しました。あとは衣服と燃料の確保です。今、私が穿《は》いているズボンは、ある農民の家族が織ってくれました。私は、布を織るという素晴らしい美徳が、農民の世界に残っていることに感謝しなければなりません。だからこそ私の考えでは、人にとって農民から工員への堕落は、狩猟民から農民への堕落に匹敵する、大きな、記憶すべき変化です。燃料は、新しい国、アメリカでさえ手に入れるのが厄介な商品です。そこで私は、もし今の土地に自由定住者として住むのを許されなかったら、耕している土地の一エーカーを、他の人に売られたのと同じ値段(八ドル八セント)で買わなければならなかったでしょう。でも実際には、この本に記した通りの経過で自由定住者として住み、燃料である木の根を掘り出しながら土地の価値を高めることができました。

▼私は時に、何も信じないタイプの人から、あなたは植物だけで生きられますか、と聞かれます。この種の質問をする人には、

聞かれていることの根源をとらえ、そこに的確な一撃を加えねばなりません。そこで、私はこう答えます。私は板を打つ釘を食べたって生きていけますよ、と。もし、質問した人がこの答えを理解できなければ、その人は、私が言うことのほとんどすべてを理解できないでしょう。

では、私なら人に何を聞きたいかというと、こんな話が好きです。ある若者が自分の歯を臼にし、トウモロコシの穂についた堅い生の粒（種子）だけで二週間生きた、というのです。リスの仲間はその方法で暮らし、繁栄しています。では、人はひとつの種としてどのような能力を持つか、私はこの実験に興味を引かれます。もっとも、そんな芸当は無理なお年寄りや、製粉場の権利を三分の一相続している※178ご婦人がたの中には、危険な考えではないかと心配する人もいるでしょう。※179

アカリスが鱗片を齧りとったマツボックリ

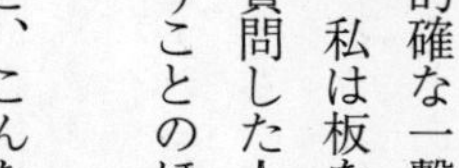

※178 当時、未亡人は夫の財産の三分の一を相続する権利があった。

※179 「私は時に」～「心配する人もいるでしょう」までは、一八五一年五月一日の日記から。

私は家具のいくつかを作りました。あとの家具はすべてただでしたから、支出の表にはありません。そこで、ここに私の家具の品目を挙げておくと、ベッド、テーブル、机がそれぞれひとつ、椅子三つ、三インチの手鏡、暖炉の火箸《ひばし》と薪を載せる台、やかん、鍋、フライパン、柄杓、食器洗い用ボウルがそれぞれひとつ、ナイフとフォーク二セット、皿三枚、カップ、スプーン、油差し、糖蜜差し、それに漆塗りのランプがそれぞれひとつなどです。物はあり余っており、カボチャに腰掛けるほど貧しい人はいない、ということになります。

もしそんな人がいたとしたら、家具を手に入れる気力がないのでしょう。私の好みの椅子をはじめ、たくさんの古い家具が村の家々の屋根裏にしまわれ、使う人を今か今かと待っています。いったい家具とはなんでしょうか？　なんとありがたいことに、私は大きな家具屋の手を煩わせなくても、自分の手足で家具を探すことができました。哲学者は別として、自分の家具が荷車に積まれて太陽の光に照らされながら、人々の注目を浴びて、本当は空き箱と違わないのに、うわべをつくろっている姿を見ては、誰もが恥ずかしくなるでしょう。これがスポールディング氏[※180]の家具の現実です。私も引っ越しの荷車で運ばれる家具を目にしますが、いったいそれは金持ちのものか、貧乏人のものか、見当もつきません。どれもみな、貧しく見えます。実際、人は家具を持てば持つほど貧しくなります。どの引っ越し荷物を見ても、一二軒の掘っ立て小屋の住人がいっせいに引っ越している、と思ってしまうほどの嵩《かさ》があります。掘っ立て小屋の住人が貧しいというのなら、引っ越し中の家具には一二倍の貧しさが詰まっています。

なんということでしょう。私たちは、家具を捨て、殻を脱ぎ捨てるためでなくて、なんのために引っ越すのでしょうか？

※180　コンコードの近隣の一部に多い姓で、町の人一般を指す。

引っ越すのは、世界を捨て、燃え尽くすにまかせ、再生する生き生きした世界に移り住むこと、ではないのでしょうか？ 家具を引っ越し荷物にして曳《ひ》く人を見ると、罠《わな》のすべてをベルトにさげた猟師のようです。ひと儲けたくらむ猟師は、足元が悪いとはいえ自由に渡り歩ける自然の大地を、重い罠を引きずって越えねばなりません。罠に挟まれた尾を、自分で切り離して逃げるキツネはまだ幸せです。マスクラットは、罠に脚を挟まれるたびに齧りとって逃げ、ついには三本目の脚を切り離して自由を求める勇気を持っています。家具すら捨てられない人が、突然の不幸に立ち直れないのは当然です。いつだって人はがんじがらめなのです！ でも、こう問い返す人もいるでしょう。

「がんじがらめって、どういう意味です？」。

もし、あなたに見る気があるなら、誰でもいいから会った人に問いかけ、所有する物のすべてをあなたの目で見てください。台所用品から、決して捨てず溜まりに溜まった物のすべて、さ

マスクラット

らに持っていないふりをして持っている持ち物のすべてを、あなたの目で見てください。人は物を持ちすぎ、重すぎて、前に進めてもほんの一歩で精一杯、とわかるでしょう。私が言うがんじがらめの人とは、空身なら自由に抜けられる岩の裂け目に、ソリに載せた家具の山が引っ掛かって身動きできない人です。私は、身だしなみも良く、しっかりした体つきで、見たところ自由で、どんな事態にも機敏に応じる人が、「家具」の話になるや否や、保険付きか、などと心配するのを見ると、哀れを感じます。

「それにしても、私の家具をどうしろっていうの？」ですって！きらびやかなチョウも、クモの網にかかってはおしまいです。たとえ、長く物を持たずに暮らしてきたように見える人でも、よく聞いてみると、知人の納屋に家具を預けていたりします。私には、今日のイギリスは、長い生涯のうちに溜まった安ピカ物でいっぱいの荷物を引きずって歩く老紳士のようです。不要

マスクラットが巣穴に運び込んだ食物片

でも焼き捨てる勇気がなく、大トランク、小トランク、手提げかばん、小包と、身動きできません。まずは最初の三つくらいは捨ててしまいましょう。現代人はいかに精力旺盛でも、ベッドを持っては歩けません。贅沢にこだわることがすでに病気ですから、今すぐベッドを置き、逃げるようお勧めします。

私は、すべての家財道具を巨大な包みにして背負った、ひとりの移民に会ったことがあります。私の目には、その包みは首筋にできた大きな瘤《こぶ》のようで、切り離しがたい巨大な包みを持つ移民が哀れでした。家財道具がひと包みで全部だったからではなく、所有物があって無惨でした。私なら、罠を引きずって歩くにしても、小さな罠に限り、体を挟まれないようにします。でも、罠には初めから手を出さないのが、賢い方法です。

森には、太陽と月は別にして、私の家を覗く者はいません。私は、太陽と月にはぜひとも家を覗いて欲しかったので、当然、お金をかけてカーテンを付ける必要などありませんでした。月

丸太の挟み罠

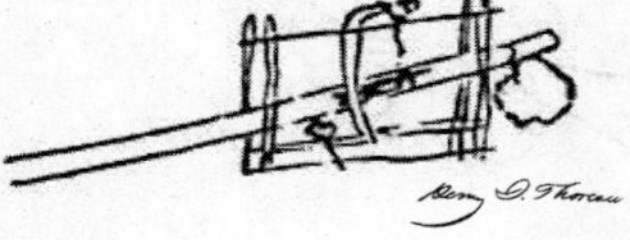

は私のミルクを酸っぱくせず、肉を腐らせもしません。太陽は私の家具を傷めも、カーペットを褪《あ》せさせもしなかったものの、時にいくらか、暑い友人でした。でも、日の光を遮るカーテンを手間暇かけて付けるより、森のカーテンが作る日陰に入るほうが賢い方法でした。私は、あるご婦人からマットをプレゼントしたいと言われました。ところが、家にはマットを置く場所がありません。それにマットが汚れると、叩いて土を落とさなければなりませんが、時間がもったいないので、丁重にお断りしました。家に入る前に、靴の泥を拭うなら、戸口の草を使うほうが気持ちがいいでしょう。悪しきを防ぐには、最初から手を出さないに越したことはありません。

割と最近のこと、私はある教会の執事の遺品の競売に出てみました。というのは、教会の幹部でありながら、俗界でも力を発揮した人だったからです。

人の罪は死んでも消えない※181
と言うではありませんか。

いつものことながら、競売の品々の大多数は、執事が親の代から貯め込んだ、がらくたでした。おまけに、干からびたサナダムシまである始末でした。これらの品々は、半世紀の間、屋根裏や空き部屋にただ置かれていたのです。今こそ、すべての品々を一気に燃やし、浄化する絶好の機会だというのに、競売にかけては、ますます増殖させてしまいます。隣人たちが手に取って眺め、買い、壊さないように用心して家へ運び、財産として屋根裏や空き部屋に置きます。そして、また所有者が死ぬと、すべてのがらくたが運び出され、同じことの繰り返しです。「人は死んで埃《ほこり》を蹴り出す」※182とは、このことだったのでしょう。

インディアンの国の慣習の中には、私たちが見習ったらいいものが数多くあります。たとえば、年に一回装いを一新する慣

※181　シェイクスピア『ジュリアス・シーザー』より。

※182　ホメロス『イリアス』より。

習を、私たちも採用してはどうでしょう？　彼らが慣習の意味を自覚していたかどうかはともかく、どう振る舞うのがいいかはわかっていました。バートラムがマクラス・インディアンの慣習として記述している「バスク」、すなわち「年の初めの収穫を祝う祭」がそれです。バートラムはこう書いています。

「バスクの祭になると、人々は長い時間をかけて用意した新しい服、新しい鍋、新しい釜などのあらゆる新しい雑貨や家具を、古いものと取り替えます。古いものは町のあちこちの広場に集め、山のように積み上げます。そして、家の内外、広場、そして町のすみずみまで掃き清めて美しくし、掃き取ったゴミやチリも、古いものの山に加え、さらには古い残りの穀物その他の食物も、古いものの山に積み上げます。そして、古いものの山に火をつけ、燃やし、灰にします。次いで人々は薬を飲み、三日間の断食に入ります。断食の間は、欲求や情熱の充足を慎みます。断食が終わると、町のあらゆる火を消します。と同時に、すべての罪人が許され、望む者は家に帰れます」
「四日目の朝、最高位の聖者が町の広場に出て、乾燥した木をこすり合わせて新しい火を起こします。この聖なる火を、町の人々が移し取って家に持ち帰るのです」
そして、人々は引き続く三日間を、新たに収穫したトウモロコシと果実を食べて祝い、踊り、歌って楽しみます。
「そしてさらに、引き続く四日間を人々は、同じように古いものを新しいものと取り替え、身を清め、収穫を祝ってきた近くの町の人たちと、交流して楽しみます」[※183]
メキシコ人は、同じような清めの慣習を、五二年ごとに執り行なうといいます。メキシコ人は、世界の終わりがこの年月ごとにやってくると信じています。[※184]
私はこの慣習ほど、辞書[※185]の言葉通りの聖なる儀式、つまり「内なる魂の美徳が、外に顕《あらわ》れたるしるし」である儀式を知りません。そして私は、これらの慣習は、もともとは天から霊感を受

※183　ウィリアム・バートラム（一七三九〜一八二三）。アメリカ最初の大ナチュラリスト。森を旅し、多くの植物を発見し、先住民の暮らしを記録した。この記述は、一七七三年から四年間にわたる、今日のフロリダ、ジョージア、カロライナの旅の記録より。

※184　『メキシコの征服』より。著者のウィリアム・プレスコット（一七九六〜一八五九）は、スペイン人と良き関係を作って史実を収集した、盲目の歴史家。

※185　辞書は『Noah Webster, an American Dictionary of the English Language (1843)』。

けて、執り行なわれるようになったのだと、考えざるを得ません。神の啓示を記した聖書を持っていないだけに、彼らは天からの直接の啓示を受けています。

私は、五年を超える歳月を自分の手で働いて生きた経験から、一年につき六週間ほど働けば、暮らしに必要なあらゆる代価をまかなえることを発見しました。[※186] つまり私は、その程度働くだけで、冬の日のすべてと夏の日の大部分を自由にし、研究のために空けることができたのです。私はそれ以前に、学校を熱心に経営した時期があります。[※187] この時は、お金ばかりか、その他のすべての項目で、支出が収入を上回りました。私はこの教育の仕事のために服を整え、教材を調べながらも、心の底からしたいわけではなかったため、時間がかかりすぎて堪えられませんでした。学校で生徒に真の仲間として接し、良きことをしよ

※186　ソローはハーバード大学の学位授与式で、聖書と逆に週に一日働き、六日休むと言った。「一年につき六週間ほど働く」とは、この宣言を実行したことになる。

※187　ソローは一八三八年、兄のジョンと共同で、大学進学コースを持つ学校を創設した。この学校は、通常の授業に加え、ライシーアムの講演や、森や川へ出かける実地教育を行なって好評だったが、四〇年、ジョンの病気で閉校した。

うとしたのではなく、暮らしを立てるために仕事をしたのが失敗でした。

私は商売をしたこともあります。ところが商売は、うまくいくのに一〇年かかり、うまくいくと悪の道にはまりそうでした。通常言われる事業の成功、つまり大儲けができそうで、本当に怖くなりました。こうして私は、暮らしの立て方を試みていて、知人たちの希望に自分の考えを合わせて、失敗の苦い経験を重ねました。その貴重な経験から私は、自分の知恵を総動員して考え方を一新しました。▼私はハックルベリー※188を摘んで生計を立てられないかと、真剣に考えました。それなら私にも確実にできるし、私はわずかな収益で十分です。私が誇れる自慢の技といえば、わずかしか望まないことですから。ハックルベリーを摘む仕事なら資本はほとんどいらず、私が望む気分からもさして外れません。私は現実を大きく踏み外したことを考えていました。

ハックルベリーのランナー

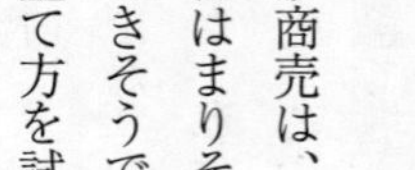

※188 南北アメリカ大陸に分布するツツジ科の落葉小低木。ニューイングランドにはブラックハックルベリーが分布し、ブルーベリーと共に砂地や石の多い土地に生える。甘く香りのよい、六～八ミリの黒い実をつける。ニューイングランドの人々は、この実を摘む楽しみを年中行事とした。コンコードでも最も手に入りやすい、豊富な野生のベリー類。

私の知人たちが商業などのちゃんとした職業にどんどん就いていくのを見ながら、私は自分の仕事もみんなの職業と変わらない、と思っていました。夏の間、どこまでも広い丘を渡り歩き、見つけたペリー類を摘み、人々に値段も定めずに売るのが私の仕事でした。まるで、アドメス王の羊を飼って一年一年を過ごしたアポロン神[※189]でした。私はまた、山菜を集め、常緑樹を大きな荷車に積んで運び、森を思わせる植物を愛する村人や、都市の市民のもとに送り届ける仕事をしようと夢見ました。でも、そうしながら私は、なんにせよ自分の大切なことを商業として扱ったら最後、呪われることを悟りました。たとえあなたが神の言葉を伝えようとして働いたとしても、お金が絡めば、商業の呪いがへばりつくものです[※190]。

私には、これよりあれが好きといったように、興味を引かれる物や事柄がいつもあります。中でも自由が好きです。私は厳しい暮らしはいくらでも耐えることができ、贅沢なカーペット、

※189　ギリシャ神話の神。神々の住むオリンポスの山を追放された九年間を、アドメス王の羊をオオカミから守る羊飼いとして生きた。

※190　「私はハックルベリーを」～「呪いがへばりつくものです」までは、一八五一年七月一九日の日記から。

美しい家具、美味な食事、ギリシャ調やゴシック調の住居などを手に入れるのに、貴重な時間を使いたくありません。贅沢品は、それを喜んで手に入れ、使いこなせる人にお任せします。とても〝勤勉〟で、仕事が好きな人もいます。おそらくそのような人は、仕事に熱中して、悪の道に入らないようにしているのでしょう。仕事に熱中する人に、私は何かを伝えたいと思いません。また、今よりもっと時間ができても、何をしたらよいかわからない人もいます。そのような人は、今まで楽をしすぎたのでしょうから、二倍働くようお勧めします。無駄に使った時間を返せるし、自分の時間を買い取って自由の証書[※191]を手に入れることもできるでしょう。

私はというと、日雇いの肉体労働の仕事こそ、どんな仕事より独立を保てる仕事であることを発見しました。私は、この仕事を年に三〇日から四〇日すれば暮らせるところが、気に入っています。肉体労働者の仕事は太陽が沈めばおしまいで、後は

※191 「自由の証書」とは、解放奴隷の証書のこと。

解放され、したいように過ごせます。それに比べ、肉体労働者の雇い主は、毎月、仕事の手配をし、年がら年中忙しく、ほんの一時も休めません。

つまり私は、簡素に賢く暮らせば、地球で自分の身を養っていくのはなんら辛《つら》いことではなく、楽しみと信じており、経験からもそうと確信しました。このような暮らしは、簡素な国の人[※192]には、今も生きる目的そのものです。ところが、文明化が進んだ国の一部の人々は、これを単なる遊びにします。私より上手に働ける人は別として、人は額に汗して働く必要はありません。

数エーカーの土地を相続した私の知人である若者が、もっと財産があれば私のように暮らしたい、と言いました。私はどんな人でも、私の暮らし方で暮らして欲しいとは思いません。私の暮らし方を真似ても、真似たころに私は別の暮らし方をしているし、私はこの世界になるべく多様な個性の人がいてほしい

※192 「簡素な国の人」とは、インディアンのことを指す。

からです。それに、私は誰もが最大限に自分を大切にして、父の生き方でも、母の生き方でも、隣人の生き方でもない、自分の生き方を探すよう願っています。若者は建物を造り、農地を耕し、あるいは航海したいと言います。私は、それらの若者の望みを妨げる何かがあるなら、そこから自由にしてあげたいと思うだけです。人が本当に賢くなるのは、大洋を航行する船乗りや、逃亡した奴隷が絶えず北極星に目を向けるように※193、数学的と言っていいほど厳密に絞り込まれた目標を持てた時だけでしょう。高く明晰《めいせき》な目標だけが、人の生涯を導いてくれます。計算できる歳月のうちには、私たちは港に着けないかもしれません。けれど、私たちは高い目標のおかげで、真の道から外れずに進めます。

このことがひとりの人に当てはまるなら、一〇〇〇人の人にはもっとよく当てはまるでしょう。大きな家は小さな家に比べて、大きさの割に安価に建つのと同じでしょう。家は大きくて

※193　自由なカナダを目指す逃亡奴隷は、北極星を目印にした。

も、ひとつの屋根とひとつの地下貯蔵庫ですみ、ひとつの共同の壁でいくつもの部屋に仕切れるからです。とはいえ、私は一戸建てのほうが好きです。仲間と話し合って共同の大きな家を建てるとなると、仕切りの壁をどう造るかにしても、相談の手間暇がかかります。そんな時間があったら、さっさと小さな家を建てたほうが簡単です。それに、たとえ共同の家を、うまく安価に建てたとしても、仕切りの壁が薄すぎたりと、面倒が起こりがちであるうえ、壁の向こうの隣人が礼儀をわきまえた人とは限りません。壁を手荒く扱い、向こう側から壁が崩れる心配だってあります。

私たちが上手に共同できるのは、数少ない例外を別にすると、ごく限られた範囲の共同で、それも簡単で単純な共同だけのようです。本当の共同がいかにわずかかは、町の騒音の中から、人に聞き取れない美しいハーモニーを聞き取るようなもの、と言っていいくらいです。もちろん、丸ごと人を信じる人なら、世界のどこででも同じように人を信じて共同できるでしょう。そうは人を信じられない人なら、世界のどんな民族と暮らそうと、そううまくはいかないでしょう。人と共同するとは、深い共同でも、浅い共同でも、人と暮らしを共にすることを含んでいます。最近、私はこんな話を聞きました。ふたりの若者が一緒に世界旅行に出かけました。若者のひとりはお金がなく、行く先々のマスト[※194]の前や錨の後ろでがむしゃらに働かなければならなかったのに、若者のひとりは、余裕しゃくしゃくでポケットに小切手を忍ばせているという違いでした。これでは、ふたりの共同といっても始めようがないことは、火を見るより明らかです。ふたりは冒険旅行で出会う最初のどたばた劇で別れることになるでしょう。

私が言ってきた通り、前に進めるのは、何事もひとりで始める人です。他の人と旅をしようとすれば、その人が準備するのを待たねばならず、結局、始めるまで長い日々を無駄に過ごす

※194　帆船で航海する間、下級船員は、マストの前で眠るのを慣習としていた。

ことになるでしょう。

私は何人かの町の人から、身勝手にもほどがあると言われてきました。ならばここで私から、博愛主義の慈善活動にはほとんど関わらずに生きてきた、と先に告白しておいたほうが手っ取り早いでしょう。[※195] 義務と言われ、私も慈善活動に身を捧げたこともなくはありません。しかし、私がしてきた他の多くの活動に比べたら、私は博愛主義の慈善活動に携わる光栄を、それらの活動で犠牲にしてきた、と言っていいくらいです。

町の人の中には、ありとあらゆる手練手管《てれんてくだ》を使って、私に極貧の家族を支える慈善活動をさせようとする人がいます。もし、私に何もすることがなければ、私もその種の気晴らしの暇仕事に取りかかったでしょう――怠け者には悪魔が嫌な仕事を探してくれると言うではありませんか――なにしろ実際、私も慈善

※195　慈善活動の拒絶は良心の呵責ともなり、勇気がいった。チャールズ・ディケンズ『クリスマス・キャロル』(一八四三)のスクルージは、クリスマスの慈善寄付の拒絶が巻き起こした社会的波紋と良心の呵責から、ついに良きことをなす。

の光栄に身を捧げたことがあったのです。でも、ついに私が極貧の人たちに、まったく私と同じ心地よい暮らしを提供しようと申し出たところ、誰もがためらいなく、今のままのほうがまだマシ、と言いました。

私の隣人である町の紳士淑女は、同胞たる恵まれない人たちに良かれと、驚くほど多彩なやり方で身を捧げています。ですから私は、せめて私ひとりくらいは、あまり人間愛と関わらないその他の仕事に関心を向けたとしても悪くない、と信じます。

何事も同じで、慈善活動にも適性があります。いわゆる良き行ないをする、と言ったら、もうそれだけで十分にひとつの職業に値すると言っていい、大きな活動ではありませんか。私は十分試してみて、少々おかしな表現ですが、私の体質に合わないと納得しました。おそらく私は、社会が私に要求する良き行ないを、たとえ宇宙を破滅から救うためと大仰に言われても、私が感じている使命を自ら進んで捨てることはないでしょう。

山頂にかかる雲

それに私は断固として、私とは比べようもない偉大な何かが存在しているからこそ、宇宙は今このようにあると信じています。

もちろん、私は他の人が慈善の適性を発揮するのを妨げるつもりは微塵《みじん》もありません。なるほど私は慈善活動を丁重に断りましたが、慈善活動に心と精神を傾け、暮らしのすべてをかける人には、たとえ社会がかえって害悪だと言おうと（言いそうなことです）、意のままに進むべき、と言いたいのです。

もちろん、私は自分の考えが偏っているとは少しも思いません。読者の多くも、ご自身の考えを問われれば、私と同じように答えて身を守るでしょう。単純に何か仕事をするようにと言われたら（私の隣人たちがそれを仕事と言うかどうかは、わかりません）、私も雇った人に損をさせないと胸を張って言えます。ただし、この場合にはどんな仕事をするかは、雇い主が決めます。

でも、言葉の普通の意味で私が良き行ないをするとすれば、

雪でしなるカバノキ

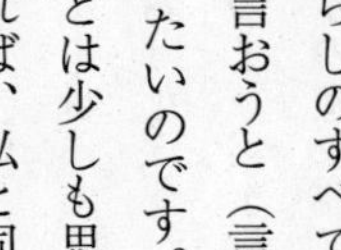

それは私が普段たどっている道とは違ったところで、意図されずになされるだけでしょう。町の人たちはこう言います。そうではなく、まずは実際的に、自分が今いるところで、今の自分でいていいから、それに良い人になろうとしなくていいから、ただ良き行ないをしようという気持ちだけを持って親切にすればいい、と。でも、同じように私にも言わせてもらえるなら、まず自分が良くなるところから始めるべき、と言いたいのです。[※196]
町の人たちの考えでは、太陽は月や六等星を目にすると、いちいち歩みを止めて火勢を強めて照らしてあげたほうがいい、とでも言っているようではありませんか。つまり、まるではた迷惑なロビン・グッドフェロー[※197]のように家々の窓を覗き込み、月夜に狂う人を刺激してますます興奮させ、肉が腐るスピードを早め、せっかく暗くなった部屋を明るくすべき、というのです。でも、現実の太陽は、地平線に姿を現すと、自然の働きを助ける輝きを次第に強めていき、ついには人の目に入れること

※196　「どこかほかの場で良きことをするのではなく、この場所で自分が良くなる」という意味。

※197　イギリスの民間伝承の意地の悪い妖精。パックとも呼ばれる。シェイクスピアの『真夏の夜の夢』に、しばしば姿を変え、旅人を迷わせ、ミルクを腐らせ、少女を驚かすいたずら者として登場する。

ができないほどの強烈な光彩を発します。そうしながらも、太陽は自らの軌道を淀《よど》みなく進んで私たちの世界をめぐり、良き行ないをし続けています。というより、科学がいっそう真実に近い形で明らかにしたところでは、私たちの世界のほうが太陽の周りを回っていて、太陽が与える良きこと、つまり太陽の恵みを受け取っています。

太陽の神、ヘリオスの子、パエトンは、妙《たえ》なる天界の子であることをみなに見せたくて仕方ありませんでした。それには良き行ないをして見せるのが一番とばかりに、ほんの一日、父の戦車を乗り回したところ、轍《わだち》の跡を外れ、ふらふらと天界の下層に広がる街に突っ込み、街区をいくつか焼いたばかりか地球の表面も焦がし、泉を次々に干上がらせて、サハラの大砂漠を創ったのでした。そして、ついにはジュピターが雷を放ってパエトンを射当て、地球へと真っ逆さまに撃墜しなければなりませんでした。太陽の神は悲しみのあまり、一年ほども光を発す

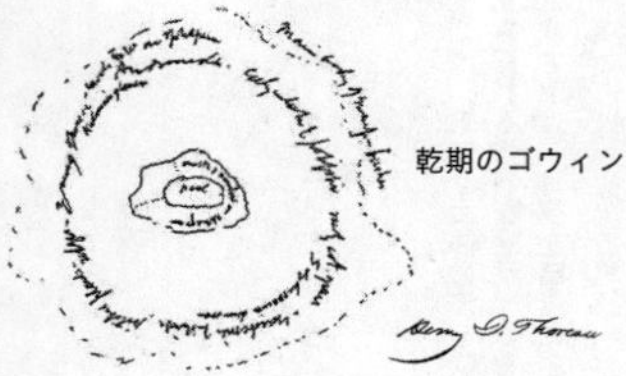

乾期のゴウィング沼

ることさえできなくなったのでした。

堕落した良き行ないから立ち上る臭気ほど、耐えがたきものはありません。それは人の、また神の腐肉の悪臭です。何人かが、私の家に私に良き行ないをなそうとやってくるのを、もし私が事前に察知できたら、私は身を守るために逃げます。あのシムーン※198と呼ばれるアフリカの乾ききった恐怖の熱風は、砂を人の体に叩きつけ、口や耳や鼻や目を砂であふれさせて塞《ふさ》ぎ、ついには窒息させて命を奪うといいます。私は、シムーンの恐怖は、私に施される良き行ないの恐怖に似ていると感じます。良き行ないの害悪が私の血に溶け込むような恐怖です。堕落した良き行ないに助けられるくらいなら、私は苦難をまともに体で受け止めるほうを選びます。私が飢えそう、凍えそう、落ちそうだからといって助けてくれる人は、私には良き人ではありません。それではニューファウンドランド犬ではありませんか。博愛主義は、広く深い意味で、お互いに仲間である人どうしの

※198　アフリカの砂漠を吹き荒れる強烈な熱風。砂を吹き上げ、真昼を暗黒にする。

愛とは違います。

刑務所の改革に貢献したジョン・ハワード※199は、なるほどとても親切で尊敬できる人物で、自分の運動の成果に満足も味わったことでしょう。けれども、私たちの前にたとえ一〇〇人のハワードがいても、私たちが本当に助力を必要とする決定的な瞬間に、ハワードの博愛主義は助けには来ないでしょう！　私は博愛主義者の会合で、私や私のような人間のために、何か良き行ないをしようという提案が真剣に討議されたという話を聞いたことがありません。

イエズス会の宣教師は、丸太にくくりつけて火あぶりにしているインディアンから、自分たちが知らないもっとすごい拷問の方法を暗示されて※200、立派なキリスト教徒である自分たちのもくろみを脆《もろ》くも打ち砕かれました。インディアンは、肉体の頑強さでもはるかに宣教師に勝っていて、いかに甘い言葉で懐柔しようとも屈しませんでした。人からなされたいように人にな

※199　ジョン・ハワード（一七二六？〜九〇）。イギリスの博愛主義者。監獄の改善に尽力した。

ベニテングタケ

※200　ソローは「インディアン・ノート」で、文明は攻撃的、と結論している。

せ、というモーセの律法も、敵からどうされようと気に留めず、宣教師には想像すらできなかった新しい仕方で敵を愛し、敵のなすことのすべてを許すインディアンには、ほとんど通用しないことは明らかでした。

あなたが貧しい人々を助けようというのなら、本当に欲しているものを与えるのが当然です。与える人の生き方を押し付けては助けになりません。あなたに与えるお金があっても、単に与えることが解決になるでしょうか。むしろあなたが自分で使うべきです。私たちは他の人を助けようとして、時に、とんでもない見当違いをします。貧しい人はボロをまとい、薄汚れ、きちんとしていないように見えて、さして凍えても、飢えてもいないこともあります。それはひとつには好みの問題であって、簡単に不幸のためとは言えないところもなくはないからです。もし、あなたがきちんとするようにと、貧しい人々にお金を与えても、ボロを買うだけでしょう。

私は、ウォールデン池の氷を切り出す、アイルランド人のむさくるしい労働者に同情したことがあります。ところが私はといえば、アイルランド人よりかすかにこぎれいで、当世風の衣服を着ていただけで、いつも寒くて震えが止まりませんでした。ある酷寒の日に、アイルランド人のひとりが池に落ちました。私の家に避難したその人は、三本のズボンと、たしかに汚れた二本の長靴下を身に着けていました。私はその人に上着を提供しようと申し出たのですが、断られました。その人は下着を重ね着していたので、十分だったのです。きれいな水に浸かることは、ちょうどよい水浴だったでしょう。私は、少しは自分に目を向けたほうが良さそう、と思い直しました。その人のために古着屋を買い占めるより、自分のために一枚のフランネルのシャツを買うほうが、よほど慈善になります。

　悪の小枝を切る人が一〇〇〇人いても、悪の根を断とうとする人はわずかひとりという状況です。貧困者を援助している人

若いタカの羽毛

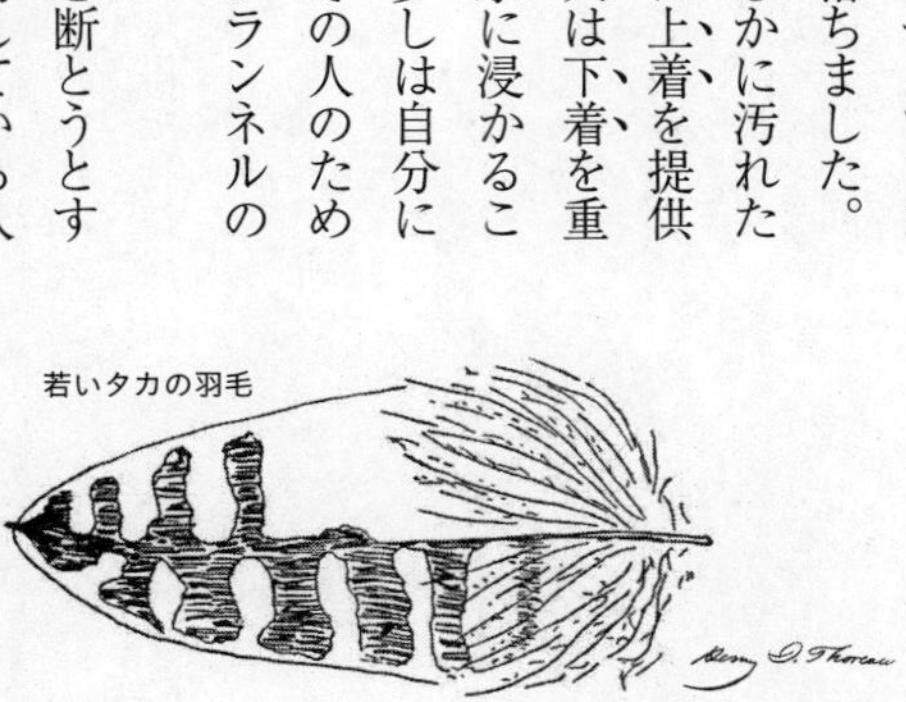

の暮らし方そのものが貧困を生み出し、援助はいくらしても無駄ということがあるでしょう。奴隷の主でも慈悲深いとされる人がいるのは、一〇人の奴隷につきひとりの働きから得た利益を使って、九人のために日曜日の自由を買っているからであり、それで奴隷の悲惨がなくなるはずがありません。私の隣人でも、一部の人たちは貧乏な人を台所で使って、それが思いやりだと言っています。でも、自分が台所で働くほうが、ずっと思いやりのある行為ではないでしょうか? 収入の一〇分の一を教会に払っていると自慢する人がいます。あなたがもしその考えなら、一〇分の九を教会に払ったほうがいいでしょう。けれどもそんなことをしたら、私たちの社会には富の一〇分の一しか回ってこないではありませんか。このようなお金の流れを、財産をたまたま持った人の思いのままに任せていいのでしょうか。それとも、それは司法官の職務怠慢のせいでしょうか?

博愛主義の精神は、世界の人々が一致して価値を認めるほとんど唯一の美徳です。問題は、過大評価という一点にあります。それに、博愛主義の精神を評価するのは利己主義だからです。現に私はこのコンコードで、立派な体格の貧乏な男が、ある町の人を素晴らしい人と高く評価するのを聞きましたが、彼が言うには、それはその人が貧乏人、つまり彼に親切を施したためでした。いくらか親切な叔父や叔母が、本当の精神の父や母より重く見られています。私は、学問の人であり、教養もある聖職者がイギリスについて講演するのを聞いたのですが[※201]、シェイクスピア、ベーコン、クロムウェル、ミルトン、ニュートン、その他の科学、文学、政治に関わる偉人を列挙して誉め称えました。続いて聖職者は、キリスト教徒が祭り上げている人物たちを取り上げ、まるで自分の職業上そうしているだけと言わんばかりに、それらキリスト教徒の重要人物を、幾多の偉人たちより上位の、偉人中の偉人と結論したのでした。ペン、ハワード、フライ夫人の三人が偉人中の偉人ですが、これでは誰もが

※201　メイン州バンガーの牧師フレデリック・ヘッジ（一八〇五～九〇）が、コンコード・ライシーアムで一八五〇年一月一六日に行なった講演。ヘッジはドイツに留学後、ハーバード大学に入り、ラルフ・エマソンと知りあい、初期の超越主義者の運動に参加した。一八四〇年代に入り、キリスト教徒としての自分の立場を守る道を選択する。

でっちあげで大嘘だと感じるでしょう。三人はイギリスの最高の人物とは言えません。最高の博愛主義者と言えば、ちょうど良かったのです。

私は、博愛主義が真に貢献していることがあれば、もちろん評価します。私はただ、生き方と仕事を通じて人間社会に貢献したすべての人を、公平に評価するよう求めています。私たちは、人を実直さと慈悲の心だけで評価するわけにはいきません。それは、植物でいえば茎とか葉です。植物の緑の部分を乾燥させ、病人用のハーブ茶を作ったりはしますが、それは効果も曖《あい》昧《まい》で、ほとんどは偽医者が使う薬です。私は人の花と果実も評価したいのです。人が発する何かが私に感化を及ぼし、互いの間に円熟した風味が添えられるような、良き相互の働きを欲しています。人の素晴らしさは、人のどこか一部とか、時を限って現れるのではなく、いつも溢《あふ》れるようにあって、その人には当たり前の、意識しないあり方です。それこそが、人それぞれの偏屈とわがままを償って余りある、真の博愛と慈悲です。

博愛主義の人は、しばしば自分が脱ぎ捨てた暗い記憶で人々を大気のように包み、同情とか共感と言います。ところが、私たちは勇気を分かち合うほうがよく、絶望に感化されても仕方ありません。健康や心の安らかさは分かち合いたいとしても、病気をうつし合うことはないでしょう。絶望や病気なら、伝染するのを防いだほうがいいのです。いったい南部の平原のどこから、どんな嘆きの声が聞こえているのでしょうか？ いったい遠隔の地のどこに、光を与えるべき異教徒がいるのでしょうか？ 私たちが救済しなければならないという大酒飲みで凶暴な男とは、いったい誰なのでしょうか？

人は、お腹の具合が悪いといったささいな不調がきっかけになって——というのは、お腹は同情の座ですから——たちまち世界の改革に乗り出したりします。なにしろ人は小宇宙ですから、当然の発見、つまりは自分がそのことに気づく、まさにそ

雲

の人だという発見をして、世界が青いリンゴを食べていることに気づくのです。彼の目には、地球がひとつの青いリンゴのように見え、しかも世界の人々はまだ子どものようで、大勢の子どもがまだ熟していないリンゴに群らがってむさぼり食う、恐ろしい破滅の姿が見えてしまいます。あっという間に、彼の過激な博愛主義は、イヌイットやパタゴニア人を見つけだし、人のひしめくインドや中国の村々を抱え込みます。こうして数年ほど博愛主義の運動にたずさわるうちに、彼のお腹の調子も回復してきて——権力者もいいように彼の運動を利用しているのに——地球の一方の頰《ほお》に、あるいは両方の頰にいくらか赤みがさしたように見えます。まるで地球が熟し始めたかのようです。人々の暮らしから粗野なところが消え、甘美で、健康にさえ見えてきます。つまり私たちは、自分のことについてしか、本当には問題の重大さを知ることができません。本当に悪いとわかるのは自分のことだけです。

私は、博愛主義の改革者の本当の悲しみは、貧しい同胞への同情のためではなく、たとえ彼が神の神聖な子であったとしても、自分の個人的な苦しみによっているのだと信じています。彼の苦しみが取り払われ、春が戻ってベッドに朝の光が射し込むようなら、彼は一言の弁明もなしに、寛大な仲間を見捨てるでしょう。タバコの害について私がなにも言わないのは、タバコを吸ったことがないからです。タバコを吸うのをやめた人が、自分のこととしてタバコの害を言うのが一番です。もっとも、私が経験したことの中に、批判しなければならないことがたくさんあるのは確かです。そこで改革者の運動に関わらざるを得ないのは間違いないにしても、できるなら、あなたの右手のしたことを左手に伝えるようなことはしないほうがいいでしょう。知る必要など少しもないのですから。なるほど、溺《おぼ》れるものがいれば、助けるのが当然で、自然です。でも、助けたのなら、すぐに靴の紐《ひも》を結んだほうがいいでしょう。あなたはあなたの

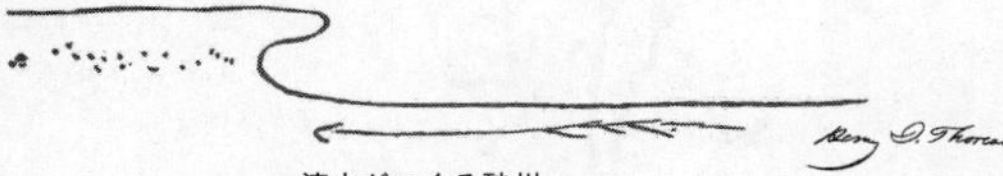

流水がつくる砂州

時間を作り、自由な仕事をするのです。

私たちの生き方は、聖者の言葉で歪められてきました。私たちの賛美歌集は、神を呪う歌と神の試練に耐える歌でいっぱいではありませんか。預言者たちやキリストでさえ、人の希望を開いたというより、恐怖を煽《あお》り、慰めただけと言っていいくらいです。生きることの歓びを、率直に、溢れるように神への称賛として記した文章はありません。健康と成功の話を聞ければ、私とはどれほど縁遠い話でも、良い影響を及ぼすでしょう。けれど、不健康と失敗の話ばかりでは、たとえ私がどれほど同情しても、私は悲しく、悪くなるばかりです。そこで、私たちはインディアンのような生き方を真に取り入れ、さらには植物や磁力やその他あらゆる自然の方法を使って、人を生き返らせましょう。まず、私たち自身が最初に、自然と同じように簡素に、純真に、元気はつらつと生き、表情を暗くする雲を打ち払い、自然の活力を十全に取り込もうではありませんか。貧しい人た

近接して生じた
ナラの実生の共生

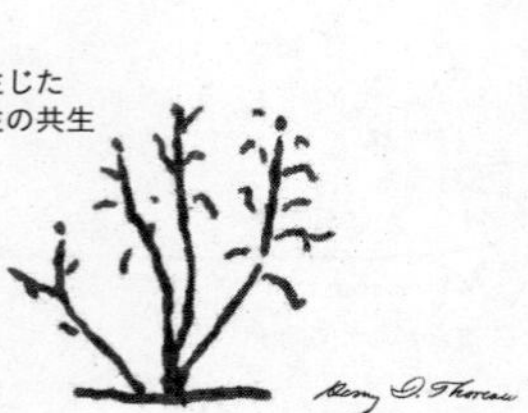

ちの監視人にとどまることなく、世界にとって価値ある人になるよう、励もうではありませんか。

シーラーズのシェイク・サーディの『グリスターン（バラの園）』※202には、こう書かれています。

「人々が賢者に尋ねました。最高の神は、高くそびえて大きな影を作る、たくさんの樹木を創造されました。ところが、それら多くの素晴らしい木々の中で、果実をつけないイトスギだけを、自由なるもの、アザドと呼ぶのはなぜですか、と。賢者はこう答えました。どの木も固有の果実をつけ、定められた暮らしの環を持っています。活力に溢れ、花をつける季節があり、また生気を失い、葉を枯らす季節があります。ところがイトスギは、いつも生き生きして、どちらの状態にもならないではありませんか。私たちはこのような生き方こそをアザド、つまり宗教の上での自立といいます。過ぎ去り行くものに、あなたの心を長く留めていてはいけません。ティグリス川は、たとえカ

※202 シェイク・サーディ（一二一三〜九一）。ペルシャの詩人。シーラーズの町で生まれた。『グリスターン』は代表作。

リフが滅びようとも、バグダッドの都を流れ続けるでしょう。もしあなたがあり余るものを手にしているのなら、ナツメヤシのように気前が良くていいでしょう。でも、あなたが人に与えるものを何も持たないのなら、イトスギのようにアザドであったら、イトスギのように自由な人であったら良いのです」※203

※203　アダム・スミスの経済学は、分業による能率の向上によって得た「物と娯楽」の消費を最大限にすることを、豊かさの指標にした。これに対してソローは、大量生産と大量消費による、人間性と自然破壊からの離脱を説いた。その象徴が、余剰を生み出さずに常に青々としているイトスギ。

本文を補う詩

貧しさゆえのおごり[※204]

貧しき者よ、下劣なる身に甘んじ、
おごり高ぶっているのではないか。
人をと見ればやみくもに手を出し、
天に迎えられて当然とまで考える。
たとえ風呂桶《ふろおけ》同然のみすぼらしい小屋であっても、
楽々と手に入る素晴らしい陽光を浴び、
木陰の泉もあるのに、
誤った美徳を育んでいる。
野には山菜が、
軒下の鉢にはハーブまで 育っているではないか。
おまえは右手で自らの心から、

※204 この詩の題「貧しさゆえのおごり」は、ソローがつけたもの。

情熱をことごとく消し去り、
やがて清らかで、健全な美徳が花開くというのに、
自然な本性を堕落させ、感覚を鈍らせ、
ゴルゴンのように、生き生きした体を石に変えている。
おまえたちの社会にはまるで魅力がない。
おまえが自ら進んで選び取った、臆病さ、
おまえが、生きた知恵の代わりになるという、
歓びも悲しみもない愚鈍さ、
私は、おまえの空虚な智恵に、関わりたくないのだ。
凡庸な暮らしを良しとする、
忌むべき精神が奴隷根性を生んだのだ。
私は、おごり高ぶるな、とだけ言いたい。
おまえも、思いのままに手足を伸ばし、
賢明さと度量の大きさをわかってよいのだ。
ヘラクレス、アキレウス、それにテセウスを見ればわかる、

幾多の古代の英雄たちの美徳をわかってよいのだ。
おまえは今日も、みすぼらしい小屋に帰るがいい。
だが、おまえが、次に新たな輝く世界に目を向ける時には、
かの偉大なる英雄たちが今に何を伝えているかを、
うかがい知ろうとしてみてはどうか。

T・カーリュー※205

※205 トーマス・カーリュー(一五九四～一六三九)。イギリスの宮廷詩人。ソローがこの詩を、「本文を補う詩」として第一章の後に置いた意図については、批評家が、「本文と対照的な考えを示し、議論を呼ぼうとした」「貧者の精神性に注目を促した」などと議論している。しかしソローは、言葉通り「本文を補う詩」としたはず。

第二章
どこで、なんのために生きたか

人は人生のある時期に、気に入った場所を見つけては、ぜひ家を建てて住みたい、と熱望する習性を持っています。私もかつて、両親の家から一二マイル以内の田園を次々に訪れ、ここもいい、あそこもいいと調べて歩きました。そして、想像の上ででしたが[※1]、住みたくなった農場を買いました。次々に買い、市場価格も知りました。[※2]

私は農場の土地と家を見ながら、野生のリンゴ[※3]を摘んで味わい、農民の話を聞きました。意見を交わして家畜の扱い方を論じ、農民の言い値で農場を買い、そしてすぐに、同じ農場を同じ農民に抵当に出しました。私は農民の言い値より高く、なんでも引き取りましたが、不動産証書はいりませんでした。私は不動産証書の代わりに農民の話を聞きました。私は農民と交わすおしゃべりを愛していました。

私は農場を耕しもしました。農民も私と一緒に楽しんでくれたと信じています。私はすべてを十二分に楽しむと、仕事を続

●前の章で暮らしに必須の条件を明らかにしたのを受け、では実際に、どこで、どのように、なんのために生きたか、暮らしの実験について論じる。また、私たちが陥りがちな、暮らしの場所選びの誤りを明らかにする。

※1　ソローは空想と共に想像を大切にしたが、ここで想像の楽しみ方の一例を述べている。

※2　森の生活に入る前に、長い準備期間があった、という意味。

※3　野生のリンゴの野生とは、人の世話を離れた農場が森になるなどした結果、園芸種のリンゴが、自然の中で自分らしく生きるという意味での野生。野生種のリンゴではない。ソローは自分の生き方の象徴として、野生のリンゴを愛した。

ける農民を残し、立ち去りました。こうして私は、気に入った多くの土地と親しみ、ついには、不動産屋と同じくらい地域の土地の事情に明るい人、と友人から言われるようになりました。私には、どこに腰を下ろそうと、そこが私が暮らす定めの場所に思えました。あたりの景観はいつも、座った私を中心に広がって見えました。

人にとって、家とはなんでしょうか? ラテン語でいうsedes、座る場所とか、あるいは居場所のことでしょうか。そうであるなら、清らかな田園に家を持つのがいいに決まっています。実際、私は田園に、家を建てるのに素晴らしく良い場所をたくさん見つけました。どの場所も村から遠くて、誰かほかの人がすぐに何かをするとは思えない場所でした。村と離れているから、良い場所でした。よし、ここで暮らそう、と私は自分に言いました。そして実際、私はその素晴らしい場所で一時間ほど暮らし、夏も冬も通して、一年を経験しました。私は月日が過ぎゆくのにまかせ、厳しい冬を生き抜いて、春の訪れを感じました。

いつの日か、私ではない誰かがこの土地を訪れて、ここで暮らそうと思うはずです。その人は、午後の半日をかけて土地の全体を調べ、ここは果樹園に、あそこは林に、あちらは草地にと区分し、ドアの前にはオーク（ナラ）とマツの木を残そうとか、あのどうということもない木々は少し残せばいい、などと決めるでしょう。でも、今の私は、この素晴らしい場所を、そのまま生き物のなすがままにしておきます。なぜなら、人はそっとしておけるものが多ければ多いほど、豊かなのですから。※4

私は想像の中で、農場は売らない、と農民から言われたこともあります。価格の折り合いがつかなくても、私は少しも構いません。おかげで私は、現実の世界で騙《だま》されずにすみました。

私は、もう少しで現実に農場を所有するところでした。

ある時、私はホロウェルの農場※5がとても気に入り、話もとん

作物と草が美しい虹をつくって育つ

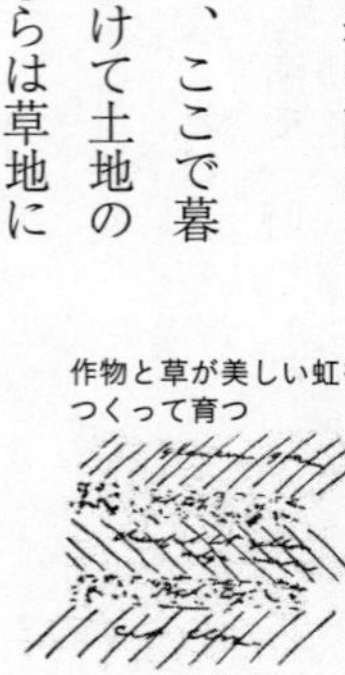

※4　「そっとしておけるものが多いほど、豊か」とは、アダム・スミスが、分業によって生産した富を最大限に消費することが豊か、としたことに対するソローの考え。必要を最小限に抑えて、経済負担の増大の悪循環を避け、精神的な豊かさを得るという意味。

※5　サドバリー川にかかるハバード橋の下流側に位置する実在の農場。

とん拍子に進み、売ってもらうことになりました。私はさっそく、農場にまく大量の種子を選び、農具を運び込み、作物を運ぶ手押し車を自作する材料を買い集めました。ところが、いざホロウェルから土地の証書を受け取る段になって、ホロウェルの妻が土地を手放すのがいやになりました――この心変わりは妻だからこそでしょう。ホロウェルが一〇ドルで解約を申し出ました。その時私は、一〇セントしかお金がなく、あっという間に話が私の計算の能力を超えました。私は今、一〇セントのお金があるのか、農場は手に入れたのか、いや一〇ドル一〇セントを持っているのか、わからなくなりました。ともかく私は、ホロウェルに、一〇ドルも、農場も持っていてもらいました。私はすでに十分長く、農場を持たせてもらいました。いやそうではなく、私は、農場を私が買い取った値段でホロウェルに売り、ホロウェルは豊かでないので一〇ドルも進呈し、それでも手元に一〇セントと種子と手押し車の材料が余って、寛大な気持ちでした。私は貧乏暮らしに打撃をこうむらずに、豊かになっていました。そして今も、ホロウェルの農場の景観は私のものです。いつも私は、そこで生み出されるすべてのものを、手押し車なしで運び出しています。
景観といえば、こんな詩があります。

私は　見渡す[※6]限りの土地の王
誰が　そういう私に　文句を言えるものか

私はある農場で、ある詩人[※7]が農場のいちばん良いところを楽しみながら、じっとたたずむのをよく目にしました。人を見ればすぐに怒る農民は、詩人は野生のリンゴをちょっぴり齧《かじ》りたいのだ、と思ったようですが、詩人は密かに詩の中で、農場に見えない柵をめぐらせ、自分のものにしました。そして、ミルクをしぼり、バターをとり、クリームをとって、農民には脱脂

※6　「見渡す」という意味のsurveyには、「測量する」という意味もある。友人のチャニングは、ソローがウォールデン池を離れたのち、測量士の仕事をして土地を歩いたため、この文字をイタリック体（本訳書では傍点）にしたと述べている。詩はクーパー（William Cowper、一七三一〜一八〇〇）による。

※7　友人の詩人、チャニング（一八一八〜一九〇一）。

乳を少し残しただけでした。
▼私がホロウェルの農場をほんとうに素晴らしいと感じたのは、人里離れた場所だったからです。村から二マイルほどあり、大きな道路は広い畑の半マイル向こうでした。それに、農場のもう一方の縁は川でした――ホロウェルは、川面《かわも》から立ちのぼる霧が、春の冷え込み時の霜《しも》から作物を守ると利点を強調しましたが、私はその意味では興味を引かれませんでした。また、住居と納屋の傷みがひどくて見事な灰色であるうえに、柵も落ちて、最後の住人と私との間の時間の隔たりの大きさも気に入りました。それに、リンゴの木のうちの何本かの幹に、大きな洞がありました。リンゴの木の樹皮は地衣類で被《おお》われ、ウサギが齧った痕《あと》もついていて、私がどんな隣人と一緒かわかりました。そして、何より私には、川をボートで遡《さかのぼ》る初めての船旅でこの地を訪れた時、アカカエデの木々の奥に、隠れて見えない農場の家のありかを、犬の吠え声で知った良き思い出がありました。

アカカエデ

川岸に生える植物の位置

私は農場の主が大石を運び出して処分したり、洞があるリンゴの木を切り倒したり、牧草地で芽生えて伸び始めたカバノキを引き抜いたりしないうちに――人が農場を改良しないうちに――急いで買いたくなりました。自分が発見した良さを、すべて楽しみたいと熱望しました。[※8] 私はアトラスのように、この世界の全体を背負《しょ》って生きるつもりでした――もっとも私は、アトラスが世界を背負う重い役割を担って、どんな楽しみを手にしたか知りません。というわけで、私は農場を買えば人に邪魔されずにすむと思っただけで、特に何かをするつもりはありませんでした。私が望む収穫は、あるがままで、最高に豊かに手に入るとわかっていました。でも、今書いた通り、農場は私のものにはなりませんでした。

以上のようなわけで、私が広い農場を使うちゃんとした農業について言えることは（私は長年菜園を世話しています）[※9]、たくさんの種子を用意したことだけです。多くの人が、種子は年

※8　「私がホロウェルの農場を」（二〇九ページ）～「熱望しました」までは、一八五四年一月三日の日記から。「強烈な吹雪の再来」という冒頭の文章と二種のハトのうちの一種の警戒心が強いと知り、高い木の上をねぐらにする習性と関係するのではないか、とメモした文章に挟んでいる。

※9　ソローは菜園の名手として知られた。通常の約一〇倍もの種子をまいて良い株を選ぶ独自の育て方で、多くの品種のメロンを栽培し、村で一番の味と大きさのメロンを収穫することを誇りにした。ソロー農場の秋の「メロン・パーティー」は、コンコードの名物行事として知られた。

を経ると良くなると言いますが、わかったのは、年を経ると種子の良し悪しがはっきり出るということです。いつの日か私が用意した種子をまく時があれば、収穫時にがっかりする恐れは少ないでしょう。ここで、私が仲間であるあなたにぜひともお伝えしたいのは、自由に生き、些細《ささい》なことに頭を悩まさずに暮らそう、ということです。農場や農業にとらわれすぎては、監獄に入ったも同じです。

かの懐かしき良きカトーの著書『農業論』は、私の心の「耕し手」であり、[※10]こう書かれています（かつて私はこの部分の英語訳を読みましたが、ひどい誤訳でした）。

「もし、あなたが農場を買おうというなら、心に留めておくべき大切なことがある。安ければ良い、とは言えない。あなたは自分の目でよく見るべきで、ひと巡りで良しとしてはいけない。良い農場なら、あなたは巡り見るごとに、いっそう楽しくなる」

私もただ貪欲に農場を買い付けようというのではなく、生き

※10　心の「耕し手」とは、ソローにとって、ラテン語で書かれたカトーの著書『農業論』は、畑を耕すこと（culture）が、自己形成（selfculture）と実際面でも結びついていることを教える名著、という意味。ソローは小さな農業の農作業を、聖なる行為と感じていた。

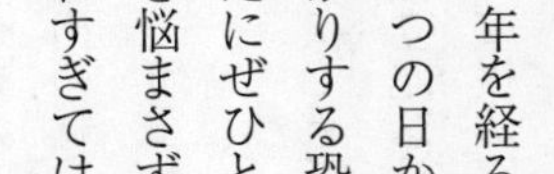

コンコード川

ている限り、いつも農場を見に出かけます。そして、ついに彼《か》の地に埋められたら、私にも農場の本当の良さがわかるでしょう。

これから詳しく書く通り、私の森の暮らしの実験は、今書いた農場めぐりを受け継いだものです。ここでは、話があまりややこしくならないように、二年余りの森の暮らしを一年にまとめて書くことにしましょう。※11 私は「失意の歌」※12を歌いたくありません。ねぐらの止まり木にすっくと立ち、日の出の歌を歌う雄鶏《おんどり》のように、私はただ隣人の目を覚ますために、元気いっぱい雄《お》叫《たけ》びを上げます。

ついに私が森に移り住んだ日は、すなわち夜も森で過ごすことにした日は、一八四五年七月四日、たまたま独立記念日でした。家は冬の備えがまだできていませんでした。屋根は完璧で

※11　本書はウォールデン池での二年余りの経験を中心に、一八五三年までの観察と思索を加えて書かれている。

※12　ウインド・ハープが奏でる風の音を通した自然との交流を表す、コールリッジ(一七七二〜一八三四)の詩。ソローは、水の三態変化が世界をつなぐとするコールリッジに多くを学んだが、彼の「失意」には学ばないと言っている。

雨は防げても、漆喰《しっくい》は塗っておらず、暖炉の煙突も組んでいませんでした。壁は風雨にさらされて銀色になった板をあてただけで、大きな隙間だらけで、夜は寒いほどでした。でも、まっすぐなマツを切り倒して作った真新しい間柱《まばしら》や、カンナで仕上げたばかりの戸板と窓枠のおかげで、家はすがすがしく、優美なたたずまいでした。特に朝は、材が露に濡れて生気を取り戻し、昼には香りの良い樹液を吹き出しそうに見えました。▼家は絶えず、多かれ少なかれ朝の雰囲気を漂わせ、私は前の年に訪れたある山の上の家を思い起こしました。その家も漆喰を塗っていない、風通しの良い造りで、旅する神が立ち寄って体を休め、女神が衣服の裾《すそ》をたなびかせて気持ち良さそうに歩いていても、少しもおかしくない雰囲気でした。※13
　私の家に吹く風も、山の尾根を越える風のようで、地上にあって、時には天上の音楽の素晴らしい旋律を運んできました。朝の風が一日中吹き、詩心をくすぐりました。町でこの素晴ら

※13　ソローは前年の一八四四年七月に、友人のチャニングとマサチューセッツ州のキャットキル山脈中のギルダー池を訪れ、好ましい雰囲気に魅了された。

しい風の音を耳にできる人は、まずいないでしょう。[※14] 誰もが家をいくらか空に近づければ、オリンポスの山は見つかります。[※15]
これまで私が持った家は、小さなボートとテントだけでした。私は夏にテントを持って小旅行に出ました。そのテントは、今も私の屋根裏部屋に丸めてしまってあります。ボートは人の手から手へ渡り、時間の流れの彼方へ下ってしまいました。[※16] 私は家という、私を守るしっかりした避難場所のおかげで、世界と強く結び付くことができたと感じました。私を取り囲む飾り気のない構造物が、たちまち私に反作用を及ぼしました。でも、この時の家は、絵でいえば下絵でした。隙間だらけの家の空気は、いつも新鮮さを失わず、私は戸を開けて新鮮な空気を求めるまでもありませんでした。雨が激しく降ると、四面を壁に囲まれてはいても、一枚の衝立《ついたて》のわきに座っているようでした。
古代インドの叙事詩『ハリヴァンサ』に、「鳴く鳥を飼わない邸宅は、塩、コショウで整えていない肉のよう」とあります。

※14 「家は絶えず」(二一三ページ)～「まずいないでしょう」までは、一八四五年七月五日の日記から。若干変えている。

※15 「オリンポスの山」はギリシャの最高峰で、ギリシャ神話の神々が住むところ。読者であるニューイングランドのピューリタンに向け、神の住む場所が誰の近くにもあり、自然を見ることは天国を見ることだ、と言っている。

※16 ソローは自作のボートを、友人のナサニエル・ホーソンに売った。ホーソンは日記に「ソローは野性的な若者……ボートの名手で、オールは一本でも二本でも見事に漕いだ」と書いている。ソローは一八五三年にボートを再入手。

この言葉は、私の家には当てはまりません。私は、住んだ途端に野の鳥と隣人になっていました。もちろん私が、鳥をかごに閉じ込めるわけはなく、私がかごに入っていました。私は森の家のおかげで、畑や果樹園で出会う小鳥ばかりか、もっと野性的で、もっと魅惑的な歌声を聞かせる森の鳴禽《めいきん》類――町の人たちのためにはめったに歌を歌わない鳥たち――モリムシクイ、チャイロツグミ、アカフウキンチョウ、ヒメスズメモドキ、ヨタカ、その他多くの小鳥と友だちになりました。

こうして私が住《す》み処《か》を定めたのが、コンコードからリンカンに広がる大きな森の中にあって、コンコードの町から南に一マイル半、標高がいくらか高い小さな池のほとりでした。コンコードの近辺で唯一、世に知られた史跡であるコンコード古戦場からなら、南へ二マイルほどの地点です。[※17]どこまでも木々で被われた森の中で、私の家は低まったところにあって、池の対岸である半マイル先が、最も遠い地平線でした。ところが、住み

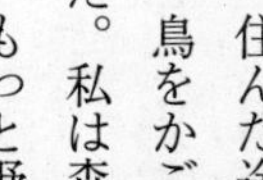
フウキンチョウ

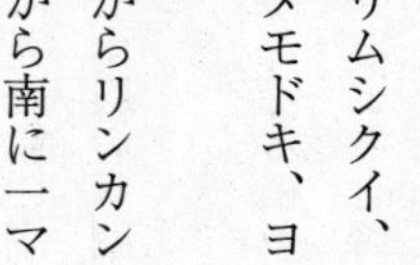
チャイロツグミ

※17　リンカンは隣村。コンコード古戦場は、一七七五年四月一九日、アメリカ独立戦争の最初の戦闘が行なわれた場所。

始めて一週間ほどは、私は湖面を見るたびに、湖底が平地の湖よりずっと高い山腹の小さな湖のほとりにいる感じがしていました。朝日が昇るにつれて、湖面のところどころから夜の衣である霧が拭《ぬぐ》われて、繊細なさざ波が現れました。霧は秘密の礼拝を終えた幽霊でもあるかのように、そそくさと岸辺へと退き、森へ消えました。私の家の近くでは、夜、木々に降りた露の滴が、日が昇ってずっと経ってもそのままで、いつも山腹の雰囲気がありました。

家の前にある小さなウォールデン池[※18]は、八月に時々降る穏やかな雨の日に、格別に美しい姿を見せました。雨がしとしと降ると、大気と湖面の双方がぴたりと動きを止め、雲で被われた空は、日中でも夕暮れのようでした。すると、モリムシクイが岸辺から岸辺へと飛びわたり、美しい鳴き声を響かせました。森の小さな池は、このような日に最高の滑らかさを見せます。低く垂れこめた雲のために、湖面との間の澄んだ空気の層が挟

※18 近隣には同大の湖水が多数あるが、いずれも池(pond)と名付けられている。湖(lake)は数十倍の広さの湖水で、西八〇キロにクオビン湖、北一三〇キロにウィニペソーキ湖がある。

まり、暗くなります。そして、逆に湖面は、太陽の光と雲の反射光で光に満ち満ちて輝き、地上に荘厳な天空が出現したかのようでした。

森が伐採され、すっかり見晴らしが良くなった近くの丘の頂に立つと、南に池が見え、その後方に気持ちの良い景観が広がります。ふたつの丘の間の広い鞍部《あんぶ》が池の岸辺へと下り、互いの斜面が相対し、まるで池から川が流れ出て、森に被われた谷を下るかのようです。実際には、池から流れ出る川はありません。そして、緑の丘の折り重なる連なりのはるか彼方に、高い山々が青く見えます。そこで北西を向き、爪先立って遠方を望むと、さらに遠く、いっそう青い山の峰々がかすかに見え、天が創造する真っ青なコインそのものである神々《こうごう》しい輝きを放っていました。その方向にはリンカン村の数軒の家が小さく見えました。あとはどこを向こうと見渡す限りの森で、丘の頂とはいえ、森の木々のほかには何も見てとることができませんでし

谷を見下ろす眺め

た。

家の近くに、池とは言わないまでも、いくらかでも水があれば、あなたは気持ち良く暮らせるでしょう。それは、大地を浮かせる水の力を察知するからです。小さな井戸でさえ、覗《のぞ》いて見れば、この大地が大陸ではなく島なのだとわかります。井戸のこの働きには、少なくともバターを冷やすのと同じほどの価値があります。※19 私は川の増水時に、池の向こうのサドバリー草原を丘の頂から望んでいて、蜃気楼なのか、草原が、渦巻く流れに翻弄されるコインのように浮き上がるのを見ました。それ以来、私は、池の向こうに広がる大地の全体が、下を流れる水の薄い層に乗る地殻のように見えます。私が住む乾燥地も、今はたまたま水に浸かっていない土地にすぎません。

家の戸口から見渡す世界は、丘の頂からの景観に比べれば広くはありませんが、息苦しかったり、閉じ込められた感じを持ったことは、私は一度もありません。なぜなら目の前に、私の

※19 ソローは水の働きに関心を寄せ、あらゆる現象は自然の働きによって説明できるとした最初の哲学者、ギリシャのタレス（紀元前六四〇？〜紀元前五四六？）の考えを高く評価した。タレスは、すべての存在は水に起原するとし、大陸は水に浮いており、島であると考えた。

想像をふくらませる「草原」があったからです。池の対岸の斜面を被う丈の低いシュラブオーク[20]の茂みがそれで、「草原」は西部のプレーリーに連なり、タタールのステップに続いて、世界のあらゆる民族に十分な土地を提供できるほど広く見えました。[21]ダモダラ[22]は、人々から新たに、広い放牧地を要求されて、「この世界に、広大無辺な地平線を自由に徘徊《はいかい》できる人がいれば、それほど幸せな人はいない」と答えたということです。

森の家に移り住んだ私は、理想に描いた最高に魅力ある宇宙と時代に、直《じか》に接して生きました。私が暮らすこの地は、天文学者たちが夜ごと観測に励む幾多の宇宙と同じくらい、人々が暮らす世界から離れていました。人々はよく、世にも稀《まれ》な心地よい場所を、余計な雑言や面倒から離れたカシオペア座の向こう側といったような、宇宙の片隅に求めます。ところが私は、ウォールデン池のほとりの家に、社会から完璧に隔絶された、新しい、汚れなき理想の地を発見しました。プレアデス星団、

※20　高さ一〜一・五メートルほどの落葉低木のナラ。低湿地や谷間に群生する。ニューイングランドでドングリを最も多くつけるナラとして知られ、ソローは長さ六〇センチの枝に二六六個のドングリを数えた。

シュラブオーク

※21　時間と空間の感覚を遊ばせる自由が得られた、という意味。

※22　インドで最も親しまれる神クリシュナの別名。

ピアデス星団、アルデバラン星、アルタイル（彦星）といった宇宙の彼方に住むことに価値があるというのなら、私は森の家に住んでいながら、気持ちは宇宙の彼方にいました。私が町に残した暮らしは、それほど遠く離れていました。もし、いちばん近い隣人が私の家を見ても、あまりに幽《ひそ》かな瞬《また》きにすぎて、月のない暗い夜でなければ目に映らなかったでしょう。私が自由定住者として暮らした森は、宇宙創造の稀有《けう》な場所でした。

羊飼いは山で生き
理想を高く　高く　かかげます
羊の群れが絶えず草を食《は》んで　登る
山の高みほど　高く　高く　かかげます※23

もし、羊の群れが草原を求めて高く高く山を登り、常に羊飼いの理想を超えるほど高くなったら、私たちは羊飼いの暮らし

※23　作者不詳。ロバート・ジョーンズが一六一一年に作曲した「ミューズの喜びの庭」の歌詞に使われている。

をどう考えたらよいでしょうか？

森の朝は、どんな天気の朝であっても、軽やかに自然に合わせて暮らしを簡素にしましょう、と私を誘ってくれました。朝が誘う簡素な暮らしとは、自然と同じように天真爛漫《らんまん》な生活です。ギリシャ人のように、アウロラを心から崇拝する私は、早起きして湖畔で水を浴びました。日の出の時の池の水浴は、素晴らしく宗教的で、私が森でなした最高に良き行ないのひとつです。

殷《いん》の湯王《とうおう》の浴槽には、漢字でこう刻まれていたということです。

「日ごとに湯につかり、新しい人間に完璧に成り変わろう。日々生まれ変わり、繰り返し繰り返し、永遠に、誕生から生きる経験を重ねよう」※24
今の私には、この言葉の意味がよくわかります。

朝は、ギリシャの英雄の時代を蘇《よみがえ》らせます。夜明けに家の窓

※24 儒教の四書のひとつ『大学』より。

を開けると、部屋から聞こえる一匹の蚊のかすかな羽音さえ、私の耳には、英雄讃歌の歌声のように朗々と響き渡りました。歌声はホメロスのレクイエムのようであり、怒りをもって放浪する吟遊詩人が歌う『イリアス』[※25]か『オデュッセイア』[※26]のようでもありました。私は、歌の響きに宇宙的な何かを感じました。空を飛ぶ蚊は、命の続く限り、世界の活力と豊穣さを歌い続ける決意であるかのようでした。

朝の中でも、だんぜん印象深い朝は、目覚めの朝です。眠気が最少に限られる覚醒の朝です。普段ならいくらかはまどろむ心も、目覚めて少なくとも一時間は、十二分に覚醒しています。となれば、人が生き生きした内なる働きで目覚めずに、召使いや機械の働きで目覚めさせられるのでは、その一日は（一日と呼べないでしょうが）何も期待できません。風が運ぶ香りや内なる天上の音楽と共に、再生する活力と希望によって目覚めず、工場のベルで目覚めさせられる一日に、つまりは眠りについた

※25　トロイア戦争末期のギリシャの総大将アガメムノンと、アキレスとの確執を描く、ホメロスの叙事詩。アキレスの怒りの歌で幕を開ける。

※26　トロイア戦争から凱旋するオデュッセウスの放浪を描く、ホメロスの叙事詩。二〇年にわたる苦難の旅の歌。

前の晩より高い意識で目覚めない一日に、何ができるでしょう。

夜の闇には、明るい昼と同じく無限の価値があり、夜の眠りもまた、果実を育みます。日一日と早く目覚め、いつもの朝より早い朝を発見しましょう。人は聖なる曙《あけぼの》の時を経験して、俗化された自分を取り戻し、暮らしに希望を見出します。人は、五感を夜の眠りで休ませて、魂と器官の働きをふたたび取り戻します。そして、内なる才能が、高き聖なる暮らしをふたたび追求し始めます。私は、目覚める時の朝の雰囲気においてこそ、記憶すべき出来事は起こる、と断言できます。『ヴェーダ』[※27]に「あらゆる才能は朝と共に目覚める」とある通りです。

詩や芸術など、繊細にして注目すべき人間の働きもまた、朝の時間になされます。すべての詩人と英雄は、メムノンと同じようにアウロラ[※28]の子どもであり、早起きの人であり、夜明けと共に音楽を奏でます。

朝の太陽と共に自由で活力のある考えを働かせる術《すべ》を心得た

※27　H・コールブルークとH・ウィルソン訳、英語版『ヴェーダ・サンヒター』（一八三七年）による。ヴェーダはインド最古の文献。古代インド・アーリア人の願望を記した伝承集。

※28　アウロラはローマ神話の暁の女神。その子メムノンは、アメンホテップ三世の石像に暁の光が射すと、ハープのような音を発して母に朝の挨拶を送る。

人は、一日をずっと朝の時間で過ごすことができるでしょう。時は時計が計るのではなく、人の考えや労働の仕組みで決まったりもしません。朝とは、私が目覚める時であり、夜明けは目覚める私と共にあります。自分を新たにするためには、眠気をさっぱり拭い取るやり方を身に付けるべきでしょう。人は、朝の眠気をさっぱり拭い取ることができさえすれば、一日を下手に使うはずがありません。優れた計算の能力を発揮できることでしょう。

もし、人間がもっと上手に眠気を拭い取っていたなら、何かもっと良きことを成し遂げたことでしょう。一〇〇万人が肉体労働をこなすほどに目覚めているとしましょう。そのうちで、ひとつの才能を十分に生かすほど目覚めている人は、ひとりでしょう。そして、詩的な暮らしを送れるほどに、つまり神に近い暮らしを送れるほど目覚めている人は、一億人にひとりでしょう。目覚めているとは、よく生きることと同じです。私は、本当の意味で目覚めている人に会っていません。もし、そんな人に会えたら、私は目を合わすことができるだろうか、自信がありません。

私たちはいつも覚醒し、その状態を保てるようになるべきです。その方法を私たちは、機械や薬の助けによらず、私たちを決して見捨てない、尊い夜明けへの飽くなき希望によって目覚めることから、学ぶのです。いかに深く眠ろうと、朝は必ず来るのですから、学ぶ機会はいくらでもあります。暮らしを高める能力が自分にあることを、自ら知ることほど、うれしい発見はありません。

優れた絵を描き、彫像を彫る、創造の能力は良きものです。けれども、人が生きて、描き、練り、暮らしを良くする芸術ほど、栄光ある芸術はないでしょう。日々の生活の質を高めることこそ、最高の芸術です。誰もが自分の生活を、細部まで、高揚した真に価値ある朝の時間をもって熟考し、勇気を出して良

白い花で縁取られたクリの木

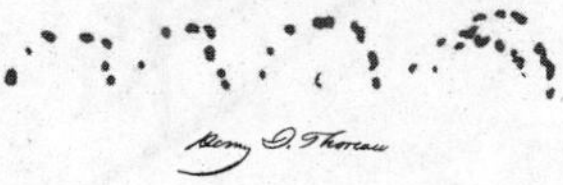

き暮らしを作り上げるのです。私たちは、身に付けた限られた知識をすぐに使い果たすでしょう。進めなくなる時もあるでしょう。その時、どう進めばよいかは、神託が伝えてくれるでしょう。

私が森で暮らしてみようと心に決めたのは、人の生活を作るもとの事実と真正面から向き合いたいと心から望んだからでした。生きるのに大切な事実だけに目を向け、死ぬ時に、じつは本当には生きてはいなかったと知ることのないように、生活が私にもたらすものからしっかり学び取りたかったのです。私は、暮らしとはいえない暮らしを生きたいとは思いません。私は、今を生きたいのです。私はあきらめたくはありません。私は深く生き、生活の真髄を吸いつくしたいと熱望しました。スパルタ人のように頑強に、生活といえないすべてを追い払い、広々と薙《な》ぎ払い、根元まで切りつくし、生活を隅に追い詰め、根源までこそぎ落として、それでも生活が良くないとわかったら、

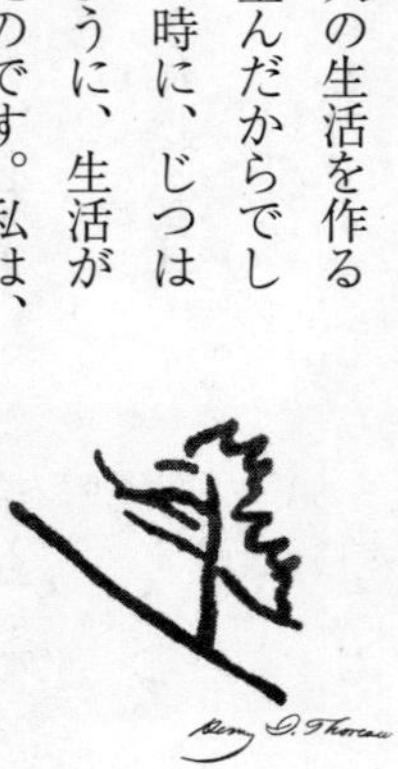

斜面のクルミの木

良くないさまを世界に説明しようと考えました。生活が良いとわかったら、生活の経験を重ねてよく知り、本当の生活の話を次の旅の記録に書こうと思いました。[※29] というのは、私の目にはほとんどの人は、生活のあり方を考えない、不思議で曖昧《あいまい》な暮らしをしながら、神のもの、悪魔のものと、少し性急に結論を下すだけだからです。しかも、人生の大きな目的が、「神を尊敬し、永遠に称える」ことだと言葉だけ信じているからです。寓話によると、私たちは、はるか昔にアリから人に変わった[※30]というのに、今も働きすぎの愚か者です。ピグミーはツルと見当違いの闘いまでしています。誤りの上に誤りを重ね、ぼろの上にぼろを重ねて、惨めなまま生きています。細かなことにかまけて、一生を棒に振っています。正直に生きる人なら、手の一〇の指を使って計算すれば、物事のほとんどは間に合うでしょう。どうしても必要なら、足の一〇の指に助けてもらえば完璧で、あとの問題は十把《じっぱ》ひとからげに捨ててしまえばよいので

※29　生きる目的は、自分にとって意味あることを知ること。それがコンコードを旅する目的であり、先に書いた川旅の記録（『コンコード川とメリマック川の一週間』）に次ぐ本書の構想を持った、という意味。

※30　ゼウスと川の妖精アイギナの子アイアコスは、ひとりアイギナ島に住まい、島に人を住まわすようにゼウスに祈った。すると、ゼウスは、ナラの木に棲むアリを人（ミュルミドン人）に変えた。

す。簡素に、簡素に、さらに簡素に生きましょう！　私はあなたに、あなたが関わる事柄がなんであれ、ふたつか三つにとどめておきなさい、と勧めます。決して一〇〇とか一〇〇〇ではいけません。一〇〇万を数える面倒は絶対に御免こうむり、せいぜい五とか六にしましょう。お金や暮らしの細かなメモなら、親指の爪に書けるくらいにとどめます。

私たちは、文明化された暮らしの、大荒れの大海原のまっただ中を生きています。私たちはすさまじい波浪や嵐、流砂など、さまざまな困難に遭遇しています。この難事に満ちた大海原を、船を沈めずに生き抜き、いずことも知れぬ港に行き着くために推測航法[※31]しかないとしたら、人にはほとんど不可能な、とてつもない計算をしなければなりません。生活を簡素にし、問題を少なくしなければ、とっておきの勘も働かせようがありません。

一日三食といっても、必要なら一食で問題ありません。一〇〇の皿を使う代わりに五つにしましょう。他のどんな問題も、

※31　位置を知るために星を観測し、複雑な計算に頼ると、迷い、難破する。人生を確かにするには、目的の港をまっすぐに目指さず、岸沿いや島伝いなどの、自分でわかる手がかりで進む。「探求中の事物の系列の前に、悟性の直感しえぬものが現れたら、そこにとどまる」（デカルト）。

この割合で切り詰めていいのです。

私たちの暮らしは、ドイツ連邦のようです。小さな州からなるドイツは、いつも紛争続きで、州境が絶えず変わり、ドイツ人すら州境がどこか正確には言えません。私たちの国はといえば、内政を改革したと自分で言うだけで、見てくれだけの偽物です。政府は不様《ぶざま》に太りかえり、調度品ばかり買い込んで、自分から身動きできずにいます。目的がなければ計画もなく、贅《ぜい》沢《たく》と余計な出費でめちゃくちゃです。わが国の何百万という家族の暮らしも同じです。

この症状を改善するには、経済を手堅く運営し、スパルタ人の簡素な生活以上に厳しい生活を求め、代わりに生きる目的を高くかかげることこそ大切です。私たちの国の拙速《せっそく》ぶりは、あきれるばかりです。人々は、国の基本的な役割を交易と見て、氷塊を輸出し、電信で通話し、時速三〇マイルで疾走して当たり前だと考えます。[※32]でも、そんな速さが、私たちの望みとほと

※32 氷塊の輸出は鉄道の開通で可能になった。電信は一八三五年の発明。時速三〇マイルの汽車は、最初の高速交通手段で、いずれも当時、最新の出来事。

んど関係ないのは明らかです。私たちは、ヒヒのように生きるのか、人として生きるのかが、いまだにはっきりしないくらいなのですから。

　もし私たちが、枕木を並べて鉄道を敷設する工事はもうやめにしたとしましょう。そのかわり、昼夜を分かたず働いたりせず、生活を良くするために精を出します。となると、いったいどこの誰に鉄道を造る暇があるでしょうか？　鉄道は造れません。すると、天国に行く夢は消えます。が、それで構わないでしょうか？　考えても見てください。私たちは生活を簡素にして家にとどまることにしました。となれば、鉄道に乗りたい人はもういないはずです。

　そもそも私たちは、鉄道に乗りたかったわけではないのです。鉄道が私たちに乗って押さえ込み、支配したのです。レールの下に並ぶ枕木とは何か、あなたは考えたことがありますか？　一本一本の枕木は、じつは枕木なんかではなく、人です。ひとりのアイルランド人であり、ひとりのヤンキーです。レールはそれらの人々の上にのって押さえ込み、砂利がかけられ、そして汽車がレールの上を滑らかに走ります。

つまり、横になった枕木は、深い眠りから覚めない人です。[※33] 数年ごとに新しく枕木が並べられ、新しいレールが敷設され、新しい汽車が走ります。こうして一方に、レールの上を走る楽しみを享受する人が生まれ、もう一方に、体を列車に乗られる不幸な人が生まれたのです。

そしてほんの稀に、枕木になっていた人が目を覚まして少し歩きます。すると、汽車がはねて止まります。運転手は叫び声を上げ、そして、意外にも枕木がおかしなところに動いたと言って嘆きます。実際、鉄道会社は、動く枕木を元の位置に戻し、水準を合わせるために、五マイルごとに数人の保線夫の一団を配置しているということです。私はこんな話を聞くと、工事の犠牲者が目を覚ますことが確かにあるのだと、うれしくなりま

※33 枕木は、英語で sleeper。「眠る人」。

す。

それにしてもなぜ、私たちはそれほど多くの人の命を犠牲にして、忙しく働いて生きなければならないのでしょうか？　私たちは、お腹がすいてもいないのに、餓死を恐れます。私たちは、備えあれば憂いなしと言って、明日の必要の何千倍も蓄えようと働きます。でも、〝働く〟といっても本当の目的はもとなく、〝働く〟意味も見つけようがありません。私たちは小舞踏病にでもなったかのように、頭をじっとしていられないのです。

私が火事を知らせるために、村の鐘を、いつもの集合の合図ではなく、早いリズムで叩いたとしましょう。[※34]それだけで、コンコードのいちばんはずれの農場から、男が（ほんの今しがた、忙しくて何もできないとこぼしたばかりなのに）、それに少年も、ご婦人がたも——すべてを投げ捨てて駆けつけてきます。実際に試してみなくても、ほぼ断言できるのですが、駆けつけてく

※34　火事を知らせる当時の通常の方法。

る誰も彼もが、火災から何かを守るためではなく、本当を言えば、燃えあがる炎を見たくてやってきます。物は燃えて当然で、自分が火を付けたわけでもないのに、火消しを見たいし、うまく事が運ぶようなら火消しを手伝いたくもあるし、というわけです。たとえコンコードの町の中心である教会に火がついても、同じでしょう。

たいていの人が、昼食の後、三〇分も昼寝をして目覚めると、途端に頭を上げ、「何かニュースはないかい」と聞きます。昼寝をする人のために、他のすべての人が歩哨《ほしょう》に立っていたとでも思っているのでしょうか。中には三〇分おきに起こすように、と言いつけてから昼寝をする人までいます。なぜ起きるかというと、ニュースを聞くためなのだから、あきれます。しかも、そんな人であるからこそでしょう、起こしてもらったお礼に、自分が見た夢のニュースを聞かせてくれます。となれば、夜の長い眠りの後の朝ともなると、朝食と同じくらい、ニュースが大切でも不思議はありません。

「どうぞ世界のどこでも、なんでも、ニュースをお願いします」とばかりに、ロールパンとコーヒーの朝食をとりながら朝刊をむさぼり読み、朝、ワチト川でひとりの男が両目をえぐられた、[※35]といったニュースを知ります。ところが、新聞の読み手である当人が、この世界という巨大な暗黒の洞穴に住む、視覚を失った魚であることに気づいていません。

私は、郵便局がなくても問題なく生きていけます。私は、郵便局があったおかげで、人が大切な何事かを伝え合えたという事実すらほとんどない、と考えます。私は慎重に記憶をたどってみて、人生で――この文章は数年前に書きました――切手の代金に値する手紙は一通か二通しか受け取っていないと言い切れます。一ペニー郵便制とは、冗談にすぎない書きものに、まじめに一ペニーを支払う制度と言えます。[※36]私は、新聞のニュースでも、注目に値する記事は読んだことがない、と断言できま

※35　ワチト川は、アーカンソー州からルイジアナ州のレッド川に流れ込む川。この流域には、喧嘩で両目をえぐる風習があった。

※36　一八四〇年五月、切手を貼って手紙を郵送する「一ペニー郵便制」が発足した。すなわち郵便制度の確立は、当時の最新のニュース。アメリカ合衆国では三セント切手。

す。私たちが新聞で、男が盗難にあったとか、殺されたとか、事故死したとか、家が焼けたとか、船が沈没したとか、蒸気船が爆発したとか、西部の鉄道で牛がひき殺されたとか、犬が殺されたとか、冬にバッタの大群が現れたとか、といった記事を読んだとしましょう。――そんな記事は、一生に一度読めば、それ以上は読むだけ無駄です。ひとつを知れば十分です。

あなたは、そのような問題なら原則を理解していればよく、無数の事例やその応用に関心を寄せる必要はありません。哲学者には、新聞のニュースはすべてがゴシップにすぎません。ゴシップ記事は、お茶を飲みながら歓談するお年寄りのご婦人がたのおしゃべりの素材として、いつも同じ扱いで編集され、その通りに読まれます。外国から新聞社に着信した最新のニュースは、印刷前に社屋に掲示されます。私は先日、このニュースを読もうと殺到した群衆のために、社屋の大きなガラスが何枚か割れた、と聞きました。この種のニュースなら、誰でも一二か月前に、あるいは一二年前にすら、正確に予測して書けるでしょう。

たとえば、スペインに関するニュースを準備するとします。あなたは、ドン・カルロスと女王、ドン・ペドロ、セビリヤ、グラナダといった人物名を想定し[※37]——私が新聞を読んでいたころとは出てくる名前が少し変わっているかもしれませんが——時に応じて適当な見出しで取り上げればいいでしょう。内容が不足するようなら、闘牛の記事で味付けします。真実のニュースになること間違いありません。あとは、スペインの最新情勢とか、情勢の悪化といった着想で、明快な記事を書き上げます。

それに、イギリスの最新のニュースで、読むに値するものがあったでしょうか。一六四九年の清教徒革命[※38]くらいまで遡《さかのぼ》らなければ、めぼしいニュースはないでしょう。となれば、この国についてあなたは、平均的な年の作物のおおよその収穫量さえわかれば、お金を無駄にしたければ別ですが、関心を寄せるま

※37　これらの人物は、一八三〇年代から四〇年代初めにかけてスペイン政変に関わる話題の人。ドン・カルロスとドン・ペドロは国王フェルナンド七世の兄弟で、権力抗争に明け暮れた。一八三三年、国王の死去で、マリア・クリスティーナの摂政のもと、幼い王女イザベルが即位して保守派の反発を招き、内乱（第一次カルリスタ戦争）が勃発。

※38　一六四二～六〇年の、清教徒によるイギリスの市民革命。一六四九年、国王チャールズ一世を処刑して共和国を樹立した。

でもありません。新聞を読まない私の判断ですが、フランス革命を含め、知るに値する事件が外国で起きたためしがありません。

いったいニュースのどこが面白いのでしょうか？　新しければいいのではなく、古くて新しいことに関心を寄せるほうがいいでしょう。

「衛の国の遽伯玉《きょはくぎょく》は、使者を送って孔子の最近の考えを伺わせた。孔子は使者を身近に招いて、こう尋ねた。あなたのご主人はいかがおわせられるか、と。使者はうやうやしく、こう答えた。私の主人は短所を少なくしようと望んでいます。だが、望みを遂げるに至っていません。使者が座を辞すと、孔子は使者を評してこう言った。なんと素晴らしい使者ではないか！　なんと素晴らしい使者ではないか！」[※39]
▼牧師は一週間の終わりの安息日に、疲れて眠ったような農民の耳に、新しそうで、その実、いらいらする説教をします。そ

※39　『論語』より。

もそも日曜日は、無為に過ごした一週間の結びの日ではなく、新しい一週間の始まりの、新鮮で元気いっぱいの日です。[※40]牧師は、締まりのない長説教はやめ、声を雷のごとくに轟かせ、こう言うだけでいいのです。

「だらだらはやめ！　全部やめ！　やっているようで、何も進んでいないのはなぜか？」[※41]

インチキと考え違いが、最高の真理のごとくにあがめられています。現実に目が向かず、上滑りしています。もし私たちが現実を深く観察し、自分を欺《あざむ》かなければ、私たちの生活は――身近なお話になぞらえれば――お伽話《とぎばなし》やアラビアンナイトのきらびやかな物語のように楽しくなるでしょう。もし私たちが、どうしても避けられない問題や、起こってしかるべき問題だけを誠実に受け止めて生きるなら、私たちの町も、音楽と詩に彩られた素晴らしい住み場所に変わるでしょう。そして、私たちが急がず、賢ければ、偉大な価値あるものだけが永遠と知るで

※40　一週間の始まりの日。創世記によると、安息日（一週間の終わりの日）は日曜日とされるが、ユダヤ教や一部のキリスト教では土曜日だった。

※41　「牧師は一週間の終わりの」（二三七ページ）～「何も進んでいないのはなぜか？」までは、一八四五年七月一四日の日記から。ここでソローは、牧師エドワード・テイラー（一七九三～一八七一）の説教をイメージしている。テイラーは一八三〇年からボストン海員礼拝所の牧師で、若き日の海の暮らしの経験を生かして海の自然について語り、海員の間に人気を博した。メルビルが『白鯨』でテイラーの説教の様子を伝え、ディケンズ、エマソンらが記録を残している。

しょう。――そして、つまらぬ恐れやけちな娯楽は、現実の陰だとわかるでしょう。現実はいつも陽気で、謎に満ち満ちています。

それなのに人間は、目を閉じてばかりいて、半ばまどろみ、外見に惑わされ、騙されても気にしません。普段の暮らしを型にはめ、習慣の日々にしてしまいました。それらの習慣が、さらに、現実を離れた架空の基礎の上に据えられています。ところが、遊びが暮らしそのものである子どもを見てください。暮らしの真の法則と作りを、大人よりはるかによく理解しています。大人は暮らしを価値あるものにせず、無駄な経験を重ね――当然、失敗の経験ばかりですが――賢くなったつもりになっています。

私が読んだヒンズー教の本に、こうあります。

「昔、王子がいました。王子は幼くして、生まれた町を追われ、森で育ちました。王子は森で成人し、共に育った未開の人と同じ種族の人だと思い込んでいました。ある時、父の大臣が森で王子を見つけ、あなたは未開の種族の一員ではなく、王の子だと告げました。すると王子は、自分が王子になるべき人間だと考えるようになったということです」

インドの哲学者は続けてこう書いています。

「人間の魂は、環境次第で、本来の性格を誤って受け取ります。真実の言葉を伝える聖者がいて初めて、人の大切なあり方であるブラフマーに達することができます」[※42]

私たちニューイングランドの住人が、これほどだらけた暮らしでも平気でいられるのは、物事の表面にとらわれ、真実を見ないゆえである、と私は理解します。[※43]

私たちは、物事の表面ばかりをいいように見ています。誰かほかの町の人が、コンコードの町を訪れて現実の姿を見たとしましょう。その人に、コンコードの町の人が自慢にする中心部のミルダム[※44]を話題にしてみても、どこのことかと思われて終わ

※42　前出(一一三ページ)『ヴェーダ・サンヒター』による。

※43　清教徒の末裔であるニューイングランドの隣人を、ソローは「腐ったカボチャ」と批判した。

※44　コンコード村の中心街。かつて水車(ミル)のダム池があったことによる地名。

りでしょう。逆に、その人にコンコードで見たことを話してもらっても、町の人は、その人の言う場所がどこのことか見当がつかないでしょう。私たちは、町の礼拝堂、裁判所、刑務所、商店、住居を、改めてよく見ましょう。観察を重ねて、なぜそうなっているのか、摑《つか》んだ真実を言葉にしてみれば、見てくれとは裏腹に、とんでもないあらが見えて驚くでしょう。

人々は、真理が太陽系の彼方、もっとかけ離れた遠い星の陰、アダムの昔のさらに昔、あるいはまったく逆に、人が滅び去った後からやってくる、と思い込んでいます。永遠なるものには、逆らいがたい不可思議が、確かにあります。けれども、それら無限の時、場所、そして機会のすべては、今、私たちが生きる目の前にあり、目の前で起きています。※45 神も今、きらきらと輝いています。あらゆる時代と比べて、今を超えて偉大であったことはありません。私たちは、身近な真実を雨あられとかぶり、受け止め、美しさと気高さを確かに感知できます。宇宙は、私

※45 ソローは、「ここには（故郷コンコードには）愛するすべて、望みうるすべて、そして私のすべてがある」と述べている。

たちの問いに素直に答えます。私たちが真実を問う旅をゆっくり楽しみ、あるいは大急ぎで進むためのレールは敷かれています。あなたもそのレールを進んでみませんか。

過去の詩人や芸術家が、気高く見事な構想を立てました。けれども、その構想は実現せずに今に至りました。今日の詩人や芸術家である私たちと、少なくとも未来の詩人や芸術家は、過去の詩人や芸術家と同じように気高い理想を描き、実現するはずです。

私たちはそのためにも、日々を、自然と同じように着実に進めばいいはずです。レールの脇に、興味をそそる木の実の小片や虫の羽がたくさん落ちています。細事に気を取られてあまり道を外れないようにしましょう。※46 朝は早く起きて食事はとらないか、とるのならゆっくり楽しみ、穏やかに、あわてずに過ごしましょう。仲間がやってくれば悠々と迎え、去るなら送り、何事かを伝える鐘の音や子どもの泣き声が聞こえたら、早とち

※46　当時の汽車が、レールが不安定なためにしばしば脱線した事実と重ねている。

りせずに聞いていましょう。ただこの一日を、素晴らしい日にしようと心に決めておけばいいのです。ところが、なぜか私たちは、つい他人に合わせて一日という川を一緒に流れ、それも仕方ないこと、とすぐにあきらめます。

あきらめず、急流にも巻き込まれず、順当に進む方法はないでしょうか？　そう思うなら、あなたもまずは、真昼の浅瀬で待ち構える、豪華で時間がかかる昼食という恐怖の急流と乱流に注意しましょう。ひょっとすると水をかぶり、うっかりすると転覆です。この危険を乗り切れば、あとはゆったり流れ下るだけで、しばらくは安心です。朝の元気を保ち、ほどよい緊張を保ち、オデュッセウスを見習い、マストに体を縛って進路を注視し、セイレーン（船乗りを惑わす妖怪）は見えても見ず、気をしっかり保ちましょう。蒸気機関が悲鳴を上げるでしょうが、気にしません。いずれ収まります。警戒警報の音がしても、あわてません。何を伝えているのか、自分に意味があるのか、

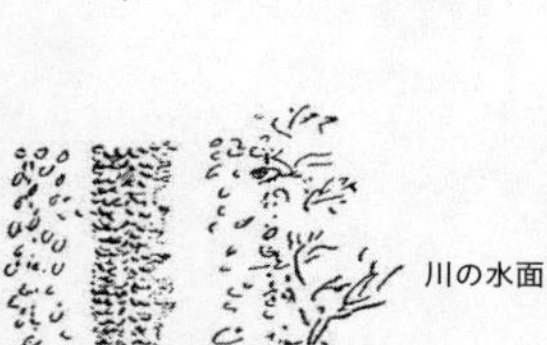

川の水面に風が作る模様

慎重に判断します。

あなたが足をしっかり据えねばならないのは、自分のためです。大洪水の後に散らばる屑《くず》や滓《かす》のように地球を被う、人々の偏見、屁理屈、伝統、詭弁《きべん》、薄っぺらな耳に聞こえの良い見解に、気を散らしていてはいけません。パリ、ロンドン、ニューヨーク、ボストン、コンコード、そして教会、州、さらに詩、哲学、宗教まで、いっさい気は遣わず進みます。うっかり屑や滓の層に足を乗せても、あわてなくて大丈夫。遠慮なく体重をかけ、足をずぶりと差し込み、本当の岩盤まで突き入れましょう。そして、よし、これが岩盤、絶対だ、と自分に言いきかせましょう。こうして、突如起こった洪水、霜害《そうがい》、火災の混乱の世に、確かなよりどころを掴み、壁、国、街灯の基礎を定めます。真実の岩盤には、ナイル川水位測定器ならぬ、〝本当〟測定器を据えましょう。これであなたも、のちの世の人も、偽りと見せかけの増水が真実の岩盤からどれほど高まっているか、いつでも知ることができます。

こうして事実に目を向けて立つあなたがしっかり観察するなら、事実のふたつの面が、まるでアラブの三日月刀のように、陽光を照り返して光ったと思う間もなく、あなたの魂と骨髄を心地よく貫くのを感じるでしょう。あなたは、生き物としての生涯を幸運のうちに閉じます。その時、私が、あるいはあなたが本当に死ぬのなら、咽《のど》が鳴る音を聞き、四肢が冷たくなるのを感じ取りましょう。そうではなく、実際は生き続けるのなら、いよいよ私たちの仕事に励もうではありませんか。

時とは、私が釣りに出かける川です。私が水を飲もうと屈《かが》み込むと、川底の砂が見え、流れは深くないとわかります。たとえこの浅い流れが失われたとしても、永遠は残ります。私は、その永遠の流れの深い水を飲みたいのです。川底が星でいっぱいの天空の川で釣りをしたいのです。[※47] そこで私は、一の数を数えられず、アルファベットの最初の文字もわかりません。こん

※47　地上の川（コンコード）で一尾の魚を釣り上げた（真実の岩盤を極めた）ので、一度は否定した先の世代の知恵（古典）に目を向け、岩盤の確かさを検討する。

なふうに私は、いつも、生まれた時より賢くなくなってしまう自分が残念です。知性とは肉切り包丁です。物事の秘密に切り込みます。私は自分の手は、もはや必要以上には使わないいつもりです。なにしろ私の頭が手であり、足なのですから。私が身に付けている最高の能力は、みな頭に集まっていると、私は感じます。ある動物が吻《ふん》と前足を使って地中にトンネルを掘るのに似て、私の本能は、頭こそがトンネルを掘る器官だと言っています。[※48]そこで私は、この森の丘の地中に豊かな本当の鉱脈を求め、頭でトンネルを掘って道を切り開いていきます。最高に純度の高い鉱脈が、わが家の近くのどこかに潜んでいそうです。私はハシバミの棒[※49]を使ってかすかに立ちのぼる霧を察知し、その位置を推し測りました。さあ、私はいよいよ、トンネルを掘り始めましたよ。[※50]

※48　頭は本の山の中から良き本を探り出す手であり、足である、という意味。

※49　井戸を掘るのに適した地下水位の高い場所を探るのに、ハシバミの棒を用いる。

※50　「純度の高い鉱脈」とは、古典のこと。従って「トンネルを掘り始めた」とは、読書を始めたという意味で、第三章「読書」につながる。

第三章　読書

もし、人がなんのために生きるかを、もう少し考えて生きるなら、誰もが本当の観察者になり、研究者になるでしょう。人は楽しく生きようとする本性を持ち、楽しく生きることによって成長するよう、定められているからです。ところが多くの人は、財産を自分や子孫のために蓄え、子どもをたくさん持って大家族を作り、国を作り、神のごとき名声を得ようと励みます。しかし、どう考えようと、人は神になれず、死すべきものに変わりはありません。ところが、人は本当のことを知ろうとするなら、不死身になり、異変や偶然を怖がらずに生きることができます。

エジプトとインドの最古の哲学者は、大胆にも、神の像を被《おお》うベールの端をめくりました。※1 今も、ベールの縁はいくらかめくれていて、震えています。おかげで私は神の像を、最初の哲学者が見た輝きの通りに見ました。最初の哲学者を大胆にしたのは、彼の中の私であり、今、神の像を見たのは、私の中の彼

●ウォールデン池で過ごした日々は、読書の日々でもあった。「ギリシャを思わせる雰囲気の中で、私は神々が人に伝えたいと望む暮らしに必須の事実と向き合い」ながらソローは、ギリシャの古典とゲーテ、フンボルトの最新の科学書に親しんだ。

※1 「ベールの端をめくる」とは、古代エジプトのイシス、古代インドのマハ・マヤら、完璧な母性を表す豊穣の女神の偉大な謎を解こうとする試み。

です。ベールには少しも埃《ほこり》がかかっていませんでした。最初の哲学者がベールの端をめくった時から、時間は経っていません。私たちが望んだためにうまくできたり、できるのにやろうとしなかったりする時間は、過去、現在、未来という区分とは関係ないのです。

私の森の家は、考えるのに良い場所だったばかりではありません。本気の読書にも良く、大学より勉強できました。私が読みたい本は、互いに連絡を取り合う図書館の膨大な蔵書[※2]にもほとんど含まれていないのに、森のおかげで、世界を巡る偉大な書物に私は生まれて初めて深く親しめました。[※3]本はもともとは樹皮に書かれ、今は植物繊維から作る粗末な紙に印刷されます。詩人、ミル・カマル・ウディン・マストはこう書いています。

「精進することで、精神の世界を広く知る歓《よろこ》びが得られます。私はその歓びを本から受け取りました。一杯のワインの美味に酔う楽しみです。私はその美味を、本に記された、はっとさせ

※2　鉄道の開通によってソローは、ボストンやハーバード大学図書館まで、日帰りで本を借りに行けるようになった。

※3　ソローは、ゲーテの『イタリア紀行』で語られる植物の「メタモルフォーシス（変態）」の概念に、森の朝の目覚めに重なる「偉大なる覚醒」を覚えた。

られる考えを通して、味わいました」[※4]

私も、森の家の机にホメロスの『イリアス』を夏の間ずっと置き、時にページをめくって楽しみました。森に入った始めは家造りにかかりきりだったうえに、豆畑の世話も欠かせず、[※5]まとまった読書の時間がありませんでした。私は、もう少しすれば読書が自由にできるはずだ、と自分を励ましながら、仕事の合間に、旅の浅はかな本を一、二冊読みましたが、時間の無駄だと恥ずかしくなってやめました。こんな旅の本しかないとは、私はなんとひどい国に住んでいるものかと考えさせられました。[※6]

▼学生がホメロスやアイスキュロスを、ギリシャ語でたどたどしく読んだとしても、時間の無駄であるとか、贅沢《ぜいたく》だなどと考える必要は少しもありません。読書は、ギリシャの英雄を知ろうとする努力であり、そこに朝の時間を捧げる喜びがあります。この退廃の時代のまっただ中を生きる私たちにとって、ギリシャの英雄の本は、たとえ翻訳されてはいても、その言葉から生

※4 マストは、一八世紀インドの詩人。フランス語訳からのソロー自身の英訳による。

※5 ソローは、古代ギリシャ人の農作業に自分の農作業を重ねて、聖なる仕事と見た。小さな農業者の誠実な仕事ぶりを賞賛し、大量生産の大規模農業を嫌った。

※6 ソローはよく旅の本を読んだ。ゲーテの『イタリア紀行』、ダーウィンの『ビーグル号航海記』はこの時期に熟読し、大きな影響を受けた。ここでは、それら偉大な書は別格として、いくら旅の本が好きでも、読まなければ良かったと思うものもあるという愚痴。

き生きした意味をすくい取ることは難しいのです。私たちは、ひとつひとつの言葉の意味、そして文章の意味を正しく推し量るのに非常な努力を払います。知恵、勇気、そして柔軟さを発揮して、私たちの社会で使われる卑俗な意味を超えて、とらえがたい大きな意味を、推し量って読まねばなりません。※7翻訳書も含めて、現代の安価で大量に印刷される書物は、簡単には私たちを古代の英雄に近づけてくれません。古代の人は、今のどんな人とも違う特別な人に見えてしまいます。彼らを物語る文字は珍奇に映ります。それでも、若き日の貴重な時間を英雄物語の読書に費やす価値は大いにあります。たとえあなたの読書が、結局は古代のいくつかの言葉を覚えるだけに終わったとしても、それらの言葉があなたの月並みな街から高くそびえ立って、あなたを励まし、挑発します。耳にしたいくつかのラテン語を農民が覚え、口ずさむことも、同じように、無駄であるはずがありません。多くの人が、古典の研究は、実際的で

※7 「学生がホメロスや」～「読まねばなりません」までは、一八四五年八月六日の日記から。

現代的な研究に道を譲るとよく言います。でも、冒険心に富む研究者は、どう時代が変わろうと、古典に関心を寄せるでしょう。

このことは、古典がどんな言葉で書かれていようと、どれほど古い時代に書かれていようと、変わりません。古典とは、書き記された人間の最高に尊い思想です。決して価値を失わない真の神託です。古典は、デルフォイやドドーナの神託[※8]では答えようのない、現代的な課題への答えを含んでいます。もしも古典が、古くて価値がないというのなら、それよりはるかに古い、自然についての研究も意味がないでしょう。良い本をよく読むことは、すなわち深い本を深い心で読むことであって、清らかな努めです。今日、普通に行なわれるいかなる努めよりも、はるかに厳しい努めになります。[※9]

読書には、熱心な体操の選手に似た、絶え間ない鍛錬がいり、体操の選手のように、高い目標を目指す厳しい緊張の日々を持

※8　共に古代ギリシャの神託が下される神殿があった場所。

※9　ソローは、ホワイトの『セルボーンの博物誌』を座右の書とし、一時期、ハーバード大学のアガジーの分類学を信奉した。しかし、これら静的な科学のものの見方では、ソローの幅広い森の観察の事実は記述不能だった。この時期と前後してソローは、ゲーテとフンボルトの「メタモルフォーシス」、それにダーウィンの最新の生物地理学を読み、表現の言葉を知った。

ち続ける必要があります。本は、書き手と同じひたむきな気持ちで読まねばならず、書き手が込めた深い意味を推し量りながら読まねばなりません。そこに使われている言葉を話せたとしても、読むには十分ではありません。話し言葉と書き言葉の間には、大きな隔たりがあります。話し言葉はすぐに消え去る性格のもので、音声にすぎず、しばしば一部の階層にだけ通じる階層方言です。この意味で話し言葉は、動物の言葉に近いといえるでしょう。私たちはこの言葉を、動物と同じように、いつの間にか母親から学びます。ところが書き言葉は、話し言葉が完全な発達を遂げた上に、幾多の冒険を重ねて生み出されました。話し言葉を、昔から変わらぬ母の言葉と呼ぶならば、書き言葉は、練りに練った父の言葉といえます。書き言葉に込められた、深く、精選された意味は、耳で聞くには複雑で含蓄がありすぎます。もし、書き言葉を会話に使おうというのなら、私たちは生まれ変わらねばなりません。

中世のギリシャやローマの人々も、ギリシャ語やラテン語を話しました。けれども、話せたのは、生まれた土地の言葉を自然に身に付けたからで、古代の天才がギリシャ語やラテン語で書いた本は読めませんでした。それらの古典は、中世のギリシャ語やラテン語の話し言葉ではなく、精選された、美しい、深い意味を持つ書き言葉で書かれていたからです。中世のギリシャやローマの人々には、書き言葉を学ぶ機会がなかったのです。彼らから見れば、高貴な本は、わからない言葉が書かれた汚れた紙に過ぎませんでしたから[※10]、彼らの同時代の、今では忘れられた文学を高く評価したのも当然です。

ところが、ヨーロッパのいくつかの国が、それぞれに、粗削りながら書き言葉を生み出して書物を刊行する準備が整うと、本に学ぶ喜びが蘇《よみがえ》り、学者たちは古代の宝物である古典を探りあてました。中世のギリシャやローマの誰もが話せても読めなかった本を、長い断絶の時代を超えて、少数の学者が読むよう

※10　一部の古典は、中世の聖職者がその価値を知らずにクズ紙としてメモ代わりに使ったために、今日に伝えられた。

になり、今も少数の人々が読んでいます。

私たちは、雄弁家が語る話し言葉の冴えに喝采を送ります。それに比べて、最高に高貴な書き言葉はいつも、束の間の話し言葉のはるか後方か上方にあって、雲間に見え隠れする星のようです。星は夜ごとに天空に輝くのに、見る人はわずかです。※11星を読める人だけが星を見ます。天文学者は絶えず星を観察し、星を論じてきました。星は、私たちの日々の対話や吐息の産物ではないからです。集会で喝采を浴びる雄弁家の弁舌の冴えは、学問する人には、大げさな表現と映るでしょう。雄弁家は、その場の雰囲気の微妙な移り行きをよく見て、目の前で聞いている人々に語りかけます。一方、平静な暮らしを好み、雄弁家にとっては好機になる大事件や大群衆を前にすると心を乱してしまう著述家は、時と場所を超えて共感する読み手の知性と心に語りかけます。

アレキサンダー大王が『イリアス』をていねいに小箱に収め、

※11　ソローのセンス・オブ・ワンダー（不思議がる気持ち＝好奇心）は、アリストテレスの「神の存在感覚の起原」に相当する。

大遠征に携えていったのも、少しもおかしくはありません。[※12]古典は、私たちの祖先が残した最高の芸術です。人は、他のどんな芸術作品に比べても、文学作品に親しみを感じ、何事にも当てはまる普遍性がある、と知っています。本は、生活に最も近い芸術といえるでしょう。いずれ古典は、あらゆる言語に訳され、あらゆる国の人々に読まれ、ついには、あらゆる人々の唇から発せられる生きた言葉になるでしょう。

カンバスに描かれ、大理石に刻まれることだけに価値があるのではありません。人々の心に生きることこそが、真の芸術の価値です。こうして、古代の人々の象徴である古典が、現代の人々の会話を作ります。二〇〇〇回の夏は、ギリシャ文学のこの記念碑に、大理石の彫像に似た円熟した黄金色の秋色を添えただけでした。なぜなら、古典は人が暮らすあらゆる土地を伸びやかな天空で満たし、時の浸食から自分自身を守り通すからです。古典は、人々がいつも変わらず心に留める世界の宝であ

※12　アレキサンダーの母オリンピアは、アレキサンダーに、ホメロスの『イリアス』に登場するアキレスが先祖であると教えて育てた。アレキサンダーは大遠征に『イリアス』を携え、アキレスをすべての面でモデルにしたという。

り、あらゆる国で、世代から世代へ伝えられる人類の遺産です。

古き良き本が、簡素な家の本棚に、その場にふさわしい自然な雰囲気を醸《かも》し出して置かれています。なぜ本がそこにあるのか、どの本も知りません。それらの古典は、それぞれに読み手を励まし、支えてきました。そこで読み手の教養が、それらの古典にいてほしいと言っています。それらの本の書き手は、同時代の社会の際立って魅力ある人と認められ、その社会でふさわしい活躍をし、著した本を通じて、人々に、どんな王や皇帝よりも大きな影響を及ぼしました。

学問など役に立たない、と罵《ののし》って生きてきたであろう交易人も、持ち前の冒険心と勤勉さでいよいよ自立し、ついに巨万の富を得ると、社交界に仲間入りします。するとなぜか、依然として近寄りがたい知性と天才の社会に目を向け、富の力では動かしがたい世界があると知ります。良き分別によって彼はもうひとふんばりすることにし、自分の子どもに知的な素養をつけさせます。こうして彼は、新たな一族の創始者になります。

古代文明の古典を、その本来の書き言葉で読む素養を持たない人は、人間の歴史を深く知ることはできないでしょう。驚くべきことに、それらの古典は、ほとんど私たちの言葉に翻訳されていません[※13]（現代文明そのものが古典の翻訳であるなら、話は別です）。ホメロスが英語で印刷されたことはなく、アイスキュロスやウェルギリウスも同じです。これら古代の著述家の作品は、洗練されて、学問の裏付けがあり、目覚めた朝の美しさがあります。後世の著述家の作品は、たとえ才能を高く評価できても、高貴さ、美しさ、輝きにおいて古典に遠く及ばず、古代の著述家の、生涯を通した際立った文学上の功績となると、英雄的というよりほかありません。――もっとも私も、後世の著述家がすべて及ばないとは言いません。

今日、古典を読まない著述家だけが、古典はいらないと言います[※14]。学問に励み、才能を育て、古典を理解して、それでもい

※13　言葉通りに訳されていないのではなく、真の意味での翻訳が困難であることを言っている。

※14　「古典は、私たちの祖先が」（二五六ページ）～「ないとは言いません」までは、一八四五年七月五日の日記から。

らないのなら、古典は忘れたと言えばいいでしょう。古典に加え、さらに古く、もっと知られていない先祖の遺産である古い国の聖典を収集し、バチカン宮殿[※15]をヴェーダ、ゼンドアヴェスターなどの聖典の数々、ホメロス、ダンテ、シェイクスピアの作品でいっぱいにしてみてはどうでしょう。それらの積み重ねをたどれば、私たちも天国に昇れるかもしれません。

私は、偉大な詩人の作品は、普通の人たちに読まれたためしがない、とはっきり言い切れます。なぜなら、優れた詩を読めるのは、偉大な詩人だけだからです。普通の人は、それらの詩を、天空の星を見るのと同じくらいしか読めず、読もうともしません。天文学者のようには読めず、読めるとすれば、占星術者のように勝手に読むだけです。たいていの人にとって、アラビア数字を学ぶのは、帳簿をつけ、人に騙《だま》されない用心のためです。文字を学ぶのも、暮らしのつじつま合わせのためにすぎません。高貴で知的な読書となると、普通の人はほとんどない

※15 バチカン宮殿は、世界最大の図書館のひとつ。

丘の急斜面のウシの道

か、ゼロでしょう。知的な読書こそ、唯一の読書です。時間つぶしの読書の贅沢に甘んじ、本来持つ高貴な能力を眠らせてはなりません。限界まで自分を高めて読む、最高に目覚めた、最高にどきどきする読書の時間を持とうではありませんか。

私の考えでは、人は言葉の初歩を学んだら、ただちに最高の文学作品を読めばいいのです。四、五年生のクラスに進んでも、最前列の低い椅子に座り[※16]、aとかbとか、一音節の単語とかを繰り返していては仕方ありません。大多数の人は、唯一の良き本[※17]、聖書を読むか、読み聞かされ、聖書の賢い言葉で罪を悟らされると、もう十分、と思ってしまいます。残りの生涯は何もせず、才能を下劣な読み物でつぶします。私の町の図書館に、「子どもの読み物（リトル・リーディング）」と銘打った数巻ものの本がありました。私は（リトル・リーディングから）近くのレディング[※18]という町を思い起こし、知らない町のことを書いた本だと思っていました。

※16　当時の村の一教室しかない学校では、低学年の生徒は最前列の小さな椅子に座った。

※17　聖書は「良き本」とも呼ばれる。

※18　ボストンの北にある町。つづりはReadingで、読書、あるいは読み物と同じ。

まるで鵜《う》やダチョウのように、山盛りの肉や野菜のご馳走《ちそう》を平らげたうえ、なおあらゆる種類の料理を消化する人がいます。単純に、食べ残しはもったいない、と思うからでしょう。これに似て、ご馳走を作るようにどんどん書く、機械のような書き手が作り出す本を、ご馳走を平らげるように読み続ける機械のような読み手がいます。しかし、この種の本は、決まってゼビュロンとセフロニアの物語の九〇〇〇回目の語り直しです。ふたりが熱烈な恋愛のそのまた高みにあるというのに、いつも邪魔が入ります。恋愛がどう進み、進まなかったかをただ書いているだけです！　また、こんな話も何千、何万回と繰り返し書かれています。不幸な男が教会の尖塔《せんとう》に取り付き、なぜか、危なっかしく鐘楼に登ります。作家は、なんの必要もないのに男を塔に登らせて、何を言おうというのでしょうか。能天気な作家は、男に鐘を打たせ、人々の注意を引きます。あげくに「さあ、塔の降り方をご覧ください！」ですから、驚きます。

そんな作家への私の提案ですが、英雄を夜空に輝く星座に祭り上げた古代の著述家を見習ったら、いかがでしょう。物語の世界に生息する野望に燃える主人公を、昆虫のように変態させ、風見鶏にします。風見鶏なら、屋根の上でおとなしく回るだけで、街路に降り立って悪ふざけをして、正直な読者を惑わしはしません。ともかく私は、作家が鐘を鳴らそうと、何を書こうと、動かず、教会が焼け落ちてもじっとしていることにします。もちろん、私がどうしようと、作家は書き続けるでしょう。「『ティトル・トル・タン』の著名な作者による中世のロマンス『ティプ・トゥ・ホップが跳ぶ』が好評発売中。注文殺到につき、一刻も早く書店へどうぞ」。多くの人々がこんな本をわざわざ買い、目を皿のように見開き、うぶな好奇心で読みふけります。決して消耗しない、猛烈にしっかりした鳥の砂嚢《さのう》をもって、たちまち咀嚼《そしゃく》します。四歳の小さな男の子がしっかり椅子に腰掛け、キラキラした二セント版のシンデレラを読む姿が、その始まりです。
この種の安手の本は、子どもの発音やアクセントを改善することもなく、想像力を育みもしません。ただ、目を弱め、生命維持に必須の循環機能を沈滞させ、あらゆる知的能力を脱落させます。このような菓子パンが、毎日、価値ある純粋の小麦粉のパンや、ライ麦とトウモロコシ粉のパンより、はるかに多く焼かれ、ちゃんと売れてしまうのです。※19
最高の本は、良き読書人といわれる人にすら、読まれていません。となると、わがコンコードの町の文化の水準を、どう考えればいいでしょうか？　この町には、極めてわずかな例外はあるにしても、私たちが普段話して、書きもする英語で書かれた最高の本、あるいは優れた本を好む人がいません。これはコンコードに限ったことではなく、大学で学んだ人、あるいは広い心を持つ人でさえ、英文学の古典に親しむ人は非常に少ないのです。人類の知恵の精華である古典や聖典は、大学で学んだ

※19　ここでソローは、当時売り出し中だったシルベスター・グラハムの発明になるグラハム・クラッカーをイメージしている。ソローの友人の多くはこの菓子の支持者だったが、純粋を愛するソローは、大衆的で、簡単に手に入る加工物に疑問を持った。

人であれば読めるのに、実際に読む人はわずかです。

私の知人に中年のきこりがいます。[※20]その人は、フランス語の新聞を定期購読しています。理由は、当人によれば、ニュースを読むためではなく——ニュースは自分の暮らしには必要ないと言っています——せっかくのカナダ生まれなので「フランス語をちゃんと使えるようにしておく」ことにあります。私は彼に、あなたがこの世界でしているいちばん大切なことはなんですか、と聞いたことがあります。フランス語をちゃんとしておくことを別にしたら、自分の英語の能力を上げ、良き英語を使えるようになること、というのが彼の答えでした。

なるほどそのとおり。大学で学んだ人も、知人のきこりと同じことをしているか、したいと望んでいるでしょう。英語の新聞を読むのもそのためだったでしょう。となれば、最高の英語の本を、現に、読み終えたとして、その本について話せる人が何人いるかが問題です。あるいは、学問のない人も称賛する、

※20　ソローは名を記していないが、実在の人物、アレックス・セーリエンを指す。当時、実際には三四歳。本書の第六章「訪問者たち」でソローは、二八歳として詳しくセーリエンを紹介している。ソローにとってセーリエンは、愛すべき「森の人」。人間の野性味の代表。

ギリシャ語かラテン語の本を、もとの言葉で読んだとしたらどうでしょう。その人は、その本について話したい人がおらず、ただ黙っているほかありません。私たちの国の大学の教授は、古代ギリシャの詩の言葉の難しさは克服できているかもしれません。でも、詩を楽しみ、詩の機知と詩趣をわかって、熱心に耳を傾ける学生に共感をもって伝えられるかとなると、心もとないのです。

人類が伝える聖典の数々ともなると、この町の人は、名前すら言えません。それどころか、多くの人が、ヘブライ人の国のほかには、聖典を持つ国はないと思い込んでいます。私たちは、一ドル銀貨が落ちているのを目にしたら、まず例外なく、道をそっと外れ、戻ってでも拾います。ところが、それらの聖典には、古代の最高に賢い人が記した黄金の言葉が書かれているのです。しかも、その言葉は、のちのあらゆる時代の賢い人たちが、ことごとく、なるほど黄金の価値がある、と繰り返し保証

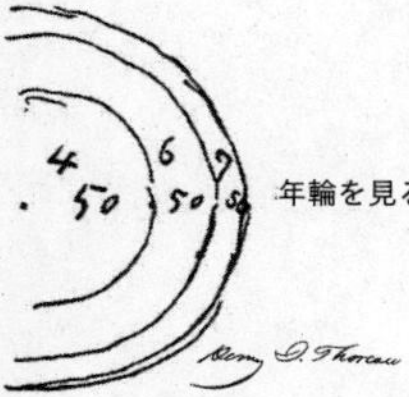

年輪を見る

するほど確かです。

　にもかかわらず、私たちは相も変わらず「みんなの読み物」、初級教育読本、その他の授業の教材を学び、学校を出てもなお、初心者向きの「簡単な読み物」や安直なお話の本を読みます。そのため、私たちの読書は、ことごとく会話や思索と同じ低い水準にあって、私たちはその水準どおりに、伝説の小人族か一寸法師です。

　私は、コンコードの土が生み出した人よりもっと賢い人がいたら、ぜひともお目にかかりたいと望んでいます（当地で名前が知られていることはまずないでしょうが）。そうであるなら、私がプラトン[※21]の名を聞いていて、プラトンの著書である古典を手にできるのに、読まないことがあるでしょうか？　読まないなら、プラトンが隣人であるのに、会おうともせず、話し声を聞きもせず、英知に関心を向けないのと同じです。実際はどうなのでしょうか？

※21　プラトン（紀元前四二七？〜紀元前三四七？）。ギリシャ最大の哲学者。

プラトンの不滅の真実が記されている『対話篇』は、たしかに、私が手を伸ばせば届く近くの棚に載っています。ところが、ここが肝腎《かんじん》なのですが、私はまだ一度も『対話篇』を読み通してはいません。

私たちはみな、育ちが悪く、字も読めず、無学です。私には、文字が読めない私と同じ町の人の無学さと、読めても子ども同然の本とか、知的とはいえない読み物ばかり読む町の人とに、違いがあるとは思えません。私たちは、きちんと学んでいれば、古代の賢人のように賢くなっているはずなのに、です。もし、彼らがどれほど素晴らしいかを知ろうというなら、まず尊敬し、それから、どれほど優れているかを知っていかねばならないでしょう。ところが、私たちは伝説の小人族で、高く飛ぶといっても、せいぜい日刊紙の記事の知的水準を、ろくに翼も動かさず帆翔《はんしょう》しています。

それでも、私たちが普段接するすべての本が、私たち読者にぴったりの愚かさではないでしょう。優れた本は、私たちの暮らしの問題に打って響くように答えます。もしも私たちが、それらの本の言葉に心底耳を傾けるなら、言葉は、あらゆる物事の始まりである朝や春より麗しく、同じ物事の新しい、別の面を私たちに見せてくれます。

いったいどれほどの数の人が、本に親しむことを通じて人生を開いたでしょうか。本が、生きることの不思議を説き、新しい生き方を暗示しました。本はまた、私たちが言い表せずにいる何事かをはっきりと示してくれます。[※22] 私たちが今、まごつき、悩む問題は、かつて本の書き手も同じようにまごつき、悩み、考えた問題でした。私たちが出会う問題で、かつて本の書き手が考えずに見過ごした問題は、ひとつとしてないでしょう。本の書き手は、それぞれに問題に立ち向かい、個性豊かな才能を駆使し、育て、それぞれの言葉と暮らし方で答えています。私たちは、本の書き手から、賢さばかりでなく、広い心も学びま

※22　ソローにとって優れた本は、表現の教科書。『ウォールデン』は、アリストテレスのセンス・オブ・ワンダー、カトーの農業の楽しみ、アダム・スミスの経済の言葉、ゲーテの生き物の言葉、エマソンの本能の言葉、イーヴリンの森の言葉、そしてギルピンの雄大な景観描写の言葉で書かれている。

す。

コンコードの町はずれの農場に雇われている、ひとり暮らしの男がいます。彼は特異な宗教体験を通して生まれ変わり、信じる道に従って、寡黙《かもく》で他人に厳しい、かたくなな暮らしを始めました。信念をもって自分が信じる道を守ろうとしています。おそらく彼は、今、私が書いたことを信じないでしょう。

ゾロアスター[※23]は何千年も前に、同じ道を旅して、同じ経験をしました。聡明で広い心を持つゾロアスターは、自分のたどる道は、誰もがいつか経験する心の動きの問題であることに気づきました。そして、隣人にやさしくあたり、諭しました。ゾロアスターは、人々の求めに応じて礼拝所を考えた、ということです。かの農場の雇われ人も、心を開き、礼をもってゾロアスターと親しく交わり、幾多の賢人に学んで寛容さを学び、イエス・キリストとも心を通じ、そして今の「私たちの教会」を見捨てればいいのです。

※23　ゾロアスター（紀元前六二八?～紀元前五五一）。イランの宗教改革家。ゾロアスター教の創始者。

▼私たちは、一九世紀の人間であることを誇りにしています。他のどんな国の人よりも広い、大きな歩幅でサッサと飛ばす、驚異の進歩の渦中にある、と思っています。けれども、いかにコンコードの町が、文化を高める努力をしていないかを見ただけで、現実は明らかです、私は、わが町の人に媚《こ》びて、耳に心地よいだけのことは言いません。町の人が私に媚びてほしいとも思いません。いいかげんなことを言い合っても、いいことはないでしょう。そんなことをするくらいなら、私たちは刺激し合ったほうがいいのです。雌牛と同じように突き棒で突かれて、小走りで駆けるくらいがちょうどいいでしょう。

私たちの町は、児童のための初等教育だけは、少しはまともな教育の組織を用意しています[※24]。でも、私たち自身のための学舎はどうでしょうか。ほとんど消えそうな冬のライシーアム運動[※25]の講演活動と、お金は出さない州政府の提案のおかげで最近ようやく開館した小さな図書館を除くと、何もありません。私

※24　一八三七年、ハーバード大学を卒業したソローは、年俸五〇〇ドルでコンコードの初等学校に勤め、暴力による指導を拒否して二週間でやめた。コンコードは初等学校を八校持ち、二〇人の教員がいた。ふつう教員の年俸は、男で一〇〇ドル、女は四〇ドル。ソローの年俸が高かったのは、管理責任を持ったため。

※25　アメリカ各地でゆるやかな連携を持って展開された社会教育運動。講演を中心に、演劇、ダンス、音楽などが行なわれた。ソローはコンコード・ライシーアムで講演して、この本の着想を得た。

たちは、体に安楽なものと病気には、やたらお金を使うのに、心に良きものにはお金をかけません。そのため、男も女も大人になりかかったら最後、教育の機会から離れます。となれば、今こそ私たちは、初等教育の学校ではない大人の学校を持つべきです。それには、村がそのまま大学になればいいのです。年長の村民は、みな大学構成員になり、余暇を活動にあてます。人生のすべてを哲学の研究に捧げます。

これからの世界は、パリに大学がひとつ、オックスフォードにまたひとつ、でいいはずがありません。コンコードに学生を下宿させ、この町の空の下で哲学の研究に励んでもらいましょう。気鋭の哲学者アベラール[※26]を招いて、講義に耳を傾けようではありませんか。

けれども、ああ、なんと大きな現実との落差でしょう！　私たちはみな、牛の世話に、店の番に忙しく、あまりに長く学舎から遠ざかっていました。悲しくなるほど自分の教育をおろそ

※26　P・アベラール（一〇七九～一一四二年）。フランスの神学者で哲学者。詩と、エロイーズとの恋で知られる。

エマソン牧場

牧草地は人に管理された草原ではあるが、アキノキリンソウやルピナスなど、野生の草の生育地でもあって、四季折々に黄色や青色の花に染まった。

ハバード橋とスイレン

この近辺に限らずサドバリー川の両岸の多くは、
川の増水時には水をかぶる氾濫原で、カワウソ
やマスクラットなど水生動物の住処だった。

かにしてきました。でも本来、私たちの国では、ヨーロッパなら支配階級の貴族が担う役割のいくつかを、村が果たすべきなのです。たとえば、村が芸術の保護者の役割を担う、といったように。村には、この役割を果たすに足る十分な富があります。ただ、私たちの村は大らかさに欠け、粗雑に過ぎます。農民の要求と商人の必要にはお金を出すのに、知性ある人が高い価値を見るものにお金を使おうと提案すると、すぐに「それは理想だ、現実的でない」と言って拒絶します。

ところが村は、役場という建物の殻を建てるのに[※27]、一万七〇〇〇ドルのお金をつぎ込みました。ただの偶然か、はたまた深遠な策略なのか、この建物の殻に、生きた知恵という中身を注ぐ予算はといえば、今後一〇〇年の予算を合計して、ようやく同じ桁になるほどの微々たるものです。▼冬のライシーアム運動の講演活動のために毎年寄せられる一二五ドルの寄付金が、この町で集められる寄付金の中で最も有効に使われているのです。[※28][※29]

※27 コンコード村が役場を建てたのは、一八五一年。

※28 「冬のライシーアム運動……いるのです」は、一八三七～四七年の日記から。

※29 ソローは一八四二年のライシーアムの運営を担当し、一〇九ドル余りの年間予算で、エマソン、グリーリイら二三人の講演者を招くことができた。

もし、私たちが一九世紀を生きるというのなら、一九世紀だからこその冒険を楽しまない手はないでしょう。

なぜ私たちの暮らしの広がりは、いまだに地方的[※30]なのでしょうか？　もし、新聞を読むことを大切にしたいなら、なぜボストンのゴシップ記事なのでしょうか。なぜ世界の新聞を読まないのでしょうか。わがニューイングランドの中立的な家族新聞から、赤ん坊のように乳を吸ってみても仕方ないではありませんか。「オリーブの枝」[※31]誌から、牛のように草の葉を食《は》んだところで、滋養になるはずがありません。世界のあらゆる研究団体が発行する学術雑誌を取り寄せ、今、誰が何を知ろうとしているか、それはどんな意味があるのか、自分の目で見定めようではありませんか。私たちは、この大切な仕事を、ハーパー・アンド・ブラザーズ社やレディング社などの出版社にまかせきりで、出版社が選んだ学者の根拠があるのかないのか、まるで不確かな文章を読んでいます。[※32][※33]

※30　「偏狭な田舎風」という意味。大学の提案は地域に根差す地域主義の主張。

※31　「中立的な家族新聞」は、政治的な立場を明かさず、家族で読む大衆紙。「オリーブの枝」誌は、ニューヨークの週刊誌。

※32　「私たちは、一九世紀の人間」（二七〇ページ）～「文章を読んでいます」までは、一八五二年八月二九日の日記から。この日の日記は「昨夜、暖かい雨の暴風が吹き荒れ、今も続いている」で始まる。地面が落葉と落ちた果実で被われた果樹園の様子を記したあと、この文章に続く。

※33　出版社と学者が不透明な関係で本を出すことへの批判。地域は、学者との開かれた交流を持つべきという提案。

洗練された好みを持つ貴族は、素養を高めるのに役立つ、あらゆる人と物とを集めます。天才、生涯にわたる絶え間ない学びの心、ユーモア、本、絵画、彫刻、音楽、それに、自然科学の実験器具などが、彼らの収集品です。それなら、私たちの村も同じことをしましょう。かつてピルグリムファーザーズ[※34]が、吹きさらしのプリマス・ロックで厳しい冬をしのいだ時、執行部（今日の村役場）には厳格な教師がひとり、牧師がひとり、寺男がひとり、それに選挙で選ばれた行政委員が三人いて、教会図書館があったということです。もちろん、今の私たちは、それだけですますわけにはいきません。上の命令ではなく、広く参加を求めるという精神が、私たちの国の制度にかなっています。

私たちの社会は、貴族の社会より栄える仕組みを持つということです。そうであるなら、富の力も、はるかに勝っているでしょう。ニューイングランドは、世界の賢者をみな招き、教え

※34　最も初期のピューリタンの植民者。

てもらうことができます。招いた世界の賢者には、当地で暮らすための費用に加えて、賄《まかな》い付き下宿の世話も、もちろんします[※35]。となれば、自然とニューイングランドは地方的ではなくなります。これが、私が実現を切望する、初等教育の学校ではない大人の学校です。私たちは貴族になりたいのではなく、自ら貴くなる人が住む、貴い村を作ります。もし、そのために必要なら、川にかける橋をひとつやめにして、少し回り道をしましょう。その代わり、私たちを取り巻く無知の暗い淵の向こうに、少なくとも一本のアーチの橋を伸ばそうではありませんか。

※35　当時、学校の教師には、生徒の家族が食事付きの部屋を提供するのが普通だった。

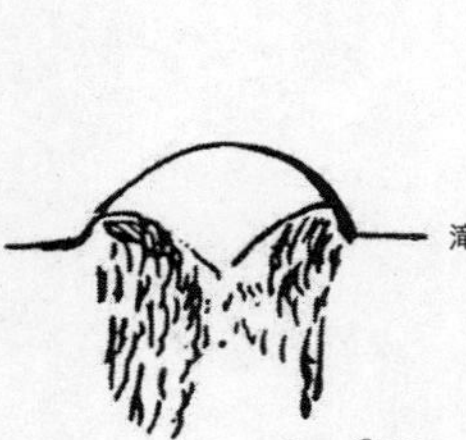
滝

第四章　音

選び抜かれた古典は貴重です。けれども、古典がいかに高貴な書き言葉で書かれていようと、書き言葉も結局は地域語に過ぎず、方言です。文字ばかりを読んでいては、世界のあらゆる物と出来事が、隠喩《いんゆ》によらず、じかに私たちに語りかける言葉であることを忘れる恐れがあります。物と出来事こそが最高に豊かな言葉であって、私たちの標準語です。※1 これらの言葉は、どこにでも溢《あふ》れているものの、書き言葉のようには印刷されません。板戸のブラインドの隙間から部屋に射し込む一条の光は、私たちに深い印象を刻みます。けれど、いったん板戸が開け放たれると、もはや思い起こすことすら難しいのです。

どれほど高度な勉学や研究であっても、私たちが身の回りにある物と出来事に絶えず気を配る必要に変わることはできません。大学で、いかに優れた歴史学、哲学、詩学の研究をしようと、いかに優れた会の会員になろうと、また誰にも称賛される素晴らしい暮らしの術《すべ》を身に付けようと、私たちがなんでも知

●第三章「読書」の冬に続く、春に始まる章。子どもの読み物を軽々と古典が超えるのと同じように、古典を身近な町の騒音や自然の音が軽々と超えるという、転換の章。美しくも楽しい、豊かな表現にあふれている。朝に始まり、昼から午後へ、夕方、夜、そしてふたたび朝に至って終わる。

※1　物と出来事は、人間に対して、あるいは他の生き物に対して意味を持ち、その意味をもって語りかける。

りたいと常に周囲に気を配る習慣を持つことに比べたら、たいしたことではありません。あなたは、本を読むだけの人になりたいと思いますか？　それとも、研究するだけの人になりたいと思いますか？　そうではなく、物と出来事を広く深く見る観察者[※2]になるのではないでしょうか？　私たちは、一人ひとりがそれぞれに、次に何が起こるかを読み、今、目の前で起きていることを深く見て、未来に臨む人になろうではありませんか。

最初の夏、私は本をあまり読みませんでした。私はひたすら豆畑の世話をして暮らしました。というより、豆畑の世話をしながら、上手に時間を使っていた、と言ったほうがいいでしょう。私は、目の前にある今という、一瞬一瞬の最高の美しさを、手の仕事であれ、頭の仕事であれ、何かほかのことの犠牲にしてはいられない、とよく思いました。私は、余裕のある自由な暮らしが好きです。夏の朝、いつもの水浴を終えると、日によっては、日の出から正午まで、じっと動かずに過ごしました。

※2　ここで言う観察者は、「seer」の訳。「見る人」、あるいは「予言者」の意味であるが、ソローら超越主義者は、「seer」を特別に感覚が優れた人の意味で好んで使った。

ソローの入江とインディアンの小道

インディアンの小道は、森の踏み分け
道を知りつくした人だけに感知できる、
かすかな凹みだった。

ウォールデン池の岸辺の夏の葉の茂り

ソローは植物が見せる夏の緑の深さと、
旺盛な繁茂の生命力を愛した。熱帯の
植物の様相を思い、水浴を楽しんだ。

マツ、ヒッコリー、それにウルシ※3などの木々に囲まれて、森の家の日の当たる戸口に腰を下ろし、ひとり静かに鳥の歌声を聞き、鳥がひらひらと音もなく部屋に入っては、飛び去っていくのを眺めました。そして、いつの間にか日の光が、家の西の窓に射し込んでいるのに気づいたり、遠く離れた街道を進む旅人の四輪馬車の音が聞こえるのを耳にして、時間が経ったことを知りました。

その間に私の魂は、夜のトウモロコシのように一段と成長し※4、手を使った仕事で手に入れるどんな成果より、はるかに大切なものを手に入れました。私の暮らしから時間が差し引かれていなかったばかりか、多くの良きものが、いつも以上に付け加えられていました。私は、東洋の人たちが、仕事もせずに黙想して、何を得ているのかを理解しました。時間がどれほど流れたかは、ほとんど気になりませんでした。時間はまるで、私の仕事を明るく照らすかのように過ぎていきました。朝かと思うと、

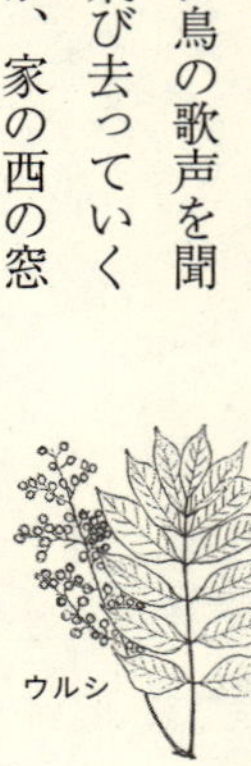
ウルシ

※3　ここでマツ、ヒッコリー、ウルシとあるのは、特定の種ではなく、それぞれが数種をふくむ類の総称。マツでは、ストローブマツ、リギダマツなど。ヒッコリーでは、ヒッコリーやモッカーナッツ。ウルシでは、毒性のあるウルシや毒性がなく実が食用になるハゼノキなど。これら多様な種の植物の共同体の中で生きた、という意味。いずれも日本の固有種とは種が異なる。

※4　トウモロコシは畑の作物の中で、目立って生長の早い植物。

おお、なんと夕方でした。その間に、私は特別なことは何ひとつしませんでした。私は、いつまでも続く幸せな時間に向かって、小鳥のように大きな声では歌を歌わず、ただ微笑《ほほえ》んでいました。でも、私の家の戸の前のヒッコリーの枝で小鳥が歌ったのは、私のふっふっふっという含み笑いが、私の巣から漏れるのを聞いたからかもしれません。

私の一日は、異教の神の名をつけた曜日の一日[※5]ではなく、時間に刻まれ、時計の音で細分化された一日でもありませんでした。なぜなら私は、「昨日、今日、明日をただひとつの言葉で表す」プリ・インディアンのように生きたからです。プリ・インディアンがそれら三つの日をどう表すかというと、指で「昨日なら後ろ、今日なら上、明日なら前を指す」ということです[※6]。

私の隣人である町の人は、こんなことを書く私を、おそらくはとんでもない怠け者だと思っているでしょう[※7]。でも、もし鳥や花が読むなら、自らの考えに照らして、私は少しもおかしく

※5 キリスト教のこよみは「木曜日＝Tursday」が「雷神＝Thor」といったように、異教の神々の名によっている。

※6 イダ・ラウラ・プファイファーの「世界周航記」（一八五二）の『東部ブラジルのプリ・インディアン』による。

※7 ソローはギルバート・ホワイトをモデルに、より簡素に、勤勉に働いた。だが、厳格で金銭欲の強いニューイングランド社会は、川沿いの湿地やマツの森を散歩するソローを怠惰と言った。

ない、と言うでしょう。人はそれぞれ、自分らしさを見つければいいといわれますが[※8]、その通りです。やさしい自然の一日は、人を怠け者と言って責めたりはしません。

私は、自分の生活に絶えず楽しみを見つけていましたから、社交や劇場などの外の世界に楽しみを見つける人に比べて楽でした。生活そのものが楽しみで、いつも新鮮でした。生活は、次々に場面が変わる、終わりなきドラマです。私たちが自力で暮らしを立て、それぞれに自ら学んだ最高のやり方で暮らしを操縦するなら、私たちは退屈に悩みはしないはずです。あなたは、与えられた才能に上手に従って生きればいいのです。あなたの才能が、それこそ一時間ごとに、新しい楽しみを開いてくれるでしょう。

私は家事も楽しみでした。家の床が汚れると、私は早く起き、寝具、寝台、家具などのすべての家財道具を外に出し、草の上に並べ、床に水をかけ、湖畔の白い砂をまき、箒《ほうき》でしっかり掃

※8　旧約聖書ダニエル書に「なんじ自らを分別をもって見るなら、真の望みを知るだろう」とある。

いて、白くきれいにしました。こうして私は、村の人たちが朝食で仕事を中断しているころには、射し込む朝日ですっかり乾いた床にふたたび上がり、瞑想の時間をほとんど削らずに掃除をすませていました。家の外には、あらゆる私の家具や道具が、いつでも運べるロマ（移動生活者）の荷物のように並び（三本脚のテーブルは本とペンとインクを載せたまま運び、リギダマツとヒッコリーの木々の間に置きました）、それぞれに独特の雰囲気を醸《かも》し出すのを見ることは、大いなる楽しみでした。家具や道具も外に出ているのが楽しいらしく、家に入りたくないと言っているようでした。

私は時に、家具や道具の上に雨おおいを広げ、上にそっと座って瞑想したくなりました。家具や道具に日の光が降り注ぐのを眺め、それらの上を渡る風の音を聞くことは、素晴らしい経験でした。家具や道具は、家の中より外にあって魅力を発揮するもののようでした。小鳥が一羽、近くの木の大枝に止まって

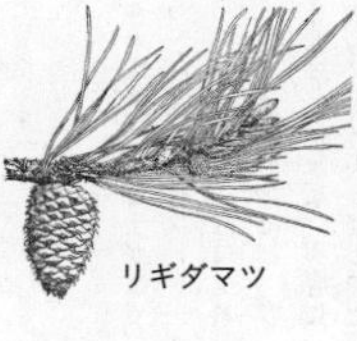

リギダマツ

さえずり、ヤマハハコがテーブルの下に伸び、ブラックベリーの蔓《つる》がテーブルの脚にまとわりついていました。マツボックリ、クリの毬《いが》、イチゴの葉がそこここに見られました。私は、テーブル、椅子、寝台などの家具に、それらの種の植物の姿が模様に描かれるのは、かつて、その中に立っていたからではないか、と考えたりしました。

私の家は、かなり大きな森の端に位置するリギダマツとヒッコリーの若木の明るい林の斜面に立っていて、六ロッド※9ほど離れたウォールデン池に向かって、細い踏み分け道がついています。家の前庭には、イチゴ、ブラックベリー、ヤマハハコ、ジョンズウォート、アキノキリンソウ、シュラブオーク、サンドチェリー、ブルーベリー、それにホドイモなどが見られました。▼五月も終わりに近づくと、サンドチェリー（*Cerasus pumila*）の、短い枝に花柄を円筒状に開く散形《さんけい》花序《かじょ》の優雅な花が咲き誇り、踏み分け道の両側を飾りました。これらの花は、秋には大きな

クリの毬

※9 当時、測量士がよく使った尺度。一ロッド＝一六・五フィート。六ロッドは、三〇メートルほど。ウォールデン池まで、実際には六〇メートルほどあった。

サンドチェリーの円筒状の花穂

美しいサクランボに育ちます。いっぱいにサクランボをつけた枝は、どれもたわみ、ついには、まるで花輪を地面に広げたかのように放射状に伏せました。自然の働きに敬意を表して、少し口に含んでみたところ、美味とは言えない味でした。※10

ハゼノキ（*Rhus glabra*）は、私が家を囲んで作った土盛りの下から生えてきて、元気よく茂り、最初の年に五～六フィートになりました。幅の広い鳥の羽のような形の葉は、熱帯の植物を思わせ不可思議で、見る歓《よろこ》びがありました。冬のハゼノキの枝は、枯れて乾き切っているように見えて、春も遅くなってから、突然、先端の芽が大きく膨らみます。その芽が魔法のように葉を大きく長く開いたと思う間もなく、優美な緑の茎が伸び、たちまち直径一インチの若枝になりました。ある日、私が家の窓辺に座っていると、ばさりと音がして、見ると若枝が自分の重みで付け根から折れて落ちたところでした。かすかな風も吹かなかったのに、ハゼノキの若枝は無頓着《むとんちゃく》に伸びすぎて、

※10　「五月も終わりに」～「美味とはいえない味でした」までは、一八五〇年五月の日記から。ヒッコリーの芽のかすかにスパイシーな香りにうきうきした、とも書いている。

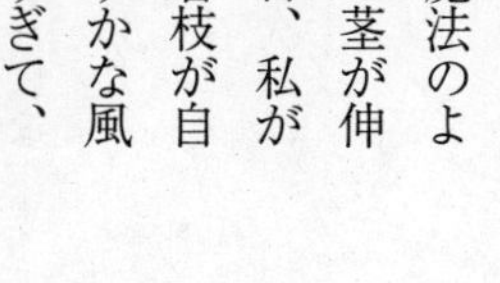
ハゼノキ

去年の枝との境目に過大な負担をかけたのでしょう。八月になると、花の季節にはたくさんの野生のミツバチを引きつけたキイチゴがたわわに実をつけ、少しずつビロードの輝きを持つ深紅に変わりました。キイチゴの実も、つきすぎて、茎は次第にうなだれ、ついには折れたりしました。

▼同じ夏のある日の午後のこと、私が窓辺に座っていると、家が立つ明るい林の上空に何羽かのタカが姿を現し、円を描いて飛びました。すると、私の視界を二羽、三羽と、リョコウバト※11が猛烈な勢いで横切り、そのうちの一羽が、私の家の後ろのストローブマツの太枝にあわてたように止まって、ひと声、空に向かって鳴きました。池に目を移すと、ミサゴが、まるで鏡のようになめらかな水面をかすめて飛んでいました。ミサゴは、水面にさざ波をたてた一瞬あとには、もう一尾の魚を足に摑《つか》ん

ミサゴと飛翔の型

※11　かつて北アメリカ大陸に棲息した大型のハト。ソローの時代には、空を暗くするほどの大群が見られた。

リョコウバト

でいました。そのうちに戸口の前の池の茂みから、一頭のミンクがそっと顔を出し、岸辺に潜むカエルを口で捕らえました。※12池の茂みでは、食物を求めるコメクイドリが飛びかい、時にスゲに群れをなして止まり、草をしならせました。その間、私の耳には三〇分ほども、ボストンからこの地に旅人を運ぶ汽車の音が、ライチョウの太鼓のような羽音※13そっくりに、聞こえてきては消え、消えては聞こえました。※14

このように私の森の暮らしは、ふと耳にした、ある農場の少年の暮らしほどは、人の世から離れていませんでした。その少年は、コンコードの東のはずれの農場に働きに出たものの、ホームシックになり、農場を抜け出して、靴の踵《かかと》をひどくすり減らしながら直す金もなく、ようやく家にたどりつきました。少年は、それほど退屈で、人のいない暮らしを経験したことがありませんでした。それにしても、少年は、汽車の汽笛も耳にしなかったのでしょうか？　私には、今や汽車の汽笛が聞こえな

※12　毛皮獣として知られるミンクは、水辺近くを好みの狩りの場所にするイタチと近縁で、習性もよく似ている。

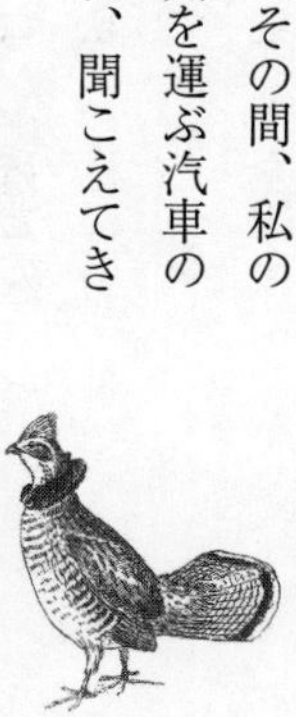
ライチョウ

※13　ライチョウのオスが、春の求愛期に両翼を打って立てる大きな羽音は、インディアンのトムトムの太鼓のようなリズムに聞こえる。これが両翼を合わせ打つ羽音であることを明らかにしたのはソロー。

※14　「同じ夏のある日の午後」～「消えては聞こえました」までは、一八四五年八月六日の日記から。

い土地が、マサチューセッツ州にあるとは信じられません。

今や、私たちの村も
あの汽車の大群の標的です
駅から、平和な草原に
──コンコード、コンコードと
汽車を迎える声が渡ってきます※15

フィッチバーグ鉄道は、私の森の家から一〇〇ロッドほどのところで、ウォールデン池に近づきます。そこで私は、村に出かける時はいつも線路に沿って歩き、線路を通じて社会とつながります。▼線路の脇を歩いていると、貨物列車に乗って全線を渡り歩く作業員が、古い友人であるかのように、列車から私に挨拶します。線路の脇であまりにひんぱんに私を見かけるので、鉄道会社の従業員だと思っているのでしょう。※16 でも、たしかに

※15 ソローの友人で詩人、チャニングによる。

※16 「線路の脇を」～「思っているのでしょう」までは、一八四五年八月六日の日記から。

私は、鉄道の従業員のようなものです。私もできたら、地球の軌道のどこかで、軌道の補修員として働きたいと望んでいましたから。

蒸気機関車の警笛は、夏も冬も一年中、私の住む森に入ってきました。農場の家の庭の上空を飛ぶタカの金切り声に似た警笛は、都市からの列車であれば大忙しの商人が――逆の辺境の地からの列車であれば冒険好きな交易人が――町に入ったことを私に知らせます。反対方向からやってきた二本の列車は、互いに相手が近づいているのに気がつくと、警笛を鳴らし、進路から外れて待機するよう警告するのですが、それらの警笛が、時にふたつの村を越えて、私の耳に達しました。さあ田舎よ、田舎人のための品物が届きましたよ。あなたの分も、もちろんありますよ！

農場に確固とした足場を築き、そんなものはいらないと言う自立した農民は、村にひとりもいません。でも、田舎の人は、それらの品物を手にすれば、その分のお金を払わなければなりません！　田舎の人の甲高い警笛が鳴り響きます。城門を打ち破る太く長い破城槌《はじょうつち》のような木材が、時速二〇マイルで都市の城壁に突進します。人生の重荷に耐えかね、疲れきった都市の住人のすべてに、田舎から椅子が供給されます。田舎は、製材所の重々しい騒音を挨拶がわりに、都市に椅子を手渡すのです。インディアン・ハックルベリーに被《おお》われた丘は、ひとつ残らず裸にされ、低地に生えるクランベリーも、すっかりレーキでかき集められて、都市へ運ばれます。綿が運び込まれ、布に織られて出ていきます。生糸が運び込まれ、絹織物に織られて出ていきます。本が運び込まれて読まれ、本を書く才能を育んだ人が、都市へと出ていきます。

たくさんの車輌を一列にして牽《ひ》く蒸気機関車が、夜空を進む惑星のように、金色と銀色の渦巻くのぼりをたなびかせて驀進《ばくしん》する姿を見ると、私はついに、地球にふさわしい、人間よりも

クランベリー

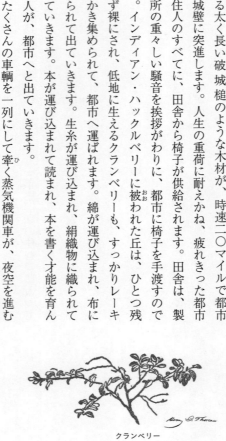

っとすごい生き物が誕生した、と思ったりします。もっとも、その運行の速度と角度から、列車はふたたび地球に戻れそうにもなく、軌道も回帰曲線を描かないのですから、惑星というより彗星といったほうがいいでしょう。機関車が吐き出す蒸気の煙が、時に天空高く舞い上がって、太陽に照らされ、綿毛雲のようにほぐれては消えます。雲を駆り立てて消えていく半神半人は、夕焼け雲を列車に着せるつもりかな、と思わせたりします。けれども、この鉄の馬は、雷鳴のような鼻息をあらゆる丘にこだまさせ、四肢で地面を揺るがせ、鼻孔から火と煙を吐き出すのですから、人を超える生き物の誕生、と言わざるを得ません(私には、人々が鉄の馬に新たな着想を得て、どんな翼を持つ馬や火を吐くドラゴンを神話に加えるのか、見当もつきません)。

でも、それは鉄道のすべてが、言われる通りに良きものである、としたらの話です。はたして人は、高貴な目的のために、自然のさまざまな構成物を上手に働かせているでしょうか？もし蒸気機関車の吐き出す蒸気が高貴な行ないゆえの汗なら、あるいは農民の畑に恵みの雨を降らせる雲なら、自然のさまざまな構成物も自然の全体も人と共にあって、人を正しく導き、共に楽しく働いてくれるでしょう。※17

私は、早朝の列車がやってくるのを、いつも、時間の正確さでは際立った日の出を見るのとほとんど同じ思いで見守りました。列車が吐き出す雲の連なりは、長く伸びながら浮き、列車がボストンへと去るうちに、空高く昇ります。ほんのしばらく、太陽をいくらか隠し、家からいちばん遠い私の畑に影を落とします。この雲が天界を走る列車であって、地球に張り付いて走る列車が、その煙なのかもしれません。

冬の朝、鉄の馬の馬丁である機関手は、山の峰々の間にまたたく星の光に助けられて目を覚ますと、鉄の馬に餌《えさ》を与え、馬具をつけて巨大な力を引き出す用意をします。鉄の馬の命の火

※17　フィッチバーグ鉄道の開通は一八四四年で、一年前の出来事であるが、ソローには、運河から鉄道への移行の意味は明らかだった。ソローは、コンコードが世界経済の波に飲み込まれ、ギルバート・ホワイトが見たヨーロッパの田園とは違う事態にあることを察知した。

である罐《かま》の火は、朝早くから焚《た》かれ、出発の準備が整うのです。鉄道事業のすべてに、このような早朝の純粋さが行き渡っているなら、それ以上に何を望むでしょう！　雪が深く積もると、機関車はかんじきを履き、除雪板をつけて、山岳地帯から沿岸地域までずっと、線路の雪をかきわけて除雪します。客車と貨車は、機関車の後に、まるで種まき車のように続き、大忙しの乗客と世界を巡る商品を、駅から駅へとまいていきます。鉄の馬は、夢のスピードで一日じゅう大地を走り、機関手が休む時間に止まるだけです。私は真夜中に、機関車の重々しい独特のリズムの足音と、シューッ、シューッという威圧するような鼻息で目を覚ましたことがあるのですが、機関車は人里離れた森の峡谷で、ふたつの自然の要素、風に乗って猛威をふるう雪と、硬く凍結する氷の力と闘っていました。機関車が馬屋に帰るのは、明けの明星と一緒です。そして、休んだり眠ったりするいとまもなく、ふたたび旅に出て行きます。時に私は、夕方、機関車が一日の残りの活力を吐き出す、ゆったりしてなお強大な息の音を聞くことがあります。機関車はほんの数時間の鉄のまどろみで、神経を鎮め、肝臓と脳を冷やそうというのでしょう。私は、これほどに休みなく続けられ、疲れを知らぬ鉄道事業に、それに見合う勇気と気概があったらと望まずにはいられません！

猟師が昼間に限って入るだけだった村境の寂しい森を、今や闇夜に、あの光に満ちた特別仕様の客車、サルーン・カーが、ここはどこだと客に思わせもせず、通り抜けていきます。列車は、町や大都市の裕福な人々が群がる洒落《しゃれ》た明るい駅舎に停車したと思うと、次にはディズマル湿地※18に停車して、フクロウやキツネを驚かせます。列車の発着は、村の一日を仕切っています。▼いつも時間通りに駅に着き、時間通りに駅を出ていき、発着の汽笛は遠く離れていても聞こえます。農民は汽笛を聞いて時計を合わせます。よく管理されたひとつの会社が、地域の人々

※18　ヴァージニア州のノーフォークの南から、ノースカロライナ州北東部にかけての沿岸部に広がる広大な湿地帯。

キツネ

の規律を正しています。[※19]

鉄道が通って、人は時間に几帳面になったのではないでしょうか？　駅馬車の駅にたむろする人より、鉄道の駅で待つ人のほうが早口でしゃべり、物事の判断も早くなっているのではないでしょうか？　鉄道の駅には、人を生き生きさせる雰囲気があります。私は、駅の生き生きした雰囲気がもたらす奇跡に、心底驚かされたことがあります。私の隣人の中には、時間にものすごくルーズで、どう考えても時間どおりに発車する列車でボストンに出かけるのは無理な人がいます。ところが、いざ発車のベルが鳴ってみると、驚くなかれ、まさにその人が駅に姿を現しているのでした。

今や何事も「鉄道のように」という言葉を耳にするようになりました。当局者が一心に、繰り返し鉄道の線路に入らぬよう注意を呼びかけています。私たちも、それを聞くより仕方ないでしょう。列車が通る以上、線路に群衆がいたら、騒乱罪の条

※19　「いつも時間通りに」～「正しています」までは、一八五二年一月二六日の日記から。

文を読み上げて解散させたのでは間に合わないし、群衆の頭上に威嚇《いかく》射撃してみても始まりません。動きだしたら最後、前へしか進めない運命の女神、アトロポス[※20]（機関車をこう呼んだらいいかもしれません）を造ってしまったのですから。私たちは、列車という強大な運命の矢が、毎日、何時何分にどこそこに放たれるかを知らされています。

それらの矢が私たちの仕事の邪魔をすることはないし、子どもたちは別の道を通って学校に通っています。私たちは、列車という矢が絶えず放たれるために、以前よりしっかり自分を見つめて生きなければなりません。私たちはみな、ウィリアム・テル[※21]の息子である、と教育されています。この世界は、目に見えぬ太い矢に満ちています。誰もが選べる自分の道のほかは、すべて運命の太い矢の道です。そうであるなら、私たちはそれぞれに自分の確かな道を見つけ、その道をこそしっかり歩もうではありませんか。

※20　ギリシャ神話の運命の三女神のひとりで、人間の運命を司り、運命の糸を切る。アトロポスは「進路を変えない」という意味。鉄道は、ソローには融通がきかないもののシンボルで、「（社会は）レールを走る機関車を社会の運命を決めるもの、と受け入れる新しい神話を創作した」と述べている。

※21　一四世紀スイスの伝説の英雄。息子の頭に乗せたリンゴを射落とすよう命じられた。

私が企業に魅力を感じるとしたら、その冒険心と勇気にです。企業は、神々の王ユピテルに手を合わせ、祈ったところで事が進むとは考えません。私は、企業の社員が日々、多かれ少なかれ勇気と満足をもって仕事にかかるのを見ていますが、彼らは自分が望む以上に仕事をし、心をこめて工夫した以上の成果をおそらく挙げています。私はメキシコ戦争の前線、ブエナビスタで三〇分持ちこたえた兵士の豪胆さより、除雪列車に冬の間じゅう泊まり込み、警戒を怠らない鉄道員の明るい勇気に感動します。鉄道員は、ナポレオンが配下の軍隊に望んだところで残念ながら無駄と考えた、午前三時にいつでも出動できる朝の勇気を持つばかりではありません。[※22] 軍隊のように夜早くは眠りに就かず、眠るとしても、吹雪がやんでいるうちか、鉄の馬の鍵がすっかり凍り付いて動けなくなった時だけです。人々の記憶の中で、今なお荒れ狂い、恐怖の酷寒となっているあの記録的な〝大豪雪の日[※23]〟のような今日の朝でも、私は、凍り付いた

※22　「午前三時の朝の勇気」とは、ナポレオンが前線の兵士を、「朝の二時に起こしてゆるぎのない勇気を求めるのは難しい」と言ったことにちなむ。

※23　一七一七年の大豪雪。二～三月に四回連続の大雪が降り、積雪一〇〇～一五〇センチ。吹きだまりで七六〇センチ、羊、牛などの家畜に被害が出たほか、シカが雪に閉じ込められ、オオカミに捕食されて絶滅状態となった。

息のような深い霧の中から、機関車のくぐもった鐘の音がしてくるのを耳にしました。その鐘の音は、今まさに、列車が接近中であることを告げています。すべてを拒絶するニューイングランド名物の北東の猛吹雪の真っ最中にもかかわらず、たいした遅れもなく列車はやってきます。やがて、夏ならデージーの花やハタネズミの巣も引きはがすのでしょうが、冬なのでそれらを除くすべてを地表から取り除いて脇に押しやる、巨大な除雪板を前につけた機関車の姿が私の目に入ってきました。除雪板の後ろに入って前方を見守る鉄道員の頭は、雪と氷で真っ白です。除雪板は雪のかたまりを、この世界の外側にあるべきシエラネバダの巨大な岩のようにころがし、線路の脇に押しやります。

企業は驚くほど自信に満ち、沈着で、油断なく、冒険好きで、疲れを知りません。それに、企業の仕事の手順は至極もっともで、ありがちな夢の企画やひとりよがりの試みとは違います。

※24　両者は地上に突出しているものの代表。

ハタネズミ

※25　スペイン南東部の山脈。東西四一キロにわたる。最高峰は三四八一メートルで、亜熱帯気候にありながら高山帯を持つ。

だからこそ、しばしば大きな成功を収めるのでしょう。貨物列車がガタガタと目の前を通り過ぎていくと、私は元気づけられ、考えを広く世界に向けます。貨物列車が、ボストンのロング波止場からシャンプレーン湖へと商品の匂いをまいていきます。私はその匂いから、外国のさまざまな土地、サンゴ礁、インド洋、熱帯の風土、そして地球の広がりを想像します。それに、貨物列車に積まれたさまざまな物、たとえば、この夏には多くのニューイングランド人の金髪の頭にかぶせられる帽子を編むヤシの葉とか、マニラ麻、ココナツの外皮、古い布屑《ぬのくず》、麻袋、屑鉄、錆《さ》びた釘などを見ると、私も世界の市民のひとり[※26]だと感じます。貨車に積まれて運ばれる裂けた帆布は、紙に再生され、印刷され、製本されますが、そんな手間をかけるより、今のままのほうがずっと多くを語っていて、魅力があります。帆布が切り抜けてきた嵐の苦難の数々を、帆布の裂け目の数々ほど、見事に生き生きと書き表すことができる著述家がいるでしょう

※26 ソローはここで a citizen of the world という言葉を使っている。

か? ぼろぼろの帆布は、手を入れるまでもない完璧な校正刷りです。次の貨物列車には、材木が満載されています。樹種は、マツ、トウヒ、ヒバで、メイン州の森から来ました。材木は、今や一級から四級に格付けされてはいるものの、もとは分け隔てのないひとつの級で、クマ、ヘラジカ、トナカイの頭上で、梢を風にそよがせていました。値段は、最近の出水で多くの原木が海に流されたおかげで、一〇〇〇立方フィートあたり四ドルも値上がりしています。

そして次の轟音[※27]と共に、やはりメイン州から、最上級のトマストン石灰を運ぶ貨物列車が進んできます。これらの石灰が製品に仕上がるまでには、越えなければならない山がいくつもあるでしょう。堅く四角にパックされたあらゆる色合いの綿や麻のボロ布は、色の褪《あ》せ具合といい、品質の劣化の程度といい最悪で、衣服の最終段階です。イギリス、フランス、あるいはアメリカ製のプリント地、ギンガム、あるいはモスリンといった

※27 ソローによれば、かつて自然の音の迫力に比べ、人が立てる人工の音は取るに足らぬものだった。だが、鉄道によって、人工の音は、自然の音に匹敵する音量を獲得し、俗悪の象徴となった。

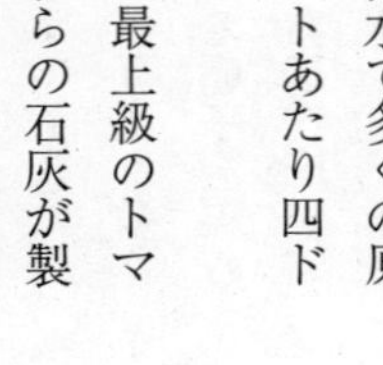
トナカイ

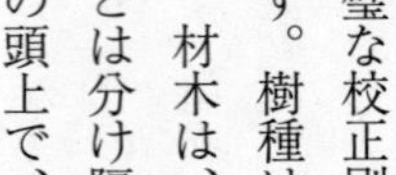
トウヒの球果

最新の素晴らしい製品と違い、今やミルウォーキーにでも持ち込まない限り、歓声を上げる人などいないでしょう。これらのボロ布は、上流社会からも貧困層からも区別なくかき集められ、紙の原料として運ばれています。ただし、紙といっても、一色か、二、三の濃淡を使う印刷ができる程度にしかなりません。でも、それだけに、真実の暮らしの物語が、上流社会についても貧困層についても、確かな基礎の上に記されることでしょう！

次の有蓋《ゆうがい》貨車の列車からは、塩漬け魚のにおいがしました。強烈なニューイングランドの企業の臭みで、私はたちまち、ニューファンドランド島沖に広がるグランドバンクス[※28]のすさまじい漁の様子を想い描きます。おそらく塩漬け魚を知らない人はいないでしょう。浅ましい人の世に耐えられるよう、存分に塩が使われていて、どれほどひどく扱われようと腐りません。聖人も、塩漬け魚の頑固な忍耐力と自分とを比べれば、顔を赤ら

※28　ニューファンドランド島の南東沖にある、広大な浅瀬。ニューイングランドの漁民の主要な漁場のひとつ。

めるのではないでしょうか？　もしお望みなら、街路を塩漬け魚で掃除できますし、塩漬け魚で舗装することもできるでしょう。焚きつけを割る強度もあります。荷馬車の御者は、塩漬け魚の積み荷で日の光を避け、雨よけにもしています。交易人だったら、そのまま吊るして店の商標として使えます。実際、コンコードのある交易人は、開店記念に戸口に塩漬け魚を吊るしました。ところが、あまりに長持ちしたため、ついには初めからのなじみ客も、もともと魚だったのか、それとも木だったのか、はたまた金属だったのか、わからなくなりました。[※29]それでも塩漬け魚は、白雪のように純粋で、鍋に入れ、煮立てると褐色の魚に変わって、土曜の夕べのうれしいご馳走《ちそう》になります。

次の貨物列車に満載されていたのは、スペイン種の長角牛の毛皮でした。面白いのは尾で、毛皮にされた今も、かつてスパニッシュ・メイン[※30]のパンパスを走った長角牛そのままに捻《ねじ》れ、上方に曲がっています。生来のおかしな癖は、なんにしろ直す

※29　「魚か、木か、それとも金属か」は「動物、植物、それとも鉱物？」という謎あて遊びの問い言葉のもじり。二〇問以内で正体をあてるゲーム（日本で言う「二〇の扉」）で、この問いは、最初の型どおりの問い。ソローの時代には、社交の場での定番の遊びだった。

※30　今日のコロンビアのカリブ海沿岸部。

のが難しいものですが、この毛皮の尾はおかしな癖の代表で、癖を直そうと考えても無駄だとはっきり証明していました。ある人の癖が本物だとわかったとしましょう。私は実際問題としてですが、その人が生きている限り、癖を良く直すにせよ、悪く直すにせよ、変えられないと考えます。東洋の人はこう言っています。

「犬の巻き尾は直せない。温めたり、押しつけたり、縛ったりして一二年もさんざん苦労しても、自然な形のままだろう」

犬の尾のような根深い癖を直せるとしたら、療法はただひとつ、たいていの人がやっている通り、膠《にかわ》につけて固める方法です。曲がった強情な尾も、これにはかないません。ぴんと棒のように伸びたままになるでしょう。

次の貨物列車には大樽が乗っています。糖蜜かブランデーが入っているのでしょう。ヴァーモント州カッティングズヴィルのジョン・スミス宛てです。おそらくグリーン山脈に住む交易人で、森の中の自分の開拓地に近い農民たちのために商品を輸入したのです。今ごろはきっと、開拓地の店の敷居に立ち、遠く離れた埠頭に新たに荷揚げされた新しい商品が、手持ちの商品の値段をどう変えるかを計算していることでしょう。そして、商品の到着を待ち望んでいる客に向かって、こんどこそ、貨物列車が最高級の品を運んできますよなどと、今朝までにもう二〇回も言ったことをまた言ったはずです。カッティングズヴィル・タイムズ紙には、同じことを伝える広告が掲載されているでしょう。

こうしてたくさんの貨物列車が上っていき、下っていきます。ピーッという警笛で本から目を上げた私は、はるかな北の森で切り倒されるや否やグリーン山脈とコネティカット川を越えて進んできた、太く長いマツの大木が貨物列車に積まれているのを見ました。マツの大木は、放たれた矢のようにコンコードの街を貫き、ほんの一〇分もしないうちに消えていきました。ほ

山の頂のマツの葉

とんど誰の目にも留まらなかったでしょう。

さあ、この調子なら……

かの巨大なる帆船の

立派なメイン・マストとなろう ※31

お次は、にぎやかな家畜の運搬列車でした！　幾千もの丘、羊小屋、馬小屋、それに牛の囲い地から集められた家畜の大群が宙を飛びます。追い棒を手にした牛追い、羊の群れの中に立つ羊飼いなどなど、山の草地を除くすべてが、ニューイングランドの九月の大風に煽《あお》られた木の葉のように、一直線に進んできます。あたりは、子牛と羊のメー、メーいう鳴き声、雌牛の押し合いへし合いする音でいっぱいになり、広大な放牧地が目の前を走っていくかのような壮観さです。先を進む貫録十分な羊が、頸《くび》の鈴を鳴らします。山々はまるで牡羊のように踊り、

※31　ミルトンの『失楽園』より。

小さな丘は子羊のように跳ねます。※32 家畜運搬車に乗り込んだ牛追いの立場は、今や牛と変わりません。仕事もないのに、役職の証書でもあるかのように無益な追い棒を杖にして、しがみついています。

牛追いの助手である犬たちは、どこに消えたのでしょうか？ 犬たちには、運搬列車による家畜の群れの輸送は、とてつもない数の家畜の大暴走※33に見えたことでしょう。追い上げて大暴走に巻き込まれた犬たちは、死ぬほど強烈に投げ飛ばされたはずです。それでもなお、暴走する大群を追跡したものの、たちまち匂いの跡を見失いました。私の耳には、犬たちがピーターボロー丘陵地※34の向こう側の斜面に迷い込んで吠えたてる声や、グリーン山脈の西斜面をあわてふためいて駆けのぼる喘《あえ》ぎ声が聞こえます。もはや犬たちには、家畜の大群を追い上げ、囲い込み、その最後を自分の目でしかと見届ける機会がありません。犬たちの仕事もどこかへ消えました。今や、彼らの忠実さと賢

※32　ソローは、汽車からはそう見えると、乗り手の側から景観を描いている。

※33　放牧地で時に起こる、羊、牛などの大群の暴走。当時は鉄条網による囲いはなく、家畜は自由に歩き回り、大群を作った。暴走すると止めることは難しく、死亡、怪我などの被害が大きく、分散して集めるのに手間がかかった。そこで、暴走を初めに止めるのが、群れの番をするカウボーイや羊飼いの仕事。

※34　ニューハンプシャー州の丘陵地。コンコードから見える。

明さには出番がありません。犬たちはすっかり自信を失い、こそこそと犬小屋に戻るでしょう。いっそ自然に戻り、オオカミかキツネと組んで暮らそうと考えるかもしれません。さあ、こんな具合に私たちの目の前で、まるで舞台の上の劇のように展開された牧場の真実の姿は、飛ぶように去って行きました。けれども、ふたたび蒸気機関車のベルの音が鳴り響き、私はまた線路を外れ、列車が通り過ぎるのを待たねばなりません……。

私にとって　鉄道ってなんでしょう?
鉄道がどこで終わるか見に行くなんて
絶対しませんよ
鉄道はあちこちの　窪地を埋めるもの
土手を作って　ツバメの棲《す》み家《か》を用意するもの
ときどき　砂ぼこりを上げるもの

そして　ブラックベリーを一山育ててくれるもの※35

私は線路に行き当たったら、森で馬車道に行き当たった時と同じように、さっさと横切ります。蒸気機関車の煙や、蒸気や、シューという音で目の玉を飛び出させたり、耳をだめにしたくありません。

貨物列車はみな通り過ぎていきました。忙しく騒がしい外の世界も飛び去って、ウォールデン池の魚もゴトゴトいう音を聞かなくなりました。私は列車を見送ると、強くひとりだと感じます。今日一日の長い午後の瞑想を妨げるものは、はるかかなたの街道を行く二頭立ての馬車の軽い音か、四頭立ての荷馬車の重いかすかな音だけでしょう。

▼森の私にも、日曜日には風向きによって、リンカン、アクト

※35　ソローの詩（一八五〇年夏の日記より）。ブラックベリーは、園芸種ではなく、北アメリカ在来の野生種。ソローは人が造った土手に、（人が意図したことを超えて）ブラックベリーやヤナギなどの野生植物が進出するのを見て喜んだ。この詩のツバメは、日本にも飛来するショウドウツバメ。川岸や土手に穴を掘って巣にする。

ショウドウツバメ

ン、ベドフォード、それにコンコードの教会の鐘の音が聞こえてきました。遠く離れた鐘の音は、人手の入らない野生の大地にふさわしい自然な音楽でした。なぜなら、鐘の音は広い森を渡るうちに、マツの梢の無数の針葉を竪琴《たてごと》の弦のようにかき鳴らして、低く高く変わる唸《うな》りを取り込むからです。どんな音も、遠く離れて聞くと、自然の竪琴の働きで変わって聞こえるものですが、それは遠く離れた山々が、大気の層の働きで神秘の青みを帯びて見えるのと似ています。私が森で聞いたあの音楽は、大気の層で浄化され、森の木々のあらゆる広葉や針葉と交わった、教会の鐘の音でした。谷から谷へと伝えられ、抑揚を変えてようやく私の家にたどりついた教会の鐘の音のこだまでした。じつは、こだまの音のある部分は伝えられた音ではなく、こだまそのものの音です。そこに、こだまのえも言われぬ魅力があります。こだまは教会の鐘の音の大切な部分を繰り返すのではなく、森の声を取り込んでいます。[※36]森に棲む森の精たちが歌う、

※36「森の私にも」～「森の声を取り込んでいます」までは、一八五一年一〇月一二日の日記から。

いつもの美しい歌声や音色です。

夕方には森の向こうから、雌牛のモーモーいう甘く美しい鳴き声が聞こえてきました。初め私は、それらの声を、私もいつか歌ってもらったミンストレル（吟遊詩人）の歌声かと思いました。ミンストレルが森の向こうのなだらかな丘や谷を彷徨《さまよ》い歩いていたとしても不思議はないからです。でも、まもなく私は、それらの歌声が、どこでも聞ける雌牛の長く伸びる鳴き声だと気づいて――つまらないというのではなく、がっかりもしませんでした。おかげで私はミンストレルの若者が歌う歌は、雌牛の鳴き声と血縁関係にあると気づきました（私はミンストレルに、皮肉ではなく、感謝の気持ちで言っています）。つまり雌牛も、ミンストレルの歌声とさして変わらぬ歌を歌い、どちらも同じ自然の表現であると、はっきり理解できたのでした。

夏のしばらくの間、夕方の列車が通り過ぎた午後七時半に、何羽かのヨタカが決まって飛んできて、家の戸の前の切り株や屋根の棟の丸太に止まり、カトリック教徒のように夕べの祈りの歌を三〇分ほども歌いました。彼らは毎夕、日没に合わせて歌うことにしていたのでしょう、時計のように正確に、決まった時間の五分以内に歌い始めました。私は、ヨタカの習性をよく知る貴重な機会を持ったことになります。時には森のいろいろな場所で、四羽か五羽のヨタカが同時に鳴き声を上げるのを聞きました。鳴き声はよく合っていて、稀《まれ》に一羽が一小節遅れて鳴くことがありました。鳴いているヨタカはいつも私の近くにいて、おかげで、それぞれの鳴き声がはっきり聞こえたばかりか、鳴き声に続く舌を打つ音まで聞き取ることができました。クモの巣にかかったアブのブンブンいう羽音に似て、体が大きな分だけ大きな美しい唸りも耳にしました。

時にはまた森の中で、ヨタカが私と糸でつながれているかのように、私の回りを二、三フィートの円を描いて飛ぶのを見ました。おそらく私がヨタカの卵に近づいていたのでしょう。[※37] ヨ

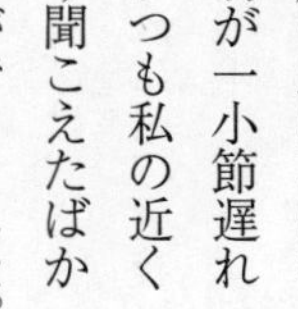

ヨタカ

※37　ヨタカは巣を造らず、地面に卵を産んで温めるために、森を歩いているうちに、気づかずに巣に近づいていることがある。

タカは夜中、時間をおいて鳴きましたが、夜明けのほんの少し前から夜明けにかけて、ふたたびいっせいに、見事に美しい合唱に入りました。

▼ほとんどすべての鳥が静かに眠る夜に、オオコノハズクが、はるかな古代から鳴き続けているウァアーキャアーギャアーアーッという、女の嘆きの絶叫に似た、聞く者をぞっと震え上がらせる歌声を上げます。[※38] オオコノハズクの凄惨《せいさん》な叫びは、まさにベン・ジョンソン[※39]が描く世界そのものです。それにしても夜中のオオコノハズクは、なんと聡明な魔女でしょう！ 率直すぎる詩人が書く、鈍いトゥーウィ、トゥーフなどという、怖くても美しい鳴き声とはまるで違う、冗談めかしたところがまるでない、荘厳な純正の墓場の歌を歌います。それらの歌は、心中した恋人同士が地獄の森で、地上の愛の苦しみと歓びを思い起こして、悲嘆の叫び声を上げ、慰め合うように聞こえます。私は、オオコノハズクの痛々しい震えを帯びた鳴き声が、森を

※38 オオコノハズクの鳴き声は、人の悲鳴に似た、ゾッとさせられる鳴き声の代表。「古代から」としているのは、「u-lu-lu」と表記して、ラテン語の「吠える＝ulalo」と関連を持たせたため。他にピューマ、キツネなどの哺乳類の鳴き声の一部も怪異で、人々の注意を引いてきた。

※39 ベン・ジョンソン（一五七二〜一六三七）。イギリスの劇作家。この鳴き声は『女王の仮面』による。

隔てて悲しげに交わされるのを聞くのがとても好きでした。その叫び声は、時に確かな鳴禽《めいきん》類の音楽にも聞こえました。オオコノハズクは、暗く、悲しい音楽を悔い改めて奏でているようにも聞こえるのです。オオコノハズクは、かつて人の姿で闇夜を徘徊《はいかい》し、邪悪な行為を重ねたために、天空から落ちた罪の意識にさいなまれる魂であり、陰鬱な預言者です。今や、落ちた悪行の現場で、罪滅ぼしに許しを乞う、陰鬱な響きの歌を長く長く歌います。オオコノハズクは、人を含む生き物の共同の棲み場所である自然が、変化に富み、包容力があることを私に伝え、自然を見る新しい見方を示してくれました。

ウォールデン池のこちらの岸辺で、一羽のオオコノハズクが叫ぶウァアーキャアーギャアーアーッという嘆きの歌は、「生まれなければよかった」ヨウーキャアーギャアーアーッ！と聞こえます。※40 罪の意識にさいなまれるオオコノハズクは落ち着けず、すぐに飛び立って円を描き、ハイイロオークの枝に止ま

オオコノハズク

※40 「ウァアー」以下の表記は、シェイクスピアの『Love's Labour's Lost』の「Tu-whit, tu-who!」による。

りなおしました。すると、池の向こう岸から、気弱な者の実直さで、別の一羽が同じく、「生まれなければよかった」ヨゥーキャアーギャアーアーッ！　と鳴き返し、そしてさらに、かなたのリンカンの森からかすかにウァアーキャアーギャアーアーッ！　と返す歌が聞こえました。[※41][※42]

私は、森のフクロウにもよく歌を聞かせてもらいました。あなたもフクロウの鳴き声を間近に聞いたら、自然の他のどんな音に比べても、物悲しい思いにとらわれるのではないでしょうか。私には自然が、死にゆく人のうめき声を思い起こさせる音楽を、フクロウの鳴き声に託して長く歌い伝えようとしている、と思えるほどです。それは、すべての望みを残して死んだ哀れな弱き者が、暗い地獄の谷口に差しかかって発する異様なうめき声——動物の吠え声のようで人のすすり泣きのようでもある——を思わせますが、さらにゴボゴボという旋律も組み込まれていて、すさまじい印象の鳴き声になっています（私はこの鳴

※41　「生まれなければよかった」は、チョーサー『Book of the Duchess』による。

※42　「ほとんどすべての鳥が」（三一六ページ）～「返す歌が聞こえました」までは、一八四五年八月の日記から。

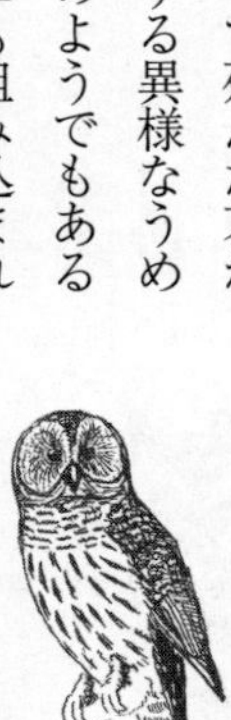
フクロウ

き声を真似てみて、グルと表記できる音で始まることに気づきました)。この鳴き声は、完璧に健康で勇気に満ちた人の思想が壊疽《えそ》のために崩壊し、ついにはカビの生えたぶよぶよなゼラチン状になった段階を表す、とも思えました。私はその鳴き声を聞いて、お墓をあばいて死体を食うグールの叫び声を思い起こすのが常だったからです。

ところが、私の間近で鳴くフクロウのこの鳴き声に応えて、少し離れた森で、もう一羽のフクロウが同じように鳴くとどうでしょう。その声は、距離が離れているおかげで、真に音楽的な鳴き声となって聞こえました。――ウフォー、フォー、フォー、フォーア、フォー。こうして離れて耳にするフクロウの鳴き声は、一年を通じて昼夜を問わず、ほとんど必ずといってよいほど、私を楽しい気分にさせてくれました。

私は、フクロウがいてくれるのをとてもうれしく思っています。フクロウが私たち人間のために、ぞっとする鳴き声で鳴いてくれるよう願っています。フクロウの鳴き声は、湿地や、昼なお暗い森に見事なほど似合っています。人が気づいていない、もっと広くもっと深い自然があることを教えてくれます。それに、私たちの誰もが心に持つ、暗い夕方の恐ろしい思いや満足できない気分も表してくれています。

フクロウの棲み場所にぴったりの原始の沼地にも、昼は太陽の光が燦々《さんさん》と降り注ぎます。トウヒが、枝という枝から、サルオガセを長くふわりと垂らしています。空高く、小さなタカが何羽か円を描いて飛び、矮生《わいせい》の常緑樹の中ではカラ類がジュクジュクと声を上げ、ライチョウとウサギがその下を忍び歩きしています。そしてようやく、打って変わって物悲しい、沼地にふさわしい夜がやってきます。昼とは違う種の生き物が活動を始め、夜の自然の意味を私たちに伝えてくれます。

▼夜が更けて私の耳に、はるか彼方の橋を渡る荷馬車の車輪の音が聞こえてきました（車輪の音は、夜には、他のどんな音よ

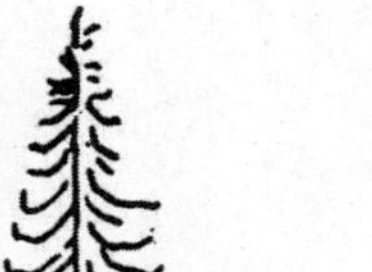
トウヒ

りも遠く聞こえます）。犬の遠吠えが聞こえることもあり、時には、遠くの農場の囲いから、雌牛のわびしげな鳴き声が聞こえます。[※43]▼そして夜中、ウォールデン池の岸辺という岸辺は、ウシガエルの大合唱で沸き返りました。彼ら古い時代の大酒飲みと酒盛り大好きの不屈の魂は、今なお頑固にウシガエルのステュクス川[※44]である、この湖（岸辺にはほとんどアシなどの草が生えていないのに、カエルはたくさんいます。そこでステュクス川にたとえましたが、この湖の精は不満でしょう）で輪唱を重ねていました。ウシガエルは、陽気な古い時代の、浮かれ騒ぐ酒盛りのしきたりどおりに事を運ぼうと、嬉々《きき》としていました。でも、あまりに長い時代にわたって同じ大合唱を繰り返してきたためでしょう、咽《のど》は嗄《か》れ、荘厳というほかに言いようがない低音です。盛り上がりが十分とは言えません。おまけにワインの風味がとうに失《う》せています。今や、お腹を膨らませるだけの水です。過去を忘れる心地よい酔いに浸れません。ウシガエル

※43 「夜が更けて」～「鳴き声が聞こえます」までは、一八四五年八月の日記から。日記には「この時間（八時三〇分）に聞こえる音」と前書きがあって、この文章が記されている。

※44 ギリシャ神話で地獄のヘデスの入り口とされる川。

ウシガエル

は、ひたすら水に浸ってずぶ濡れなばかりか、水で体を重くしている始末でした。

まず、恰幅《かっぷく》のいい町の参事会員風のウシガエルが、口元の涎《よだれ》を拭《ぬぐ》うナプキンに見立てたアサザの葉[※45]におとがいを載せ、この北岸のワインである水をぐいぐいとあおりました。そして、いかにも唐突にトローン、トローン、トローンク！　と叫んで、杯を仲間に回します。と、ただちに、いくらか離れた岸辺の小さな小さな入り江から、同じ合い言葉が返されました。そこには、参事会員風の度合も胴まわりの太さも二番目のウシガエルがいて、回されたワインの杯を自分の目安まで飲みました。同じように儀式が繰り返され、岸辺を一巡すると、全体を取り仕切る最初の参事会員風のウシガエルが、満足げに、ふたたび唐突にトローン！　と叫びました。こうしてさらに順番どおりにそれぞれのウシガエルが輪唱を重ね、最後には決まって、水漏れが多くて、胴まわりの太さが最小で、つまりは参事会員風の

※45　スイレンに似ているが、はるかに小さな野生の水生植物。二・五～五センチのハート形の葉を水面に浮かせ、六～九月に五弁の白い花をつける。

度合がいちばん少ないカエルが鳴き声を上げます（どんな小さなカエルも、もれなく輪唱に加わります）。合い言葉を間違える者はひとりもいません。ワインの杯は、ウシガエルからウシガエルへと、絶えずぐるぐると回され、酒盛りはとうとう、太陽の光が朝の霧を散らすまで続けられました。水に潜らず最後に残ったのは、参事会員風の度合が抜群の長老でした。彼はなお、時間をおいて、むなしくトローンクと叫び、応える者はいないかとしばらく待ちました。[※46]

私の家が立つ明るい森で、鶏が上げる時の声を聞けたかどうか、定かではありません。私はこの鶏の朝の音楽を聞くためだけでも若い雄を飼うこと――つまり鶏の若い雄を鳴禽として飼うこと――には大いに意味がある、と考えます。もとはインドに棲む野生のキジだった鶏の鳴き声は、あらゆる鳥の鳴き声のうちで最高です。もう一歩進めて、もし鶏を飼い鳥であることから解き放ち、自然に帰せたら、森で一番の歌い手になること

※46 「そして夜中」（三二一ページ）～「しばらく待ちました」までは、一八四五年八月の日記から。

間違いなしでしょう。鶏の鳴き声は、ガンのかりかりした金属的な鳴き声や、フクロウのフウフウとも聞こえる鳴き声に勝っています。森に鳴り渡る鶏の雄の明快なラッパの響きの合間に、雌鶏《めんどり》のクックッという優しい鳴き声が聞けたらどれほど素晴らしいか、想像してみてください！　卵やもも肉を考えなくても、人が鶏を家禽の一員に加えたのは賢明だったと言わねばなりません。たくさんの鶏が棲みついた森、新たに鶏の棲み場所になった森を、私たちが冬の朝早くに訪れ、あちこちの木の上で、野生の若い雄の上げる明るく鋭い時の声が何マイルもの大地に響き渡り、他の鳥の鳴き声を圧倒するのを聞いたとしたらどんな感じか、考えてもみてください！　鶏の鳴き声が、ひとつの国のすべての人の目を覚まします。朝起きが苦手な人も、日々の暮らしを送るうちに、鶏の時の声のおかげで朝ごとに早く目覚め、ついには言葉で言い表せないほど健康で、裕福で、賢い人になるといいます。※47　この外来の鳥の鳴き声は、どんな国にお

※47　「早寝、早起きは、健康と、富と、そして賢さのもと」。ベンジャミン・フランクリン『貧しきリチャードソンの暦』（一七五七）による。

いても詩人の注意を引き、在来の美しい歌声の鳥たちの鳴き声と共に称賛されています。勇敢な鶏は、どんな気候とも、うまく折り合って暮らせたのです。鶏が移入された国にもともと棲《せい》息《そく》したどんな鳥と比べても、鶏はその国になじんでいる、と言えるでしょう。鶏はどこで暮らしても健康で、肺は完璧な機能を保ち、精神はへこたれません。大西洋や太平洋を航行する船の船乗りさえ、鶏の時の声で目覚めるということです。

森の家の私は、鶏の鳴き声で目覚めたことは、一度もありませんでした。私は、犬も、猫も、雌牛も、豚も、そして鶏も飼っていませんでした。人によっては、私は家に付き物の音を聞いていなかったのではないか、と言われることでしょう。なるほど、私の家には、バターを作る攪乳器《かくにゅうき》も、紡ぎ車もなく、心を安らげるやかんの沸騰する音も、コーヒー沸かしの音も、子どもの叫び声もしませんでした。もし古い考えの人だったら、退屈のあまり逃げ出すか、それ以前に死んだかもしれません。

壁の間にクマネズミさえ棲んでいませんでした。飢えて死んだのではなく、もともとクマネズミを誘うほどの食物が家になかったからです。[※48]

もっとも、屋根や床下にはリスがやってきましたし、屋根の棟木《むなぎ》にはヨタカが飛来しました。窓の下でアオカケスが金切り声を上げることもありました。家の床下にはウサギやウッドチャックがいましたし、家の裏にはオオコノハズクとフクロウが来ました。それに、池にはガンの群れが飛来し、笑うように鳴くアビも棲んでいました。夜にはキツネが吠え声を上げました。なにしろ、ヒバリやムクドリモドキなどのおだやかな農地の小鳥は、私の家が立つ明るい森を訪れることさえありませんでした。時を告げる雄鶏《おんどり》も、クックッと鳴く雌鶏も、私の庭にはいなくて当然だったでしょう。[※49]

そもそも私の家には、庭がありませんでした！　その代わり、柵では押しとどめようのない自然が、家の土台に迫っていまし

※48　ヨーロッパ船によってアメリカに侵入して広がった家住性のネズミ。「食物が家になかったから」とは、簡素な暮らしに徹することによって、誰も阻めない家ネズミ（という最も人工的な要素）さえ阻めたというソローの誇り。

アオカケス

※49　直前に鶏の良さを提案し、ここで鶏を含む人為的要素のすべてと一線を画した。次章「独り居」で、自然との親密な交流の意味を探る伏線。

た。幼い森が、私の家の窓の下で大きく育とうとしていました。野生のハゼノキの根とブラックベリーの蔓が地下室に伸びていました。リギダマツのしっかりした枝が、もっと伸びようと屋根のこけら板を絶えず擦りました。同じリギダマツの根が家の下に伸びていたはずです。でも、大風が吹いても、家の窓や板戸のブラインドは飛ばないでしょう。代わりに、私の家の裏のリギダマツの一本ぐらいは、幹をへし折られて倒れるか、根こそぎ倒れ、薪にされます。たとえ記録に残る豪雪が積もったとしても、私の家には、雪に埋もれる門がなく、門に通じる小道がありません。門はなく、庭はなく、文明化された世界に通じる小道もないのです！

第五章

独《ひと》り居《い》

今宵は、まことに味わい深い夕べでした。私は体のすみずみまで、ひとつの感覚で満たされました。体のあらゆる細部が、くまなく、自然を歓《よろこ》びをもって受け入れている、とわかりました。私は気の向くままに歩き、自分を自然の小さな部分と感じて、不思議な自由を味わいました。曇っていて、寒く、風もあったのに、私は半袖シャツ一枚で、ウォールデン池の丸石でいっぱいの岸辺に出ていました。散歩していて、素晴らしい何かを見つけたというのではありません。でも、私は今宵の自然のすべての要素（曇り空、寒さ、風など）[※1]が私に親しくしてくれると、自分でおかしくはないかと思うほど強く感じました。

ウシガエルが夜の動物のさきがけとして、盛んに鳴き始めていました。湖面に小さなさざ波を立てて渡る風が、ヨタカの鳴き声を運んできました。私は、風に小さく震えるハンノキとポプラの葉に共感して、ほとんど息ができなくなりました。それでいて、私の心には、ウォールデン池の水面と同じようにさざ

●この章でソローは、独りを大切にする生き方が、多くの仲間に支えられた自分を直視することに通じるとし、本当の仲間同士と言える交流はどのような交流であるか、真の交流を妨げる空間とはなんであるかを問う。

※1　すべての要素（「all the elements」が原文）。ここでソローは、その日の自然の要素（曇り空、寒さ、風など）のすべてを、親しく受け入れる自分を感じている。

ポプラ

波が立っただけで、平静でした。※2夕べの風が水面に立てる小さな波は、震えるようで、嵐の時の大波はもちろん、鏡のように滑らかな水面とも違います。風は依然森を鳴らしていても、すでにあたりは暗く、生き物たちはやさしく歌って心を静め、眠りに入ろうとしていました。もちろん、自然が完全に休むことなどありません。最高に野性的な動物は、休むどころか、獲物を求めて狩りに出ているはずです。キツネ、スカンク、それにウサギが、草原や森の闇を恐れもせず、徘徊《はいかい》していました。彼らは、古くから続いてきた自然の夜回り役です。活気に溢《あふ》れる昼と昼とを結ぶ夜の環として働いていました。

家に戻った私は、昼に訪問者があって名刺を残していったのを知りました。名刺といっても、ここでは、花束とか、常緑の植物で作ったリースとか、鉛筆で名前を記した黄色いクルミの葉とか、木切れです。森に入ったことがあまりない人は、よく、森で何かを手に取り、いじって楽しみながら道をたどります。

※2　ソローは、葉や水面のふるえやさざ波に特別な意味を見ている。これらは、水という要素の変形で、自然のすべてを結んでいる。

スカンク

そして、私の家の近くを通りかかると――わざわざ訪れてくれた人のことも、たまたま通りかかった人のこともありますが――それらを残していきます。

今日の訪問者のひとりは、すらりと長く伸びたヤナギの小枝の皮をむき、リースに編んで私のテーブルに置いていきました。このような名刺がなくても、私は森の小道の脇の折られた小枝とか、ちぎられた草の葉、あるいは靴跡などで、留守中に訪問者があったとわかります。それに、一輪の花の落とし方、草のむしり方、置き方などの、ちょっとした痕跡から、たいていは男女の別、年齢、それに個性も察知できます。

なにしろ森の家では、半マイル先の鉄道の線路ぞいに工事をする人たちがいることも、タバコやパイプの匂いでわかります。それどころか、家から六〇ロッド[※3]のかなたの街道を行く旅人も、パイプの匂いひとつでしばしば察知できました。

このように、私たち一人ひとりの周りには、いつもゆったり

※3　一ロッドは一六・五フィート。六〇ロッドは三〇〇メートルほど。

と空間が広がっています。意識する領域が肘先《ひじさき》で終わる人はいないでしょう。私の家の前から、純粋な自然の領域である深い森が、いきなり始まるわけではありません。ウォールデン池が境界でもありません。自然にも、いくらか私が手を加えたところがあり、親しみ、使い込んで自分のものにしているところ、いわば自然から奪って私のものにしている領域があります。ではなぜ、私はこの数平方マイルにも及ぶウォールデンの森を、自分が動き回る領域として手にしていられるのでしょうか？人々はなぜ、この広大な自然を見捨て、私の自由にまかせるのでしょうか？

私のいちばん近い隣人の家は一マイル離れています。私の家から半マイルの丘の頂にでも登らない限り、一軒の家も目に入りません。森はすべて私のものといえます。その私の領域のいちばん遠い一方の端は、鉄道の線路がウォールデン池に接する部分、もう一方の端は、森の縁を仕切る柵です。私はこの領域の大部分で、グレートプレーンズ（大草原）にひとり立つ人と同じように、ひとりです。この地はニューイングランドではあっても、アジアと言っても、アフリカと言っても構いません。ここで私は、自分の太陽を持ち、自分の月を持ち、自分の星を持ち、そして自分の小さな世界を持っています。

夜ともなれば、旅人も私の家の近くを通らず、戸をノックする人は絶えてなく、私は、最初か最後の人間のようです。もっとも春には、ほんの時たま、村人がナマズ釣りにやってきました――明らかに、村人は、自分の暗いものの見方でウォールデン池を見て、そう見ればそうとしか見えないウォールデン池で、自分の思いどおりに釣果を挙げようと、釣り針に暗い魂[※4]というあてにならない餌《えさ》をつけました。彼らはたいした時間を過ごさず、たいていは軽いびくのまま引き上げていき、「世界を闇と私に」残しました。こうして私の夜の闇の核心は、決して人間の隣人に汚されずにすみます。ニューイングランドでは、魔女

※4 ウォールデン池の素晴らしさを見ることができない暗い性格（暗い魂、暗い考え）、という意味。

をことごとく絞首刑[※5]にして、キリスト教と明るいロウソクをこれほど広めたのに、多くの人々は、今なお闇という自然を恐れることしか知らない、と私は確信を持って言えます。

▼ところが、私が実際に重ねてきた経験によれば、私たち人間にやさしく、思いやりがあって、最高の癒《いや》しになる、邪気のない社会（仲間）といえば、決まって自然の中に見つかる仲間です。ひどく人間嫌いで、いつもふさぎ込んでいる人でも、自然の中なら仲間が見つかります。自然の中で暮らし、感覚を十分に楽しんでいれば、人は極度のふさぎ込みにならずにすみます。どれほど激しく吹き荒れる嵐も、健康で率直な人の耳には、イオロスのウインド・ハープ[※6]が奏でる音楽のようです。純粋に、勇気を持って生きる人は、どう暮らそうと、いやみな悲哀で身を持ち崩しはしません。私は四季を友として楽しむ限り、日々の暮らしが重荷になることはないと信じます。

今日一日、私の豆畑に水をもたらした穏やかな雨は、私を家

※5　マサチューセッツ州セーラムで一六九二年に始まった魔女狩り。二〇〇人の市民が投獄され、二〇数人が絞首刑にされた。州議会は一七一一年以降、無罪とする特赦令や州法を制定している。最後に残るスザンナ・マーティンら女性五人の無罪が確定したのは、二〇〇一年一〇月。

※6　イオロスはギリシャ神話の風の神。ソローはウインド・ハープの音色を好み、自作も楽しんだ。また、電信柱と電線が風に鳴り、工業の時代のウインド・ハープになるのに気づいて喜んだ。それは、人工を礼讃する意味ではなくて、自然のありようをはっきり伝える音であるため。

に閉じ込めました。おかげで私はゆっくりでき、わびしくも陰鬱にもならずに一日を過ごせ、私にとっても良き雨でした。たしかに雨は、豆畑を世話する私を邪魔しはしました。でも、雨は私の畑の世話とは比べようもない、高い価値を持っています。たとえ雨が長く続いて、まいた豆の種を腐らせ、そのうえ、低地のジャガイモ畑をだめにしたとしても、高台の牧草地の草には良い働きがあるでしょう。それなら、私にとっても良き雨です。[※7]

▼私も他の人と自分を比べることがあります。そんな時に私は、自分が自然の神々からもらってもいいと思える報いより、いつも、はるかに多くをもらっていることを思い起こします。まるで私だけが、神々から保証書か抵当証を手渡されていて、特別に導かれ、助けられているように感じます。[※8] 実際その通りだとしても、私は自分をひとりよがりで誉めているのではありません。神々が私を誉めているのです。

※7 「ところが」(三三五ページ)〜「良き雨です」までは、一八四五年七月一四日の日記から。

※8 「私も他の人と」〜「助けられているように感じます」までは、一八四五年七月一四日の日記から。

私は独り居が寂しいと感じたことはなく、ほとんど孤独感にさいなまれもしませんでした。ただ、森で暮らし始めて数週間経ったころのこと、私は近くに人がいないと、豊かに健康に暮らせないのではないか、と不安になったことが一度あります。ほんの一時間ほどでしたが、ひとりでいると、気分がおかしくなるのではないか、と思えました。一方で、私は一時的に気が滅入っているだけで、すぐに元に戻るとわかっていました。やがて、穏やかな雨が降り始めると、実際に、私はいつもの気分に戻るのがわかりました。こうして私は、自然の社会には、雨という温かな、やさしく力になってくれる仲間がいることに気づきました。私は、雨の滴《しずく》の一粒一粒に、雨の音のすべてに、そして私の家を包む雨の情景のどこにも、限りない、言葉で言い尽くせぬ親しみと友情を感じました。自然のすべてと雨のすべてがひとつになって、空気と同じように私を抱いてくれると感じました。それと共に、私が勝手に思い描いた、近くに人が

雨で閉じるマツの葉

いたらいいという考えは消えました。以来、私はその類《たぐい》の望みを持ったことがありません。

森のマツの針のような葉も、私への共感をもってゆっくりと開き、伸びて、私の友人になりました。私は自然の社会に、気の合う、いわば血縁関係の近い仲間がいるのがわかるようになり、人々が粗野で不毛だという自然の景観や場面も、親しみをもって見るようになりました。私にとって、血縁が近く人間的に感じられる仲間は、必ずしも人ではなく、村人でさえありません。今の私は、自然のあるところならどこでも、初めての場所とは感じないでしょう。

「人の死を嘆き、悲しむばかりでは、
身を滅ぼすだけではないか。
地上で生きる命の日々はわずかなのです、
美しいトスカーの娘よ」※9

※9 ジェームズ・マックファーソンによるアイルランドの盲目の英雄伝説、オッシアンの訳より。

春と秋には長い暴風雨がやってきました。暴風雨は朝に始まり、午後も一日続きました。家に閉じ込められた私は、ビュービュー、ザアザアいう絶えまない暴風雨の激しい音を、心地よく楽しみました。暴風雨の日はまた、早々と薄暗くなって長い夜に続くために、私の中でたくさんの考えが根を伸ばして深まり、あるいは根を広めて、いっそう多くのことを考える大切な時になりました。北東の暴風雨が、コンコードの家々を襲います。街の家では、街道に面したどの戸口にも、モップとバケツを持ってメイドたちが立ち、横なぐりの驟雨《しゅうう》が床に浸水するのを防ごうと身構えるころ、私は森の家のひとつしかない戸口の後ろに座り、完璧な備えを楽しみました。ある日、一段とすさまじい驟雨がやってきて、池の向こう岸のリギダマツの大木に雷を落としました。雷はリギダマツの梢から根へと走り、はっきりした規則正しいらせんの溝を幹に残しました――このらせ

翼のあるマツの種子

んの溝は、ステッキに刻まれる捻《ねじ》れ模様にそっくりでした。溝は、深さが一インチかそれ以上、幅が四〜五インチありました。幹私は先日、久しぶりにそのマツの近くを通りかかりました。幹を見上げてらせんの溝を見て、私はあらためて畏怖《いふ》の念に打たれました。[※10]八年前に、普段なんでもない空から落ちた、抗する術《すべ》のない恐怖の稲妻が作ったらせんの溝は、今やいっそう目立つ溝に成長していました。

人は私に、よくこう言います。

「あなたは、あんなところに住んで、寂しいでしょう? もっと人里近くに住みたくありませんか、特に雨や雪の日、それに夜なんか?」

この問いに、私はこう答えます。――私たちが暮らす遊星である地球は、宇宙の点にすぎません。同じように、私たちの星から最も遠いあの星に住む生き物は、互いにたとえどれほど離れているとあなたが主張しようとも、私たちの測定器具で測る

※10 ソローは木を愛し、しばしば好みの木を訪れた（第十章「ベイカー農場」に詳しい）。この後のヤナギもソローが愛した樹種。一八七〇年ごろまで、アメリカ合衆国は、必要なエネルギーと家具、家屋、道具類の原材料のほとんどを木に頼る「木の時代」にあった。蒸気機関車は大量のマツの薪を必要とし、マツはいつ切られても不思議はなかった。

には小さすぎるでしょう。私たちの地球は天の川の仲間ですから、どこに住もうと寂しいはずがありません。

つまり、あなたの質問は要を得ていません。問題は、人を仲間から隔ててひとりぼっちにする空間とは、どのような種類の空間か、でしょう？　私はいくら足で近づいてみても、ふたつの心は近づきはしない、と知りました。

では、私たちはなんの近くに住みたいと願うでしょうか？　たいていの人が住みたいのは、駅、郵便局、バー、教会、学校、食料雑貨品店、あるいはビーコン・ヒルやファイブ・ポイント※11など、人が大勢集まる場所ではないでしょう。ちょうどヤナギが、水辺の近くに生えて、命の水に向かって根を伸ばすのと同じように、私たちも、それぞれに命の源が四季を通じて切れ目なく供給される場所を、あらゆる経験に照らして見つけだし、その近くに居を定めたらいいのです。もちろん、そこが実際にどんな場所かは人の望みによりさまざまでしょう。でも、賢い

※11　ビーコン・ヒルは、州議事堂が立つ、ボストンの中心街。ファイブ・ポイントは、当時マンハッタンの悪所として知られた。

人が地下の貯蔵庫を掘るのは、そのような種類の場所であるはずです。

ある晩、私はウォールデン街道を歩いていて、二頭の肉用牛を市場へ連れていく、私の隣人である街の人に追いつきました。彼は人々の言う〝かなりの財産〟を貯め込んだ人です――もっとも、私はそれを自分の目ではっきり見たわけではありません――彼は私に、どうしたらあなたのように、人の世の豊かな暮らしを捨てる気になれるのか知りたい、と言いました。私は、私も十分に人の世の豊かな暮らしを楽しんでいますよ、と答えました。もちろん、私は冗談を言ったのではありません。実際、私は街道を進む彼を残して森の家へ向かい、ベッドに入って寝ました。私と別れた彼は、暗い、ぬかるんだ夜道を延々とたどり、ボストン郊外のブライトン[※12]――いや、ブライト・タウンと綴るのかもしれません――へ向かいました。ブライトンに着くのは翌朝の何時かだったでしょう。

※12　ブライトンは、当時はボストン郊外にあって食肉処理場として知られた。ブライトはよくある牛の名。ブライト・タウンは「牛の町」の意味で、ブライトンのもじり。

一度死んだ人が生き返るとしたら、蘇《よみがえ》る場所や時間を選びはしないでしょう。どこでもいつでも同じで、たまたま蘇ったその場所と時間に、素晴らしい経験ができたと喜ぶでしょう。人は、たまたまめぐり合った場所と時間に応じて、すべての感覚が心地よく働くのを経験するのです。私たちが一生の間に重ねる経験のうちで、人々が高く評価する経験の多くは、本当の暮らしから見れば、見てくればかりでたいした経験ではありません。高い評価は私たちの心を乱し、気を散らすばかりです。そうではなく、私たちのすぐ近くにあるあらゆるものと物事に、私たちの暮らしを作る本当の力が働いています。私たちのすぐ近くで絶えず働く、素晴らしく壮大な法則に触れる経験こそ大切です。私たちは、自分で雇った職人が近くで働いているのを見ると、ありがたいことだと親しく感謝の言葉をかけます。でも、じつは、本当に私たちのために、すぐ近くで働いているのは、私たちを生み出した創造者たる神というべき職人の手です。

雲

「天空と地上で働く、見えない力の働きのなんと深遠なことでしょう！」
「私たちはそれらの力を見ようと努めても、見えません。聞こうと努めても、聞けません。それらの力を分けて取り、なにものか知ろうと努めようにも、分けられません」
「それらの力は世界のすみずみで働き、人が心を清め、祭の服を身にまとい、祖先に生贄《いけにえ》と供物を捧げるように働いています。それらの力は、とらえがたい英知の大海と言えるでしょう。それらの力はどこにでも働いています。私たちの上にも、左にも、右にも。それらの力は私たちを浸しています」[※13]
私たちは誰もが、それらの力が行なう実験の対象です。私もその実験に、少なからず興味をそそられます。私たちは、人の噂話ばかりの社交をしばらく離れ、実験に真剣に応じてはどうでしょう？　――自分の考えを持ち、自分を喝采し、自分で自分を元気づけようではありませんか。[※14]

※13　儒教の四書のひとつ『中庸』より。

※14　ソローは、暮らしを通じて親しんだ世界を知る楽しみを提案している。

孔子がこう言っています。
「美徳も仲間なしには立っていられません。美徳もまた、仲間によって支えられています」※15
私たちは、考えることにより、分別をもって、自分を利害の関係の外に置くことができます。心で意識して努めることにより、毎日起こることと、その結果の外に立っていられます。つまり、良いことも悪いことも含むあらゆる物事が、川の流れのように自分の脇を流れゆくままにしていられます。私たちは、すべてを自然の意のままにしているわけではありません。そこで、私も川に流される流木でいるか、天の神インドラ※16のように、空から川の流れを見るかを選ぶことができます。
私は、劇を見て心を動かされることがあります。劇よりずっと関わりの深い現実の出来事に心を動かされないことがあります。しかし、私はただのひとりの人間です。考えと愛情を働かす、ひとつの場面としての自分しか知りません。ところが私に

※15 『論語』より。

※16 古代インドのヴェーダ神話の神。

は、自分から離れて他者のように物事を見る部分があって、ある種の二重の人格を持つと感じています。私がいかに大きな経験をしようと、私の一部に、まるで私の一部ではないかのように観察者として立ち、経験を共にせず、見て記録している部分があります。つまりは、批判者として働く部分を持っています。その批判者は、あなたではないし、私でもありません。人生の楽しい劇が終わる時——たとえ悲劇の結末であっても——その観察者は自分の道を行くでしょう。その観察者に関する限り、人生とは仮想であり、想像です。この二重の人格のゆえに、私たちはしばしば良き隣人や友人になることができません。

私は、ほとんどの時間をひとりで過ごすことが、元気な良き生き方であることを発見しました。他の人と一緒にいると、たとえ最高にいい人とであっても、まもなくうんざりして、消耗します。私はひとりでいるのが好きです。私は独り居ほど素晴らしい友に出会ったためしがありません。人は誰もが、ひとりで自分の部屋にいる時より、外で他の人の間に交じっている時に、寂しさを意識することが多いのではないでしょうか。考えたり、働いたりしている人は、どこにいようと、ひとりです。独り居は、人と人とを隔てる距離では測れません。ハーバード大学の騒がしい寮の一室で勉強にいそしむ学生は、砂漠の聖者、ダルウィーシュと同じくひとりです。農民は昼の間ずっとひとりで、畑を耕したり、森で木を切って過ごし、少しも寂しいとは思いません。なぜなら、一心に仕事に取り組んでいたからです。ところが、夜になって家に戻ると、自分の部屋で思いにふけっていられず、〝家族や仲間〟に会える部屋に行ってひと息つき、自分を取り戻します。彼の考えでは、「昼はひとりでがんばったので、その埋め合わせをしなければ」なのです。そのためでしょう、彼は、学者が夜ばかりか昼のほとんども家で座って過ごし、それでも退屈せず、〝憂鬱〟にもならないのがわからないと言います。でも、それは彼が、学者は家にいて自分の畑を耕し、森の木を切っている、と理解していないからです。それに、彼と同じく学者も、ひと息ついて自分を取り戻す仲間を、たとえ時間は短くても、濃い別の形の付き合いで探している、と気づいていないからです。

私たちの社会と社交は、つまらないものになっています。私たちは、人に会う時間が長すぎ、多すぎて、会う人に伝える新しい価値を身に付ける暇がありません。日に三回、食事のたびに人に会い、考えが硬くなった自分と同じ古いチーズをまたしても嚙《か》み、話の種にしようと四苦八苦します。私たちは、こうした社交のつまらなさをしのぐために、早い話がいらいらしてケンカにならないように、エチケットと呼ばれる規則を作らねばなりませんでした。私たちは郵便局で人に会い、社交界で人に会います。そのうえ夜にも、暖炉の前で人に会います。私たちは、わざわざ寄り集まって暮らし、邪魔し合い、ぶつかり合い、つまずき合います。私の考えでは、私たちは社交のために互いに尊敬できなくなっています。社交を少なくすれば、大切なことを伝え合う、心を込めたコミュニケーションができるでしょう。工場で働く少女たちの境遇を考えてもみてください。[※17]——彼女たちは、夢の中ですらほとんどひとりになれないではありませんか。私が住んでいる森のように、一平方マイルにひとりのほうがいいのではないでしょうか。人の価値は皮膚にあるわけではなし、たえず集い、触れ合って暮らさなくてもいいでしょう。

私は、森で迷い、あやうく死ぬところだった男の話を聞いたことがあります。彼は飢えと疲れで消耗して意識朦朧《もうろう》となり、木の根元に横たわって幻想を見ました。奇っ怪な像にすっかり囲まれてしまったのです。ところが、彼は幻想を現実と見たおかげで、かえって森で迷った心細さから救われたと言います。健康で、体力も十分である私たちも、じつはひとりでいるようで、自然と社会に励まされています——励ましてくれるのは、

※17　紡績工場の労働者の多くは、工場の寮で暮らす女性労働者か、一〇歳未満の子どもだった。朝六時～夕方六時の一二時間労働で、賃金は五〇セント以下。「南部の無慈悲な奴隷主より、東部の博愛主義の繊維王のほうが残酷」と言われた。

私たちが健康である分、もっと正常で自然な社会ですが——それゆえ、誰もがいずれ、ひとりではないと気づくはずです。

私も、森の家でたくさんの仲間に囲まれていました。特に人間の隣人が訪れてこない朝には、仲間がたくさんいました。それがどんな様子か、いくつかのわかりやすい例でお伝えしましょう。私は、大きな鳴き声で笑うアビと比べれば寂しくなく、ウォールデン池と比べてさえ寂しくありませんでした。いつもひとりのウォールデン池に仲間がいないのは当たり前で、寂しいはずがありません！　あの紺碧《こんぺき》の湖には、青い悪魔[※18]ではなく、青い天使が住んでいます。ちなみに太陽もひとりです。曇りの日にはふたつの太陽が出て、仲間ができたように見えたりもします。でも、決まってひとつは偽りの太陽です。それに神もひとりです——ところが、悪魔がひとりということは決してありません。悪魔は絶えず、驚くほど欲張って仲間を集め、いつも軍団[※19]でいます。

※18　青い悪魔(Blue devils)。心因性の陰鬱症を指す俗称。

※19　キリストに名を問われた悪魔は、「(われら) 数が多きゆえ、軍団と称す」と答えた (新約聖書「マルコ伝」より)。

私は、ひとつの草原に咲く一本のモウズイカ、一本のタンポポ、あるいは一枚の豆の葉、一枚のスイバの葉、あるいは一匹のウマアブ、そして一匹のマルハナバチと同じように、少しも寂しくありません。そしてまた、私は村の中を流れるミル・ブルック川や風見鶏、北極星、南風、四月のにわか雨、一月の雪解け、そして新築の家に初めて入ったクモと同じように、少しも寂しくありません。

風が森を鳴らし、雪が激しく降る冬の長い夜には、私の家を、ウォールデン池を掘ったという古参の入植者がしばしば訪れてくれました。彼は、ウォールデン池の岸辺を石で固め、マツの森で囲んだと言います。私はその古き良き開拓者から、開拓時代の話や未来の世界の話を聞きました。リンゴやリンゴ酒はなくても、私たちは団欒《だんらん》を楽しみ、価値あるものの見方を伝え合って、励みになる夕べを過ごすことができました。私が敬愛するかの古き良き開拓者は、素晴らしい知恵を持ち、ユーモアに

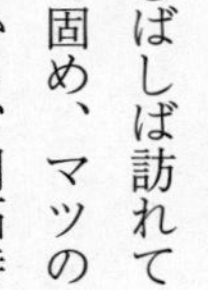

ウマアブ

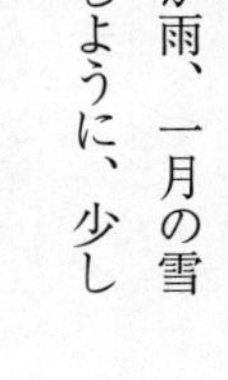

モウズイカ

あふれ、ゴフやウォーリー[※20]に比べても、いっそう密やかに暮らしていました。彼は死んだと言われるのに、お墓がありません。

私の近くに住むもうひとりの高齢の女性も、たいていの人には見えません。私は香りに満ちた彼女のハーブ園を散歩して、薬草を摘み、彼女が語る寓話、物語、伝説を聞くのが好きでした。豊かな創造力の土壌を持つ彼女は、神話の世界のさらに先に及ぶ記憶を持っていました。そこで彼女は、古い寓話のもとになった物語を私に語って聞かせたばかりか、それらの物語がどのような事実から作られたかも教えてくれました。素晴らしい離れ業です。が、それができた秘密は、彼女の若いころにそれらの出来事が実際に起こったからです。四季のすべてとあらゆる天候を楽しむ、この頬《ほお》の赤い、生き生きした高齢の女性[※21]は、彼女の子の誰よりも長生きするでしょう。

自然が持つ、言葉に表しがたい純粋さと慈愛――太陽、風、雨の慈愛、夏と冬の慈愛――は、私たちに、限りない健康と励

※20　共に、一六四九年、ピューリタン革命でチャールズ一世に死刑を宣告したイギリス高等法院の判事。王政復古のあと、コネティカット川流域に逃れ、各地を転々として隠れ住んだ。

※21　母なる自然をさす。

ましを与えてくれます！　自然はヒトという私たちの種に大いなる共感を持っています。私たちの誰かが、まさに自然に原因があって嘆き悲しむと、自然のすべてが共鳴し、太陽は輝きを失い、風は人の溜息のような音を立てて吹き、雲は涙を流し、森は夏に葉を落として喪服をつけます。私には大地を理解する力が与えられています。私の体のどの部分かは葉から作られていて、つまりは腐植土（沃土《よくど》）なのではないでしょうか？

私たちを本当の意味で心身とも健康に、やすらかに充足させてくれる妙薬があるとしたら、それはどのような妙薬でしょうか？　それは私の、あるいはあなたの先祖が伝える薬とは違うでしょう。私たちすべての母なる自然がいつでも用意してくれる、誰の身近にもある薬こそが妙薬です。薬草学が伝える、植物に由来する薬がそのひとつです。母なる自然自身がそれらの薬で永遠の若さを保ち、幾多のパー老人（オールド・パー[※22]）を超えて長寿を保ち、そして幾多のパー老人の脂肪の分解物を健

※22　解剖学者ウィリアム・ハーベイが検死して、最高の長寿者としてお墨付きを与えた伝説的人物。八〇歳で結婚して二児をもうけ、一二二歳の時、ふたり目の妻との間に一児をもうけた。一六三五年に死亡。一五二歳という鑑定から逆算して一四八三年生まれとされる。スコッチ・ウィスキーの〝オールド・パー〟の名は、パー老人にちなむ。

康の糧にしています。

すなわち私の万能薬は、時に目にする、長く、丈の低い黒塗りの薬用荷馬車[※23]に積まれる、アケロン川と死海の水を混ぜたと称される偽薬[※24]ではありません。私には、純粋な朝の空気をひと飲みしさえすれば、それが十全の万能薬です！　もし、人々が一日の源流である朝という素晴らしい世界で、朝の空気をひと飲みする予約切符をなくしたというなら、朝の空気を瓶詰めにして店で売ったら良きサービスにならないでしょうか？　ところが、瓶詰めにされた朝の空気は、たとえ冷気に満ちた地下の貯蔵庫に保存しようと、蓋《ふた》を押し開け、女神アウロラ[※25]の朝を追って西へ飛び去ってしまいます。昼までもたないものと覚悟しておくべきです。

かの薬草学の古き良き神、アスクレピオスの娘であるヒュギエイア[※26]は、記念碑に描かれた、片手にヘビを持ち、もう一方の手に時間をおいてヘビに飲ませる薬液が入ったカップを持つ姿

※23　当時、薬売りが村から村へ薬を積んで売り歩いた特異なスタイルの荷馬車。

※24　この薬は特許とされ、当時、評判の高い薬のひとつ。

※25　ローマの女神。朝のさきがけ。

※26　ギリシャの健康の女神。

で、私たちに伝えられています。私は、そのような姿の健康の女神、ヒュギエイアには感心しません。それより私は、神々の王ユピテルのカップを捧げ持つ青春の女神、ヘベ[※27]を崇拝します。ユノと野生のレタスの娘ヘベは、神々と人間の若さを再生する力を持っていました。彼女は、この大地を歩いた、おそらく最高にはつらつとした、たくましい若い女性であったでしょう。彼女が行くところ、どこも春でした。

※27　ユノはレタスを食べてヘベを授かったとされる。ギリシャの神々との交流は、「独り居」によって得られた高い社会性による。

第六章　訪問者たち

私は自分をこう見ています。私も、多くの人と同じように社交が好きです。血気盛んで面白そうな人を見たら、ヒルのようにくっついてしばらく放しません。私も当然、世捨て人ではありません。もし、それが私の務めであると私の本性が言うのであれば、飲み屋でねばる常連と最後まで付き合います。

私の森の家には椅子が三つありました。ひとつ目は独り居のため、ふたつ目は良き友のため、三つ目はみんなのためでした。大勢の訪問者があると、椅子は三つ目のものひとつだけですが、立ったりして、部屋を上手に使ってくれました。小さな家に立派な男女が何人入るか、やってみると驚くほどでした。二五から三〇の体付きの魂が、私の小さな家に収まりました。※1 さすがに多すぎて、身を寄せ合っても気持ちはさほど近づかず、三々五々散っていきました。

町の家は、公用か個人所有かによらず、ほとんど無数と言っていい多くの部屋があり、いくつかの大広間があり、そしてワ

●この章では、「独り居」から一転して、次々に森の家を訪れる「正直な巡礼者たち」を語る。独り居を通して社会の垢を洗い流し、高められた社会性は、訪問者との心の交流を拓く。森を訪れる良き人は精神が崇高で、天から来た巡礼者のようだった。

※1　一九九二年にコンコードのソロー協会が行なった実験によると、ソローの森の家のレプリカに三〇人が入って、なお、机、椅子、その他のソローが使っていた家具のスペースが十分に残った。

インその他の平和のための武器を貯える地下の貯蔵庫がいくつかあります。使う人の数に比べ、途方もなく大きく、あきれます。家屋が壮麗で広大に過ぎて、住む人がまるで勝手に住み着いた家ネズミ[※2]かゴキブリのようです。

大事件を伝える着飾ったヘラルド[※3]が、広壮なトレモンド屋敷、アスター屋敷、ミドルセックス・ハウスの前で、ニュースの着信を知らせるラッパを吹きます。屋敷の前は、市民が大勢集まれる広場なのに、ラッパを聞いてお出ましになったのは、ハツカネズミが一匹だけでした。ハツカネズミは、自分には関係ないとわかったのか、道路の穴に潜り込みました。私は町の家々のたいそうな光景に、いつも驚いています。

もっとも、私は小さな家にもひとつ不自由があることを発見しました。家で友人と話すうちに、議論に身が入って深い言葉が飛び交うと、互いの距離が近すぎます。あなたも深くよく考えて操船するとしたら、船の帆を風に合わせ、一、二のコース

※2 家ネズミは北米大陸の在来種ではなく、ヨーロッパ、あるいは中国から船で運ばれた人家にすむネズミの総称。大きな家は馬車をもち、数頭のウマを飼っていたことから、家畜の飼料、特に穀類を好むハツカネズミが多かった。

ハツカネズミ

※3 もともとは一二世紀ヨーロッパの軍使であるが、近代に入って新聞社のニュース伝達者、あるいはアナウンサーの意味になった。

を少し帆走して調子を見るでしょう。そして、いよいよ目的の港を目指すでしょう。あるいは、あなたの深い考えを弾丸のように放って相手を射止めるには、くるくる回る弾の動きの振れを考慮に入れ、相手の耳にほどよく収まるように発射するでしょう。さもないと、せっかく声を耳に届けても、向こうの耳から飛び出させてしまいます。それに、言いたいことを一度、目の前に広げて、言葉の配列を整えて送り出すためのスペースも大切です。

これらすべてのために、議論には広さがいります。互いに相手との間に、ちょうど国境のように広がりのある自然の境界、ある幅の中立地帯がいります。そこで私は、ウォールデン池を挟んで友人と話すと、贅沢《ぜいたく》な会話の環境になることを発見しました。しかし、私の家では相手の話を聞く姿勢が取れず――相手に耳を傾けてもらうように声の調子を落とすこともできません。狭い水面にふたつの石を投げ入れると、波の環が邪魔し合って広がらないのと同じです。

社交の挨拶なら、ふたりで相対して立ち、息づかいを感じて話すのもいいでしょう。けれども、互いに考え抜いた意見を慎重に伝え合うには、少し離れ、互いの命の火の熱と吐息が散る空間がいります。それに、もし本当に自由で仲の良い社会なら（声にして話すまでもないか、言葉によらない会話がある社会です）、市民はあまり声を立てなくてよく、互いに声が聞こえない距離を取って暮らすことができます。こう考えると、私たちが普通、会話と呼ぶものは、考えない人のためにある、と言えます。声が大きすぎては表現しにくい多くの繊細な話題があります。森の家で会話が深まると、私と友人は、互いに椅子を後ろにずらして距離を取り、部屋の相対する角にぶつかって、もう少し距離が欲しいな、と思うのでした。

そこで私は、いつでも部屋を出て会話を続けることができるように、最高の〝奥の間〟を用意していました。緑のカーペッ

開いたマツボックリ

トに木漏れ日がかすかに射す〝奥の間〟は、私の家の裏のマツの小さな木立の中にありました。夏に特別な客があると、私は〝奥の間〟に案内したものです。[※4] 自然の部屋係が絶えず見事に床を掃き清め、家具の埃《ほこり》を払ってくれていました。

客がひとりの時には、時々、食事を一緒にしました。私の食事はとても質素で、あっという間にできあがります。インディアン・コーンの粉のかゆを口にしても会話の邪魔にならず、熱い灰の中で一枚のパンがふくらんで焼けるのを見るのも、会話のつまでした。訪問者が二〇人も部屋に入ると、ふたり分のパンの備えではどうにもなりません。でも訪問者たちは、食事の習慣はとうの昔に消えたとでもいうかのように、話題にしませんでした。私たちは、いつの間にか断食生活に移っていました。

それではお客に失礼かというと、むしろ純正の、思いやりのある接客法と受け止めてもらえました。絶えず老廃物を生み、消耗する体を、私たちは間を置いた食事で補給するのですが、

※4 ソローはここで、通常の意味の「客間（drawingroom）」にかけて「withdrawingroom＝ひきこもりの部屋」という言葉を使い、第一章で論じた避難場所の中の避難場所、最高に社会から隔絶された安心できる場所、という意味を持たせている。それゆえ、訳語として「奥の間」が適切と考えた。

こんな場合には奇跡的に消耗が遅れるらしく、体の活力は保たれたままでした。これなら私も、二〇人どころか一〇〇〇人でも楽しくもてなせたでしょう。とはいえ、私が家にいたにもかかわらず、期待はずれのもてなしで空腹のまま帰った人もいるかもしれません。そんな人には、食べ物は提供できなくても、あなたの考えと気持ちはよく通じたとお伝えします。

いつも家の切り盛りをしている人は信じないでしょうが、古い習慣を捨て、新しい、良き習慣を作るのは簡単なことです。あなたは晩餐《ばんさん》の腕で評判を取らなくてよいのです。私が友人の家を訪問しない理由は、地獄の三つ頭の猛犬、ケルベロス[※5]がいるからではありません。私をもてなす食事の品々の行列が、面倒をかけるなと、ていねいかつ遠回しに、訪問お断りを伝えているからです。私は、二度とそんな場面を見たくないと思います。次の詩は、私を訪問してくれた人が、名刺代わりの黄色いクルミの葉に残したスペンサーの作品です。私は誇りをもって、

※5 ギリシャ神話の三つの頭と竜の尾を持つ猛犬。ハデスの番犬。

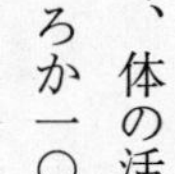
カバノキの樹皮で作った器

この詩を森の家のモットーにしています。

みなはそこで　小さな家を見つけた
何もない家だから　歓待は求めようにない
けれども　安らぎが　ご馳走《ちそう》だった
何事も意のままの歓《よろこ》びがあった
深く配慮する心があって　最良の満足を知る※6

のちのプリマス植民地の総督、ウィンズローは、同僚とふたりで、森を徒歩で抜けてマサソイトを公式訪問しました。※7ウィンズローの一行は、疲れ、腹をすかせて、マサソイトの大きく立派な首長舎に着きました。その日、ウィンズローは、この王から歓待されたものの、食事は出ずに終わりました。夜、床に就いてどうなったか、ウィンズローの言葉を紹介しましょう。「マサソイトは私たちふたりを、自分と妻が使うベッドに寝か

※6　エドマンド・スペンサー（一五五二〜九九）による。

※7　エドワード・ウィンズロー（一五九五〜一六五五）。一六二〇年、メイフラワー号でアメリカに渡り、プリマス植民地の建設にあたった巡礼始祖の一員。マサソイト（一五九〇頃〜一六六一）は、巡礼始祖に作物の栽培、漁法、料理の方法などを教えた。

せた。彼と妻が一方の端に横になり、私たちふたりがもう一方の端に並んで横になった。ベッドは高さ一フィートほどの厚板製で、薄いござが敷いてあった。やがてベッドに王の幹部ふたりが割り込み、私たちに重なり合うようにして寝た。当地までの旅の苦難より、泊まるほうがよほど厄介で疲れた」

次の日の一時ごろ、マサソイトはブリーム[※8]の三倍ほどの大きな魚を「二尾、射て捕らえ、運んで」きました。ウィンズローはこう続けます。

「二尾の魚を煮るうちに、少なくとも四〇人が食事にあずかりにやってきた。実際、多くの人が魚を食べた。私たちがふた晩と中一日滞在して、とった食事はこれ一回だった。もし途中で、ライチョウを一羽買ってこなかったら、旅はほとんど断食で終わったはずだ」

ウィンズローは食事なしに加えて、「インディアンの夜の歌[※9]」で、睡眠不足まで背負《しょ》い込みました。ウィンズローは帰途

※8　濁った水に群れをなしてすむコイ科の淡水魚。体長四〇センチ前後。食用になる。

※9　インディアンには、太鼓の音を伴奏に、美しい「夕べの歌」を歌って眠りに入る習慣があった。最後の太鼓の音と共に静寂が訪れ、眠りにつく。ソローは第五章で、「生きものたちはやさしく歌って心を静め、眠りに入ろうとしていました」と書いて、動物の「夕べの歌」を紹介している。

に倒れる恐れを感じ、訪問を早々に切り上げています。

宿泊に関する限り、ウィンズローが上手なもてなしを受けなかったのは確かでしょう。でも、ウィンズローが感じた居心地の悪さの多くは、マサソイトの厚意のゆえでした。食事についてなら、私にはインディアンがていねいにもてなす状況ではなかった、としか考えられません。この時期、インディアンは食物の貯えがありませんでした。それに彼らは、弁解すればお客に食事を出したことになる、と考えるほど浅はかではありません。そこで彼らは、ベルトを締め、食事には触れないことにしたのです。実際、ウィンズローが次にマサソイトを訪ねると、食物が豊富な季節で、食事は十分でした。

どこに住んでいても、訪問者はあります。森で暮らす間、私は人生のどの時期に比べても、大勢の訪問を受けました。もっとも私の「大勢」は、普通に言えば「いくらか」です。私は訪問者の一部の人とは、他では得られない良い環境で会うことができました。つまらない仕事で訪ねてくる人は、まずいませんでした。私の社交の相手は、町から遠いという、距離の篩《ふるい》で分けられていました。私は独り居という大海の中に引っ込んでおり、その大海に社会という川が注ぎ込み、私の必要に見合う社会の精選された部分が、私の周りに沈殿しました。加えて、私が知らなかったために、良き関係がないいくつかの大陸から、友がいることを知らせる手がかりを風が運んでくれました。

今朝、私を訪れたのは、ホメロスそっくり、もしくはパプラゴニア人[※10]といった面持ちのカナダ人です（名も詩的で、記せないのが残念です[※11]）。仕事はきこりと杭《くい》作りで、一日五〇本の杭を作り、それを立てて柵にする穴を掘ります。昨夜の夕食は、飼い犬が捕らえたウッドチャックでした。彼はホメロスを知っていて「本を読まずには、――雨の日に何をしたらいいかわからない」と言います。もっとも彼は、すでに何回も雨季を過ごしたのに、一冊の本も読み上げていません。遠い故郷の教区に、

※10　古代小アジア北部の地域名。深い森に被われ、住人の多くが「森の人」だった。ソローは生粋の森の人という意味で、パプラゴニア人といっている。

※11　アレックス・セーリエンのこと。ソローにとってセーリエンは、文明の対極にある森（自然の歴史的産物）が育てた人間の代表。

ギリシャ語を読む牧師がいて、彼に聖書を読むようにと、ギリシャ語を教えました。そこで今度は、私が彼に『イリアス』を持たせ、アキレウスが、ふとバトロクルスの悲しげな表情に気づいて咎《とが》める言葉——「君はなぜ、涙を見せるのです。バトロクルスよ。少女のようではありませんか」——を訳してあげる番です。

「それとも君はプティアから　何か聞いているのですか？
アクトルの息子　メノイティオスは生きているし、
アイアコスの息子　ペレウスも
ミュルミドン人の国で暮らしている　といいます。
私たちが悲しむとしたら
ふたりのどちらかが死んだ時です」※12

※12　『イリアス』第十六巻の冒頭の会話。

「素晴らしい」と彼は言います。彼はこの日曜日の朝に、ある病人のために集めたホワイトオークの樹皮の巨大な束を腕に抱えていました。[※13]

「こんなものを探しに行くんなら、安息日でも悪くないと思ったんですよ」

彼にとってホメロスは偉大な作家です。たとえ、何が書いてあるかわからないにしても、変わりはありません。

彼ほど純粋で、自然な人はいません。悪行と社会的不正が世界に黒い雲を厚く広げているというのに、彼の生き方にはなんの影響もありません。二八歳[※14]で、一二年前にカナダの父の家を離れ、合衆国に来ました。いずれカナダに戻り、農場を買うお金を稼ぐためです。彼は、鋳型を磨かずに銑鉄《せんてつ》を流し込んで鋳造された自然児で、日に焼けた太い首の太めの体でも、立ち居振る舞いは優美でした。黒いくしゃくしゃの髪をして、鈍い青い目をきらりと輝かせました。平たい灰色の帽子を被《かぶ》り、薄汚

※13 「私が彼に」～「抱えていました」までは、一八四五年七月十六日の日記から。

雲と雨

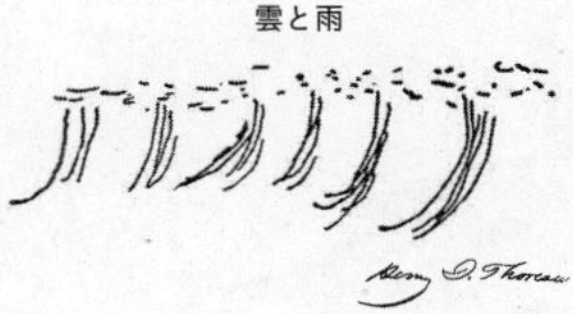

※14 コンコードの村役場の記録によると、一八一一年生まれ。その記録が正しいとすれば、この出会いの時点で三四歳。

れた羊毛色のオーバーを着て、牛革のブーツを履いていました。仕事場までの二マイルほどを、私の家の前を通っていき——夏は木の伐採にかかりきりでした——昼食は錫《すず》の弁当箱に入れて持っていました。

彼は肉を大量に食べました。弁当の中身は茹《ゆ》でて薄くスライスした冷肉、それもしばしばウッドチャックの肉でした。コーヒーを保温の良い石の瓶に入れて、腰のベルトから紐《ひも》でぶら下げ、時に私にも勧めてくれました。朝早く私の豆畑を横切ってくる彼に、ニューイングランド人のように生真面目に急ぐ様子はありません。あわてて死ぬつもりはなく、食費くらいしか稼げなくても平気でした。仕事に向かう道で、犬がウッドチャックを捕らえると、弁当を藪《やぶ》に隠し、一マイル半ほど道を戻ってウォールデン池にやってきました。そして、獲物を夜まで湖に隠しておくか、それとも下宿に戻って解体し、枝肉にするかと、三〇分も悩みました——彼は身近な問題をじっくり考えるのが

リョコウバト

大好きでした——朝、私の家の前を通りながら、こんなことを言いました。

「すごい数のハトが群れてますね![※15] 私も毎日出かける仕事じゃなければ、ハト、ウッドチャック、ウサギ、ライチョウをつかまえて、どんどん肉にするんですが。一日で一週間分は堅いですよ」[※16]

彼は名人級の斧《おの》の使い手で、斧使いの技に楽しみと美しさを添えました。たとえば、彼は木を、地面ぴったりの位置で切り倒しました。そうすれば、切り株から新しい芽が元気よく伸び、木を積んだ橇《そり》も切り株に乗り上げずにすみます。それに、切り出した木材を積んだ山を支える丸太の杭は、一部を削って、必要な時に手で折れるように工夫しました。

私が彼に惹《ひ》かれるのは、もの静かにひとりでいながら、いつも楽しそうだったからです。彼の目は、ユーモアと満足が湧く泉でした。笑いには混じりけがありません。時に私は、森で働

※15 ここで言うハトは、今日では絶滅したリョコウバト。この表現は、空を暗くするほどの大群をなして渡りをしたため。リョコウバトはドングリを主要な食物としていたが、白人による開拓でオークの森を伐採されて、急激に個体数を減らし、一八八〇年代に絶滅した。

※16 「朝、私の家の前を」～「一週間分は堅いですよ」までは、一八四五年七月十四日の日記から。

く彼に会いに行きました。※17 彼は木を切り倒すと、私に筆舌に尽くしがたい満足を表す微笑《ほほえ》みで笑いかけ、カナダなまりのフランス語で挨拶しました——上手な英語を話すのにです。私が近づいていくと、手を休め、笑いを抑えて、倒したマツの幹に横になり、マツの内皮をはがしてボールにし、吸うと、また笑って話しました。いつも溢《あふ》れんばかりの自然な元気さで、興味を引くものを見つけてはうれしそうに笑い、時には地面をころげまわって大笑いしました。そして、森の木々を眺め渡して、こう言いました。

「まったく！　森で木を切っていれば、いくらでも楽しめるんです。ほかに楽しみや遊びなんていりません」

余暇に森に出かけた時は、歩きながら小さなピストルを祝砲がわりに時おり放ち、一日、楽しみました。

冬の昼食時には、火を焚《た》き、やかんでコーヒーを温め直しました。丸太に座って弁当を食べる彼のもとに、シジュウカラが

※17　ソローはセーリエンと会うと、野生のオーラに触れ、新鮮で楽しく心が躍った。すなわち、ソローにとってセーリエンは、第五章「独り居」の最終部分で、ソローが明かした神々との交流のうち、特に人々に若さと春をもたらす女神へべとの、現実の暮らしでの交流を意味した。

シジュウカラ

何羽か飛んできて腕に止まり、手からジャガイモをついばみました。彼はこう言いました。

「かわいい仲間[※18]に囲まれているのが一番です」

彼は、人の性質のうち自然に向けた面をよく発達させていた、と言えます。体は強靱《きょうじん》で、自足を知るという意味で、マツの木と岩と従兄弟《いとこ》でした。私は彼に、昼間ずっと働いて夜は疲れませんか、と一度、聞いたことがあります。彼は急に真面目な顔になり、語調も真剣になって、こう言いました。

「神に誓って言いますが、これまで生きてきて、疲れたことなんて一度もありません」

　知的な面、あるいは精神的な面は、彼の中で赤ん坊のまま、まどろんでいました。彼が受けた教育は、カトリックの司祭が先住民の教化に使う、無邪気で、無益な教育でした。この種の教育を受けると、子どもは自己の意識を育てることができず、信頼と尊敬の習慣だけを身に付けます。子どもは大人になれず、

※18　ソローの日記によると、実際には「mezezence」とセーリエンは表現した。

巨大なニレの木

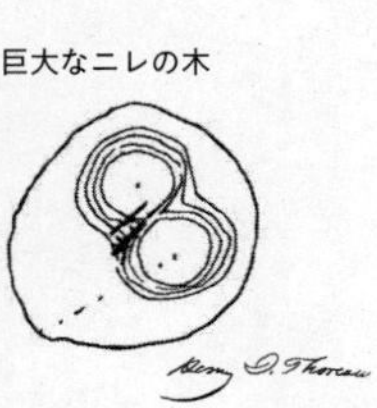

子どものままです。母なる自然は、人に強靱さと自足を与え、尊敬と信頼の念で自らを支えれば、子どものままでも、七〇歳まで生き抜けるようにしたのです。そのように彼は純朴でした。

彼を友人に紹介しようと思うと、どう言葉を連ねても、うまい紹介の言葉になりません。あなたが隣人にウッドチャックを紹介しようとしても、あまり適切な言葉が見つからないのと同じでしょう。誰もが、彼に直《じか》に接して、見て、話した通りに彼を知るほかありません。彼は、いつでもどこでも完璧に自分でした。何人かの人が彼を雇い、労賃を払って、食物や衣服を手に入れるのを手助けする形になっています。彼は、そのような人にあれこれ注文したり、意見を言いません。質素で、自然な謙虚さを持っているように見えて——要求しないのを謙虚といえばの話です——それらは彼の性質とは違いました。

そもそも彼は、謙虚というあり方を知りません。自分より賢そうな人は半神でした。あなたが彼に、今ここにそんな人がやってきますよ、と伝えたとしましょう。彼は、偉い人が自分に用があるとは思いません。無関係に来るだけで、自分のことはどうなっても気に留めない、と期待します。彼は誉められたことがありません。彼は特に、作家と司祭を敬愛しています。作家や司祭の仕事が偉業に見えるのです。私もよく書きますよ、と言うと、彼は、私が言うのは文字を練習すること、と受け止めました。彼は驚くほど見事な字を書いたからです。私は街道の脇の雪面に、彼の生まれ故郷の教区の名が、フランス語のアクセント付きで見事に綴られているのを見て、彼が通ったことを知りました。

私は彼に、自分の考えを書きたいと思いませんか、と聞いてみました。彼はこう言いました。「私は読み書きできない人のために、手紙を読み、書きはしますが、自分の考えを書こうなんてとんでもない——何を書いたらいいかわからないし、そんなことをしたら死ぬでしょう。それに、綴りをちゃんとするのが大変だし」と。

ある時、賢人として知られる社会改革家[※19]が彼に、世界が変わることを望みますか、と聞きました。彼はその質問を奇異に感じ、世界で初めて発された類《たぐい》の質問と受け止めたのでしょう、カナダ人らしく驚いたふうに笑い、「いいえ、私は今の世界が好きですよ」と答えました。哲学者なら、この言葉を聞いて、彼には豊かな何かがあるとわかるでしょう。普通の人が初めて彼に会っても、単なる無知だと思うかもしれません。私は、彼の中に私が一度も会ったことのない人がいると感じています。でも私には、それがシェイクスピアの賢さなのか、子どもの単純な無知なのかがわかりません。洗練された詩的な心を持つ、愚行の塊《かたまり》にも見えます。私はある町の人から、頭にぴったりの小さな帽子をかぶり、口笛を吹いてコンコードの町を散歩する彼の姿を見た時の印象を聞きました。彼は、変装し、お忍びで外出した王子のようだったと言います。

※19　おそらくエマソン。

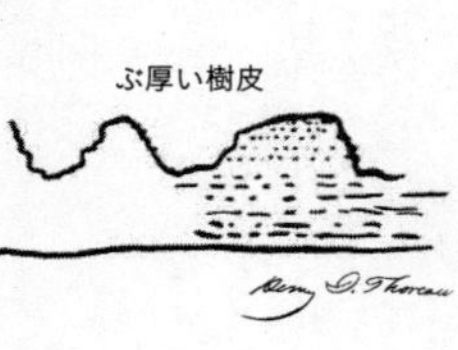

彼は農事暦と算数の本と、合わせて二冊の本しか持っていません。算数の本には相当に習熟していました。農事暦は彼の百科事典でした。彼は、暦には人の知識の要点が記されていると考えていますが、間違いではないでしょう。私には、今日の社会改革について、彼がどう考えるか、少しずつわかるのが楽しみでした。彼は、今日の諸問題のすべてにわたって簡潔で要を得た光を当てて見せました。私に聞かれるまで、この種の問題はほとんど聞いたことがなかったはずです。

私は彼に、工場はなくてもいいと思いますか、と聞きました。彼は、手織りのヴァーモント・グレーの服をずっと着ているけれど、良いものですよ、と答えました。私は彼に、紅茶やコーヒーなしでは生きられませんか、と聞き、併せて、水は別として、このあたりで作れる良い飲み物はありませんか、と聞きました。彼は、ツガの葉を煎《せん》じて飲んでみたけど、暑い日には水より良かったですよ、と答えました。私は彼に、貨幣なしでも

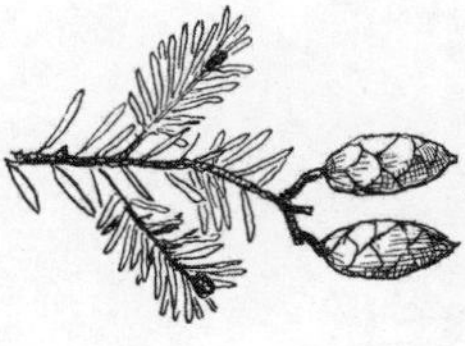

人の暮らしが成り立つと思いますか、と聞きました。彼は、貨幣制度の起源に遡《さかのぼ》る、自然で、哲学的な考えを示してくれました。ラテン語で財産を意味する言葉ペクーニアが、どのようにペクス（牛）※20から派生したかは、財産としての牛を例にして説明されます。それと同じ意味の論を立ててみせました。彼の論はこんな具合でした。

仮に雌牛を一頭、持っていたとします。店で糸と針を買おうとして、雌牛の体から代価に相当する部分を取って渡すのは不便なうえ、たびたびはできません。このように彼は、どんな哲学者よりも上手に、制度の意味を明らかにしました。彼は、自分の暮らしと関係づけて種々の制度を見ていて、そのため、制度が社会に受け入れられている実際の理由を理解していました。彼は、事実を離れた推論には関心がなかったため、知識に惑わされず、かえって明晰《めいせき》であれたのでしょう。

別のある時、私は彼に、プラトンによる人間の定義——人間

※20　ラテン語のお金は、pecuniaで、ウシpecusに由来する。

ツガの木

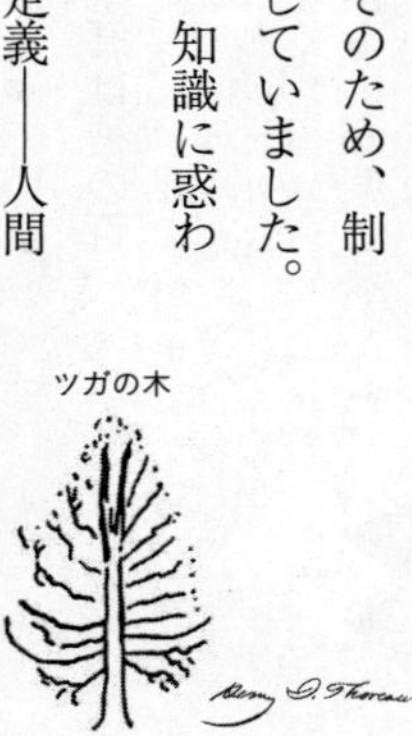

とは羽毛のない二足動物である――を耳にしたある人が、羽毛をむしった鶏を手にして、おお、プラトンの言う人間だ、と言った話をしました。すると彼は、人間と鶏は膝《ひざ》の曲がり方が逆で、それは重要な違いだと思う、と見事な指摘をしました。彼は時に、叫ぶように言いました。

「まったく、私はなんて話し好きなんだろう！　こんな話なら、一日じゅう楽しめます」

彼に何か月ぶりかで会った秋のある日、私はこの夏、何かいい考えが浮かびましたか、と聞きました。

▼「とんでもない！　私みたいに働かずには食えない人間は、昔のうまい考えを忘れなければよし、と自分を誉めるくらいです。あなたも仲間と草取りでもやってご覧なさい。仕事は競争になって、心は草のことばかりです」[※21]

しばらく会わずにいると、彼のほうからも時に、何か進歩がありましたか、と聞いてきました。冬のある日、私は彼に、い

※21　「とんでもない！」～「心は草のことばかりです」までは、一八五一年一一月一四日の日記から。

つも満足していますか、と聞きました。司祭とは違う自分の内面の世界があってよいこと、生きるための高い目的があってもよいことを、伝えたかったからです。彼はこう言いました。

「満足してますよ！　人が何に満足するかは、人それぞれですから。十分食べて、一日、お腹をテーブルにつけて座り、背中を暖炉に向けて、満足っていう人もいます！」

私は彼に、物事を精神的に見るように仕向けることはできませんでした。彼が受け入れるのは、せいぜい便利さでした。それなら動物もわかっているでしょう。もっとも実際には、大部分の人が同じでしょう。私は彼に暮らし方を変えてみてはどうか、と提案しました。彼は、残念がるふうではなく、ちょっと遅すぎます、と言うだけでした。でも、彼は正直という徳の大切さは、固く信じていました[※22]。

彼には、目立たないとはいえ、優れた独創性がありました。私は時おり、彼が自分で練り上げた意見を表明するのを聞きま

※22　「彼は名人級の」（三七一ページ）～「固く信じていました」までは、主に一八五三年一二月二四～二九日の日記の文章を改変したもの。ソローは、雨から雪に変わりつつある二四日の天候の中で、斧の音と焚き火の煙をたよりに、フリンツ池をスケートで渡り（ウォールデン池は未凍結）、森で働くセーリエンを訪れた。以後、数日にわたり、かんじきをつけて雪原を散歩した。ウォールデン池の結氷の進行を確認しては、本格的な冬の到来を待った。三一日に池はほぼ結氷。一月一日に完全に結氷。そして、三日に完璧な冬の到来を宣言しており、春の到来を見守るのと同じように秋から冬への移行に立ち会った。

した。しばしばあることではない、価値ある出来事でしたから、私は一〇マイル離れていようと駆けつけたはずです。それは、社会の制度や仕組みが創出される場面でした。彼は言葉にならず、適切に表現することはできなくても、人に伝える価値のある考えを内に持っていました。それらの考えは、彼の自然な暮らしから生まれたもので、他から学んだ考えと違って、独自であるがゆえに原始的で、発展の可能性がありました。人に言うほど考えを練るとなると、時々しかできなくて当然です。彼は、貧しい暮らしゆえに無学で目立とうとしない層の人々の中に、天才がいることを証明していました。天才は決まって独自のものの見方をし、何事もわかったようには言いません。ウォールデン池のように、深く、暗く、限りがありません。[※23]

▼旅人が次から次へと、私に会うか森の家を見るために、わざ

※23　ソローは同時代の英雄、あるいは「勇気ある人」の伝記的素描を心して記していた。

ホワイト山脈

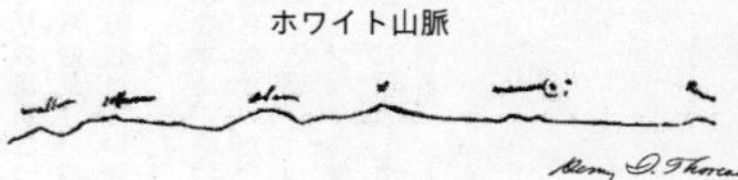

わざ道を外れてやってきました。旅人は、立ち寄る口実として、水を一杯くださいと言います。私は旅人に、ウォールデン池の水を飲んでいるのですよ、と言って池を指さし、どうぞ柄杓《ひしゃく》を使ってください、と差し出しました。[※24] 四月一日ごろに始まる、誰もが外に出たくなる気持ちの現れでしょう、年ごとに人を訪ね歩く大きな波が生まれます。私は村から離れて暮らしていても、波の外に出てはいませんでした。

旅人の中には不思議な人たちがいて、私は幸運を分けてもらいました。救貧院などの施設から知恵の遅れた人が私を訪れてくれました。私は彼らに知恵のすべてを働かせて、どんなふうか教えてくれるように力づけました。話題は、知恵を働かせることで、会話の意味は十二分にありました。私は彼らの中に、貧困層の保護官や町の上流階級の人より賢い人がいることを発見しました。そして、ただちに両者の関係を逆転すべきだと考えました。また私は、知恵は、半分と言われようと完全と言わ

※24 「旅人が次から次へと」（三八一ページ）～「差し出しました」までは、一八五二年一月十七日の日記から。日付から、近日の出来事の総括。日記は若い女性ふたりの訪問についての記述から始まり、日曜日のことと記されている。直近では一日。ふたりはソローに水を求め、柄杓を借りたが返さなかった。悲しむべきことと書き、ウィンターグリーンなどの常緑の植物のよさに言及して、自らを慰めている。

れようと、変わりないことを学びました。特に、ある日、私を訪れてくれた、おとなしい、精神遅滞の貧者から多くを学びました。すでに私は彼を、仲間と一緒に農場の〝柵係〟として働く姿を見て、知っていました。彼は、農場の隅の一ブッシェルの樽に座ったり立ったりして、牛と自分が柵からさまよい出ないように見張る仕事をしていました。その彼が私を訪れて、私のように生きたいと言いました。彼はまた、謙虚さを超えた何かと言えばよいのか、もっと違う何かなのか、判断がつきかねる何かをもって、こう言いました。「私は〝知力に欠けたところがある〟のです」と。これは彼が話した言葉そのままです。主はそのように私を創られた、それでも、主は私を他の人と同じように気にかけてくださる、と彼は考えていました。「私はずっとそうでした」と言いました。「子どものころから、ずっとそうです」と。「私には十分な知力がありません。他の子どものようではありませんでした。それは主の意志であると私

斧で作った柄杓

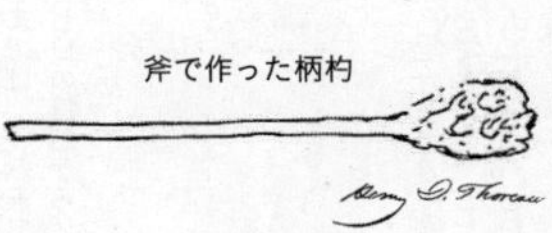

は思っています」。そして私の目の前に、彼の言葉が真実であることを証明する彼がいました。私には、彼は哲学的な謎でした。私は彼ほど現実を見据えて、未来を見る人に会ったことがありません。[※25]——彼の言うことは、すべて単純明快で裏がなく、誠実で、本当でした。彼が謙虚に言えば言うほど、言う内容も本当だと納得できました。これらすべてが、私にはすぐには理解できなくても、物事を深く考えてきた彼の賢明さの現れでした。▼この貧者が到達した正しさと率直さを基礎に据えれば、私たちの交わりを、賢人の交わりを超えた良き地点へと進めることができそうでした。[※26]

私は、町の人からはふつう貧者に数えられませんが、そう考えたほうがいい人たちの訪問も受けました。彼らは「何かがない」世界に属しています。彼らは、誰にでもあるお客を歓待したい気持ちを理解せず、慈善を強要します。彼らは助けを乞いながら、自分を助ける意志はないと私に言いました。私は訪問

※25 「ある日、私を訪れてくれた」（三八三ページ）〜「会ったことがありません」までは、一八五二年一月一七日の日記から。

※26 「この貧者が到達した……できそうでした」は、一八五二年一月一七日の日記から。

者がたまたま働きづめで、空腹のままやってきてもおかしいとは思いません。けれども、ただ飢えているというのでは、お客ではありません。私が仕事に戻りたいと考えても、訪問が終わりと思わないお尻の重い人もいます。そのような人たちからは、私はどんどん離れるよりほかに方法がありませんでした。

誰もが動きまわる季節には、さまざまな精神状態の旅人が私を訪ねてきました。中には行儀が良すぎて、落ち着けない人もいました。南部の綿花の大規模農場の習慣が染み込んだ逃亡奴隷※27は、寓話に登場するキツネのように、時にじっと耳をすませ、足跡を追う犬の吠え声を聞いたかのように※28、祈るような眼差しで私を見ました。その目は、こう訴えるかのようでした。

「おお、クリスチャンよ。

あなたは、私を送り返そうというのですか？※29」

※27 南部の大規模農場の奴隷監督の支配のもとから逃げて、カナダを目指した逃亡奴隷は、連邦執行官の追跡を警戒しながらニューイングランドを北へと進んだ。

※28 猟犬は獲物の新鮮な足跡の臭いを嗅ぎ当てると、一段と甲高い吠え声を張り上げて、追跡のスピードを上げる。その声は「狩りの歌」と呼ばれるが、追跡される獲物には体がこわばる恐怖の声である。

※29 この文章はジョージ・クラーク『自由を求める吟遊詩人』（一八四五年）より引用。引用文の前に「私の足跡を猟犬が嗅ぎつけて、吠え声を上げている」という一文がある。

現に逃走中の奴隷もひとりいて、私は彼がひたすら北極星に向かって夜道を逃げ延びていくのを手助けしました。[※30]訪問者の中には、ひとつの考えにしがみついている人もいました。まるで一羽の雛《ひな》しか持たない雌鶏《めんどり》、それもアヒルの雛だったりしてずれている、寓話の中の雌鶏でした。訪問者の中にはまた、一〇〇〇もの考えを持って髪を振り乱している人もいました。まるで一〇〇羽も雛を持つ雌鶏でした。毎朝、朝露に濡れた草むらで、雛たちがいっせいに一匹の虫を追うために、二〇羽が迷い、羽毛を濡らして、惨めな姿になります。訪問者の中にはまた、実行が伴わない考えを身に付けた人もいました。足がない頭だけのムカデで、大勢の人がその人のために働かない限り身動きできません。▼ある人が私に、ホワイト山脈の山小屋に備え付けてあるようなノートを置いて、訪問者に名前を書いてもらったらどうかと提案してくれました。ああ、悲しいかな！　私はノートを必要とするには、記憶力が良すぎます。[※31]

※30　逃亡奴隷は、一八三三年の奴隷解放法で自由なカナダを目指し、昼は隠れ、夜に北極星を頼りに北に進んだ。

※31　「ある人が私に」～「記憶力が良すぎます」までは、一八五二年一月二二日の日記から。

私は、訪れてくる人たちの違いに自然に気づきました。少年や少女、それに若い女性はたいてい、森にいるのがうれしそうでした。彼らは池を覗《のぞ》き、花を見て何事かを知り、時間を上手に使いました。※32

ところが、仕事を持つ人は、農民でさえ、森にひとりでいることがとても気になるようでした。仕事のことばかり考え、私が他の人から遠く離れて暮らすことに、絶えず触れました。彼らは、森を散歩するのもいいものだ、と言いながら、楽しんでいませんでした。彼らは暮らしを守るのに忙しく、心を仕事に占領されています。牧師は、神を自分の独占物のように話し、いろいろあっていい他の人の考えを押しやります。医師、弁護士、それにいつも人のことが気になり、私の留守中に食器棚やベッドを調べる主婦たち——○○さんは、なぜ彼女のシーツほど私のシーツが清潔でないのを知っているのでしょうか？

そして、古くさい職業の道をたどるのが安全と、とうに決め

※32　ソローも子どもの訪問を歓迎した。一八四七年に森の家を訪問したウィリスは、花の話を始めたソローが突然、話をやめて「うんと静かにしていてね」と言うと、外に出て口笛を吹いた、と書いている。近くの巣穴からウッドチャックが飛び出して、ソローに駆け寄るのが見えた。次いでソローは、別の調子で口笛を吹き、ハイイロリスを呼んでみせ、さらに幾種かの小鳥を呼んだ。

ている、若さを捨てたみな同じ若者——彼らは口を合わせたように、私のやり方では結局たいしたことはできないと言います。問題は多々あるでしょう！　年齢、性別に関係なく、古い考えの、意志薄弱で臆病な人は、病気、事故、死についてただ心配します。暮らしは危険でいっぱいでしょう——でも、心配すれば、危険が減りますか？——彼らは、分別ある人なら、いざという時にB医師に駆けつけてもらえる[※33]、地位と住む場所を慎重に選ぶものだと考えます。彼らにとっては、街こそが共同体であり、互いに助け合う防衛同盟体です。そのような人たちは、たとえハックルベリーの実を摘みに出るにも、薬箱がいります。そんな具合に、半ば死んだように生きれば、危険もいくらかは少ないかもしれません。でも、その程度の違いで、生きていれば、死ぬ恐れはあります。人は座っていても、走るのと同じ危険を背負っています。

さて、最後に、ものすごく退屈させられる人、自称、社会改

※33　B医師とは、当時のコンコードのベテラン開業医師、ジョシア・バートレット。森に住むのは危険で避けるべきであり、この医院の近くに住むのがよいという考え。

革家がやってきたことに触れなければなりません。[※34] 彼らは、私がいつもこんな歌を口ずさんでいると思っていました。

　これが　私の建てた家
　これが　私の建てた家で　暮らす人

でも、彼らは、この後に、こんな節が続くことを知りません。

あなたが　私の建てた家で
暮らす人を　悩ます人[※35]

私は鶏を飼っていませんから、鶏を急襲する小さなタカを恐れる理由がありません。それより、奴隷狩りの連邦執行官を恐れていました。[※36]
でも私には、連邦執行官より、はるかにうれしい、元気づけ

※34　ソローの年長の友人エマソンの家は、カーライルら世界の社会改革家が集まる交流の中心だった。

※35　マザーグースの『ジャックが建てた家』のソローによるパロディー。

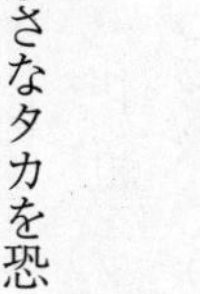
鶏を狩るタカ、アカオノスリ

※36　連邦執行官は連邦裁判所に所属し、自治体警察の保安官と同等の権限を有した。

られる訪問者が大勢いました。果実を摘みに来る子どもたち、日曜日の朝に清潔なシャツを着て散歩にやってくる鉄道員、漁師と猟師、詩人と哲学者です。彼らは私を訪ねてやってくるのではなく、自由を求めて心を村から解き放ち、自然の楽しみを求めて森にやってくる誠実な旅人でした。私は、巡礼始祖をプリマスに迎えたサモセット[※37]のように、彼らを、いつでも、こう言って迎えたものでした。

「ようこそ、イギリス人のみなさん！　ようこそ、イギリス人のみなさん！」

そのような旅人たちは誰でも、私にとっては、ずっと以前から気持ちが通じ合う、気心の知れた知り合いです。

※37　サモセットは、マサソイトと共に一六二一年三月、プリマスで最初の冬を越した巡礼始祖を訪れ、「ようこそ、イギリス人のみなさん！」と歓迎の挨拶をした。サモセットは、北大西洋を渡ってタラ漁で訪れるイギリス漁民から英語を習って、ヨーロッパの事情も知っていた。

第七章　豆畑

ところで、私の豆畑ですが、畝《うね》の長さの合計で七マイルに達していました。始めのころに豆をまいた畝は、早く雑草を取ってほしい、と待ちきれない様子です。近ごろまいた豆の種子は土の中ですが、前にまいた種子はとうに芽を出し、かなり伸びていました。実際、雑草は、これ以上放っておくと、厄介なことになります。でも私は、なぜ小さなヘラクレス※2のように働くのか、よくは理解していませんでした。

ところが、すでに私は、自分で作った畝と、そこに育つ豆を愛していました——愛する相手が多すぎましたが。畝と豆は私を大地にしっかりと結びつけ、土が大好きなアンタイオス※3のように私を強くしました。それにしても、なぜ私は豆を育てるのでしょうか？　それは天のみぞ知るです。ともかくこれが夏じゅう続く、私のちょっと不思議な仕事でした——たまたま地球の表面のこの部分を、これまではキジムシロ、ブラックベリー、ジョンズウォートなどが香りの良い野生の果実と美しい花をつ

●ソローはウォールデン池の近くに畑を拓き、森に青々とした景観を添えた意味を問う。太陽は畑を照らすばかりか、草原も森も分け隔てなく照らしていた。畑を耕すとは、自然を楽しんで自分を耕し、太陽の大きな仕事を知ることだった。

※1　議論をし、家を建て、読書をしているうちに、「豆畑づくり」は着実に進展していた。

※2　ヘラクレスは、ゼウスから一二の難行を課せられた。

※3　ギリシャ神話の巨人。大地（母なる自然）に触れるたびに強くなった。

けていたのに、今は私が豆という作物を生産していました。

私は豆から何を学び、豆は私から何を学ぶでしょうか？　私は豆を慈しみ、鍬《くわ》で世話をし、毎日、朝夕に見回ります。これが私の日課でした。誰が見ても立派な、幅広い豆の葉を、私はいつもすがすがしく感じました。▼畑では私のほかに、乾いた土に湿り気を与える露と雨が働いていました。肥料が必要な普通の農場の土と違い、繊細で女の人のようにやさしい自然の土の生産力が働いていました。私の敵は虫たち、冷涼な日々、それとりわけウッドチャック[※4]でした。ウッドチャックは、すでに私の豆のうち、四分の一エーカー分を、前歯できれいに摘み取って食べました。でも、私には、ジョンズウォート（オトギリソウ）その他の草を追い出し、古くからのウッドチャックのハーブ園をだめにする権利があったとは思えません。残った豆は、まもなくウッドチャックには硬すぎるほど育ち、どんどん勢力を拡大し、新たな敵と遭遇することでしょう。[※5]

※4　体長が六〇センチほどある地上生のリス類の一種。

※5　「畑では私のほかに」～「敵と遭遇することでしょう」までは、一八四五年七月七日の日記から。

私は四歳の時に、一時、移り住んでいたボストンから、生まれ故郷のコンコードに戻りました。私は祖母に手を引かれ、今、暮らしている森と畑を通り、ウォールデン池に下りました。それは、私の記憶に刻まれた最初の光景のひとつです。[※6]そのことを私は、今夜、ウォールデン池でフルートを吹いて、池面にこだまする音色を聞いて思い起こしました。ウォールデンのマツの木は、私より歳を重ねています。マツのうちの幾本かが倒れれば、私はその株で食物を調理します。マツが倒れた後には、一面に新たにマツが芽ばえ、いつの日か、やってくる小さな子どもの日に、新しい景色を見せる準備を始めるでしょう。[※7]そこの草地では、昔と少しも変わらぬジョンズウォートが、古い同じ宿根《しゅっこん》から同じ芽を出して育っています。そして今は私が、幼い日の憧れだった、素敵で美しい、広い光景を新しく彩る手助けをしています。私が働いた結果として、この豆の葉、このトウモロコシの葉、そしてこのジャガイモの茎が私の目に映って

※6　日記では「五歳の時」と書かれている。ソローは一八一七年にコンコードで生まれ、一八年にチエルムスフォードに移住し、二一年にボストンに移った。二三年にコンコードに戻って生涯を過ごした。

※7　ソローは、のちにエマソンと相談して、自分が拓いた畑の跡地にマツを植林している。

います。

私は、台地の二エーカー半の土地に作物を植えました。この土地は、森が一度伐採されて一五年ほど経っていました。私は木の根を二、三コード分ほども掘り起こして、地力は十分と判断し、肥料は与えませんでした。夏に畑に鍬を入れていて、私は矢じりを見つけました。[※8]白人がやって来て森を伐採する以前に滅びた民族が、古い時代にこの地に住み、トウモロコシや豆を栽培したと見ていいでしょう。私が現に作物を植えているこの土壌は、長く使われ、これらの作物に関する限り、消耗しています。

私は、どんなウッドチャックよりも、どんなリスよりも早く、太陽がシュラブオークの上に射さないうちに、そして、露で地面が湿っているうちに、偉そうな雑草の隊列をなぎ倒し、その上に土をかけ始めました――農民や園芸家は私に、私のやり方は良くない、露が上がってから仕事をするべきだ、と言います。

※8　ソローは、子どものころからインディアンの文化に関心を寄せ、遺跡や矢じりを見つける名人だった。

石の矢じり

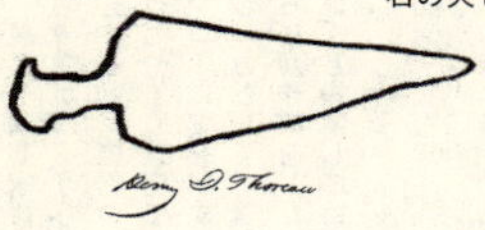

でも私は、畑仕事のすべてを、露があるうちに終えなさい、とあなたに勧めます。[※9] 朝早くなら、私は造形作家のように裸足で、露で濡れたもろい砂質土を、足で思うまま動かすことができました。でも、暑い日中の太陽は、私の足を焼き、火ぶくれを作りました。

私は、緑の豆の一五ロッドほどの長い畝の間に入り、太陽に照らされて黄色い砂質土の台地をゆっくり行きつ戻りつして、鍬を入れました。豆の長い畝の一方の端はシュラブオークの茂みでしたから、木陰で休息ができました。もう一方の端は、野生のブラックベリーが繁茂する草地でした。一畝終えて次の畝にとりかかる時には、青いブラックベリーの実が、一段と色を濃くしていました。私は雑草を取り除き、豆の茎の近くに新鮮な土を客土して、作物を元気づけました。黄色の砂質土が、ヨモギ、シバムギ、イブキヌカボではなく、豆の葉と花でこの夏の印象を表現したいと考えるように、また、大地がそれらの草

※9 農民や園芸家によれば、朝の露が残るうちに農作業をすると、植物の病気が流行しやすく適切ではない。ソローは畑を耕す仕事の楽しみ方として、露が残るうちに農作業をしたほうがいい、と提案している。

イブキヌカボの枝状花房（左上）と開いた小穂（左下）

より豆が良いと言うようにしたつもりです——それが私の日々の仕事でした。私は馬、牛、作男や少年、改良された耕作機械の助けをほとんど借りませんでした。そのため、仕事はゆっくりで、はかどりませんでした。でも、豆とは親しめました。手による労働は、たとえ単調で退屈で、成果はわずかでも、決して怠けたことにはなりません。これは不朽の教えであって、学者には最高の研究成果を約束します。

コンコードからリンカン（あるいはウェイランド）に抜ける旅人の目に、畑の私の姿が映ったなら、すごく働きものの農民※10と思ったことでしょう。旅人は、一頭立ての二輪馬車にゆったり乗り、肘《ひじ》を膝《ひざ》にのせ、手綱を花綱のようにたるませていたのに、私は故郷にとどまって働くばかりの土の子でした。しかし、私の自営農場はすぐに彼らの視界から去り、脳裏からも消えたことでしょう。

私の畑は、街道の両側に広がる唯一の大きな開けた耕作地で

※10　ソローはここに、ラテン語で「アグリコラ・ラボリオスス（agricola laboriosus）」と書いて、ローマの農業をイメージして楽しんでいる。ソローは、すでに両親の家の庭で家庭菜園の世話を長年にわたってしてきており、農作業の名手。

カバノキの幼樹

——ほかに見るものがない——たいていの旅人の注意を引きました。畑にいると、時に、人に聞かせるつもりのない旅人の無駄話や批評が、すっかり聞こえました。

「えっ、今ごろインゲンマメだよ！　それに、エンドウもだ！」——私は他の農民が草取りを始めるころに種子をまいていました——農業を知る農民には納得しがたい光景だったでしょう。

「ほら、坊や、トウモロコシだよ。きっと家畜の餌《えさ》にするのさ」

次に黒のボンネット帽子が、「あら、あの人、ここに住んでいるのかしら」と灰色のコートに言います。すると、よく働いてきた農民の顔が、手綱を引いて愛馬を休めるちょうどよい機会だと馬車を止めます。そして、私に向かい、畝の間に肥料が見えないけど、どうして、と声をかけます。木屑《きくず》、残飯、木灰、石灰、何か入れたら、と続けます。でも、畝の間といっても、二エーカー半もあります。運ぶ道具は鍬一本、使う手は私の手だけ——私は荷車や馬は使いたくありません。それに、木屑など近くにはありません。

仲間連れの旅人は、見てきた農場と私の畑を比べ、がやがやと声高に論じ合って通ります。おかげで私は、農業世界のどこに立っているのか、見当がつきます。私の畑は、コールマン氏の報告書には見当たりません。それでは、私の畑よりはっきり野性的で、人の手が入らない自然の草地の生産量は、誰が関心を寄せ、報告するのでしょうか？ イギリス干し草[※11]の生産量は、注意深く重さで測られ、水分の含有量から、ケイ酸塩と灰分の含有量まで分析されています。ところが、森、草原、湿地にも、谷間や池の窪地にも、豊かな植物の実りがあるのであって、ただ人が測定していないだけです。つまり私の畑は、自然の草原と耕作された畑が手を合わせ、環になって働く畑でした。国にも、一方で文明化された国があり、半ば文明化された国があり、未開の国があるのに似て、私の畑は、悪い意味ではなく、半ば耕地化された自然の区画です。その半ば耕地化された草原で、

※11　アメリカで家畜の飼料にされる牧草。ヨーロッパから移入された数種の牧草の総称。一方、川沿いの低湿地は、野生の草が生え、「寝藁（ねわら）」として刈り取られる。

私の豆は、喜び勇んで野生の原始の状態へ戻ろうとしていました。私の鍬使いは、豆の元気に声援を送る、スイスの牧童が歌う〝牛の歌〟※12です。

畑の脇に生えるシラカバの梢の小枝にチャイロツグミが止まり、囀《さえず》ります（〝茶色のツグミ〟よりベニウタドリという呼び名を好む人もいます）※13。私と仲間になれてうれしくて、朝から歌っていました。私が畑を開かなければ、チャイロツグミは他の畑で暮らしたでしょう。チャイロツグミは、人が畑に種子をまくのを見て、「種子をまけ、まけ――土をかけろ、かけろ――草を抜け、抜け」と歌います。でも、あいにく私は、（この鳥が好きな）トウモロコシの種子はまきません。豆であれば、チャイロツグミは敵ではなく、安全です。あなたは、チャイロツグミが奏でるパガニーニ※14風の長々続くおかしな演奏が、一弦か二〇弦かはどうでもいい、作物の栽培と関係ないと、変に感じるかもしれません。でも私は、木灰や石灰の上澄み液を作物

※12　歌かアルペンホルンで奏でられる、中世以来の伝統的な牛飼いの音楽の総称。

※13　茶色のツグミは、ツグミの英名であるthrushが鞭（むち）打つ人（thrash）の語感に似ていることから、嫌う人がいる、という意味。

※14　パガニーニ（一七八二～一八四〇）。バイオリニスト。一弦で全曲を弾いたことから、この文章になった。

に施すより、チャイロツグミの歌を聞かせたいのです。小鳥の歌こそ、私が信頼する最高の仕上げ肥料です。

鍬で畝に土寄せして、私は太古の空の下で生きた、時代不明の文明に属する人の遺骨を乱したり、狩猟や戦争の小道具を現代の光にさらしました。それらの遺物は自然の石と一緒でした。石の中にはインディアンの焚《た》き火《び》の痕《あと》があり、長く太陽の光を受けた痕もありました。現代の耕作者が持ち込んだ陶器やガラスの破片もありました。私の鍬がそれらの石に当たり、カチン、コチン、チチンと鳴り、森や大空にこだまして美しい調べになり、仕事のリズムになり、計り知れない豊かな収穫になりました。私が耕すのは豆ではなく、豆を耕すのは私ではありません。私はふと、オラトリオを聞きに大きな町に出かけた知人を思い、畑の美しい調べを誇らしく感じ、知人が気の毒でした。

太陽が光り輝く午後には——私は時に、楽しくてずっと働き通しました——ヨタカが私の頭上を環を描いて飛びました。ヨ

ヨタカの留まる角度

タカは私の目の中のゴミのようであり、また、天空という大きな目の中のゴミのようでした。そのヨタカが、シューッと大きな音と共に、大空を切り裂くかのように繰り返し急降下しました。それでも、大空の大きなマントには、かすかな傷も残りません。自在に飛び回るこの小悪魔は、丘の上の砂地や岩地のむき出しの地面に、巣を造らずに直《じか》に卵を産み、育てます。おかげで、人の目にはなかなかわかりません。ヨタカの優美でほっそりとした翼は、空につかみ取られたウォールデン池のさざ波のようにも、空に風で運ばれた木の葉のようにも見えます。これぞ、自然の類縁関係です。※15

獲物を求めて池面を滑らかに飛ぶタカは、空で暮らす波の兄弟で、風をとらえて膨らむ完璧な翼は、海のまだ分化していない羽毛です。私は頭上高く飛ぶ鶏荒らし※16の二羽のタカが、帆《はん》翔《しょう》と降下を繰り返し、互いに近づき、離れるのを見ました。二羽のタカは、私の考えを形にして見せるかのようでした。私は、

飛ぶヨタカ

※15　ソローはゲーテに学び、「自然の類縁関係」を重く見た。

※16　北アメリカの草原に広く分布する、体長四五センチ前後のタカ、ハイイロチュウヒ。「鶏荒らし」とは、開拓者の家禽をしばしば襲ったことから付いた名。アカオノスリも同様に呼ばれる。

ハトが森から森へ、かすかに震える羽音を残して、急ぐ伝令のように飛ぶのに強く惹《ひ》かれたことがあります。また私は、鍬で腐った木の切り株を掘り起こしていて、その下に潜む奇妙な斑点模様のサンショウウオを見つけました。ゆっくり動く、このものものしい姿の動物は、エジプトとナイル川の遺物のようでありながら、私たちの同時代の生き物です。私は畑作業の合間に、畝のそこここで、農民を真似て鍬に体を預けて休み、生き物たちの声を聞き、動きを見、姿を見ました。それらは田園が与えてくれる、汲《く》めど尽きせぬ楽しみのささやかな一部分です。

祭の日には、コンコードの町で巨砲から祝砲が放たれます。森の畑で働く私の耳に、祝砲のこだまが紙鉄砲の破裂音のように伝わってきました。ブラスバンドの行進曲も、時々森に伝わってきます。豆畑で聞く大砲の音は、せいぜいホコリタケがはじける音です。町で軍隊が出動すると、私はそうとわかるまでずっと、地平線の町方向に口囲潰瘍《かいよう》ができて、発疹直前のよう

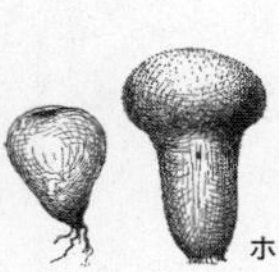

なむずがゆさを覚えました。やがて風向きが変わり、農場を越え、ウェイランド街道に沿って猛スピードで吹く風が、〝これは軍事教練です〟と伝えてきます。教練の音は距離の働きで変調し、ミツバチが集団脱走して群がるブンブンいう音に聞こえました。加えて、近所の人がウェルギリウスの忠告通りに、チンチン鳴る家庭用品を持ち出し、群がるミツバチをもとの巣へ戻そうと、打ち鳴らす音が重なったように思えました。やがて物音が静まり、ブンブンいう音も消え、ぴったりその方向から吹く風も何も伝えなくなると、私は逃げ出したミツバチの集団の最後の雄バチまで、みな無事にミドルセックス郡の古巣に戻ったと理解しました。今や彼らの関心は、巣に塗られた蜂蜜に移ったはずです。

私はマサチューセッツ州の自由、はたまた祖国の自由が、あやしくも確かな安全保証の努力によって守られている、とほのかな誇りを覚えました。私はありがたき幸せとばかりに、鍬に

ミツバチ

手を伸ばし、未来への静かな確信も持って、なおいっそう仕事に励みました。

町でブラスバンドが演奏すると、村じゅうが巨大なふいごになり、建物がみな、ブンチャ、ブンチャの音に合わせて、膨み、縮みました。やがて高貴で勇ましい調べが森にも届きました。続いてトランペットが栄誉を称える曲を奏でようものなら、私も、付け合わせと一緒にメキシコ人を串刺しにして焼いて食ってしまえ、と高揚した気分になりました[※17]——些細《ささい》なことに関わってはなりません！——私もずる賢い騎士道精神を試すべく、あたりを見回し、ウッドチャックはいないか、スカンクはどこか、と探しました。あの勇ましい曲は、パレスチナから聞こえたのではなかったか？　村を被《おお》うニレの木々の梢のはるか彼方をかすかに震え動くのは、地平線を行く十字軍の隊列ではないか。本日は充実した一日として記憶されるであろう。——いや、私の森の家が立つ明るい森から望む空は、いつも変わら

※17　ソローがウォールデン池のほとりに住んだ間に、アメリカはメキシコと戦争した（第一次アメリカ・メキシコ戦争）。ソローはこの戦争に強く反対していた。この文章は皮肉。

ず偉大で、祭の日が特にどうという違いは少しもありません。

私には、豆の収穫を目指す長い豆との付き合いは、特別に意義のある経験でした。私は豆をまき、草を取り、土寄せし、収穫し、鞘《さや》から豆を取り出し、売りました――最後の作業が最も難しい作業でした――そして、食べるという作業もあったと付け加えるべきでしょう。私は潤沢に豆を食べました。

私は豆を知ろうと決意して取りかかりました。豆の生長期の間は、ずっと朝の五時から正午まで鍬で世話をし、午後を他のさまざまな仕事の時間にあてました。あなたには、私がどのようにして雑草と知り合ったか、おかしな知り合い方を知っていただきたいと思います――申し訳ないことですが、文章に繰り返しがあるのは、豆作りの作業に繰り返しが多いからです――私は鍬で差別していました。雑草の繊細な社会を無慈悲に破壊し、あらゆる種の雑草の隊列をなぎ倒し、ひとつの種の植物だけを丹念に育てました。

アカザ

これはヨモギ、これはアカザ、これはヒメスイバ、これはシバムギ——みんな雑草だ。やってしまえ。たたき切れ。ひっくりかえして、根っこを日にさらせ。日陰に返してはだめ。奴らは身を起こし、二日でリーキのように元気はつらつの緑になる。この戦いはツルとの戦いではなく、太陽、雨、それに露を味方につけたトロイア軍たる雑草との長期戦でした。豆は毎日、私が鍬で武装して、加勢に来るのを見ていました。私は豆の目の前で、敵である雑草をどしどし引き抜き、畝と畝との間の溝を雑草の死体で埋めました。羽毛飾りをつけて、取り巻く戦士より丸々一フィート（三〇センチ）は抜きん出ている、元気いっぱいのヘクトルを、私は最強の武器、鍬で一瞬のうちに打ち殺し、どさりと転がし、砂ぼこりをあげました。※18

私の同時代人は、ボストンやローマで芸術作品の鑑賞に夏の日々を捧げ、インドで瞑想にふけり、ロンドンやニューヨークで貿易に励んでいました。ところが、私はこうしてニューイン

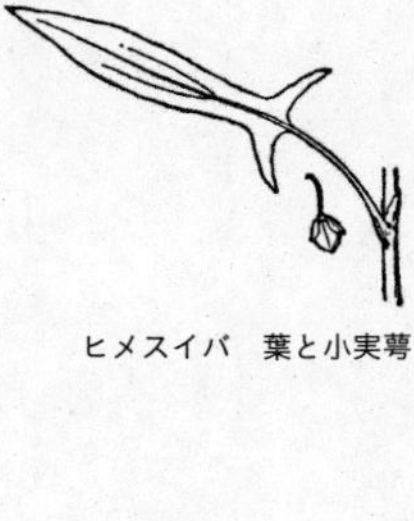

ヒメスイバ　葉と小実萼

※18　ヘクトルは、トロイア軍の中で最も勇猛と言われた戦士。「どさりと転がし、砂ぼこりをあげ」は、『イリアス』の戦闘の記述より。

グランドの農民と共に農作業に励んでいました。食べる豆が欲しかったのではありません。私は、簡素を旨《むね》とする生まれながらのピタゴラス主義者で[※19]、豆はポリッジにするにせよ、投票数を数える道具にするにせよ、好きではなく、米と換えました。私は、たとえ言葉だけとか、象徴の意味しかなくても、誰かが畑で働くべきで、それがいつかきっと寓話作家のためになると考えたのです。

豆作りは、そのすべてがほかには得がたい楽しみで、私はもう少しで放蕩《ほうとう》になりそうでした。私は畑に肥料を施さず、一気に畑の全体に鍬を入れられなくても、絶えず鍬を入れ続けるようにしました。それだけのことがありました。イーヴリンの言う通りです。

「それこそが真実である。堆肥《たいひ》や肥料の効果は、この絶え間ない運動、すなわち踏《ふ》み鋤《すき》で掘り返す作業の効果に比べれば、ものの数ではない」

※19　ピタゴラス（紀元前五八二〜紀元前五〇〇）が創始した学派に属する人。宇宙は数学的な数値の組み合わせの現れ、とする神話的な考えを信奉した。ここではピタゴラスが肉食を嫌い、菜食主義者だったことから、ピタゴラス主義者を菜食主義者の意味で使っている。

イーヴリンは、さらにこう言っています。

「土壌は、特に新鮮であればあるほど、ある種の磁力を持ち、塩類、生気、徳、等々を引き出す。これらはどう呼ぼうと同じことで、生き物に効果を及ぼす何ものかを指す。人が生存のために土を耕す理屈は、すべてそこに根っこがある。家畜の糞その他のむさくるしい肥料は、この効果の代用にすぎない」[※20]

私の畑は「消耗し疲労困憊《こんぱい》して、安息日を楽しんでいる最中」で、ケネルム・ディグビー卿の言う〝命の精〟[※21]を大気から引き出していたのでしょう。私は一二ブッシェルの豆を収穫できました。

私が農業を試みたのには、別の理由もありました。コールマン氏の報告書は、趣味で農業をする大地主による、お金をふんだんに使う実験農業に偏っている、という批判があります。私の支出は以下の通りです。

※20　ジョン・イーヴリン（一六二〇～一七〇六）。イギリスの園芸家。『大地』（一六七六）より。

※21　ケネルム・ディグビー（一六〇三～六五）。廷臣で哲学者。植物の生命維持に「命の精」の必要を主張した。「命の精」は、今日で言う酸素であるが、唯物論的な考えではなく、「共感の力」を含む。

鍬一本	五四セント
鋤《す》き返し、土ならし、畝立て	七ドル五〇セント
	（金のかけすぎだった）
種子用のインゲン豆	三ドル一二・五セント
種のジャガイモ	一ドル三三セント
種子用のエンドウ豆	四〇セント
カブの種子	六セント
カラスよけの白線	二セント
馬耕運機と少年三時間の労賃	一ドル
収穫用の馬と荷車	七五セント
合計	一四ドル七二・五セント

私の収入は、まさに「家長は売るを習わしとし、買うを習わしとしてはならない」※22にあたり、以下の通りです。

カラスの足跡

※22 マルクス・カトー（紀元前二三四～紀元前一四九）の『農業論』より。

インゲン豆　九ブッシェル一二クオート　一六ドル九四セント
ジャガイモ（大）五ブッシェル　二ドル五〇セント
ジャガイモ（小）九ブッシェル　二ドル二五セント
牧草　一ドル
豆の茎　七五セント
合計　二三ドル四四セント

以上から利益は、収入から支出を差し引いて、すでに述べた通り[※23]、八ドル七一・五セント

豆を育てた私の経験をまとめると、次の通りです。主に私が育てたのは、普通の白いツルナシインゲンです。この種子を六

※23　「すでに述べた通り」とは、第一章「経済」（一四〇ページ）で論じたことによる。

月一日ごろから、三フィート幅で一八インチの間を置いた畝にまきました。種子はあらかじめ、生き生きして丸みをおびた形の良いものをていねいに選びます。芽が出たら、芽を食べる虫の害に注意します。もし、芽が食べられたら、種子をまきなおします。藪《やぶ》に面したところはウッドチャックの攻撃を受けやすく、特に最初のやわらかな葉が出る時に注意します。次いで攻撃を受けやすいのは、本葉から蔓《つる》が伸び始める時期で、ウッドチャックはそれを察知して、蔓についた芽と小さな豆の鞘ごと、リスのように後ろ足で立ってかじり取ります。しかし、売り値のよい美しい豆を手に入れるには、秋の霜《しも》の被害を未然に防ぐことが何より大切で、そのためには、豆が実ったらすぐに収穫することです。この方法で、他のどんな被害の防止策よりも、多大の損失を未然に防ぎ、収穫を多くすることができます。

　私はさらに貴重な経験をしました。最初の年に豆を育てた経験から、自分にこう言い聞かせました。来年はこんなに身を入

切り株に立つ
ウッドチャック

れて豆を育てるのはやめよう。代わりに、誠実、真理、簡素、信頼、純粋などの美徳の種子をまき――種子が見つかればの話です――この土壌で育つかどうか確かめよう。それも、豆を育てるのよりずっとわずかの労力と肥料で育て、私を生き生きさせるかどうか確かめよう、と。この土壌は豆を育てたくらいで消耗するはずはないから、できないはずはない、と私は考えました。[※24]

ああ、悲しいかな！　私はこの試みの結果についても、自分に言い聞かせねばなりません。今や次の年はとうに過ぎ、その次の年も過ぎ、また次の年も過ぎました。それでも私は、あなたにこうとしか言えません。私がまいた種子は、誠実、その他の美徳の種子ではあっても、すべて虫に食われ、生命力を失い、芽を出しませんでした。人に勇気があるのは普通、父に勇気があったからで、人が臆病なのは、父が臆病だったからです。今の私たちの世代が、毎年毎年、トウモロコシやインゲンマメを

※24　「最初の年に豆を育てた」～「と私は考えました」までは、一八四五年八月一五日の日記から。

鳥の頭の形をしたインディアンのすりこ木

植えるのは、インディアンが数世紀も前に、それらの作物を毎年毎年植えていて、最初の白人の入植者に教えたからです。そこで白人は、毎年毎年、ずっと正確に、運命のようにトウモロコシやインゲンマメを植えました。私は先日、ある老人に会いました。驚いたことに老人は、それらの種子を植えるために、鍬で少なくとも七〇回目の穴を掘ったところだと言いました。そんな穴はいっそ、自分が入る穴に広げて、そこに横たわってしまったほうがいいでしょう!

誇り高きニューイングランド人であるなら、なぜ、新たな冒険の旅に出ないのでしょうか? なぜ自分たちの手持ちの穀物、ジャガイモ、牧草、果樹に執着するのでしょうか?――そうではなく、新たな作物を育てる冒険の旅に出ようではありませんか。豆の種子の選別に毎年、気を遣うなら、人の新しい世代の誕生に関心を向けてもいいでしょう。私の言う美徳の数々は、誰もが作物より大切と言いながら、種子がまかれても空気中を漂うまま、放っておかれます。私たちの仲間の誰かに、美徳の種子が根を張り育つのがわかったら、私たちはどれほどうれしく、勇気づけられるでしょう。

通りの向こうに、真実や正義などの絶妙で高貴な人の特質――ほんのわずかでも、あるいは、その現代版でも――が見えた、としましょう。世界各国に派遣されるわが国の大使は、その種子を、ただちに本国に送るよう訓令されていて当然です。そして州選出の連邦議会議員が、その種子を地元に送り届け、広げる作業を手助けします。私たちは、誠実と向き合うつもりなら、格式ばっても始まりません。真価と友愛の種子が見えたら、卑俗なケチをつけるのはやめにしましょう。すり替えず、けなさず、しっかり受け止めましょう。

▼そのためなら、私たちは人と会う時間を惜しんではなりません。私も多くの人に出会いますが、たいていの人は時間がないと言い、会った気がしません。誰もが自分の豆畑にかまけて忙

散歩の途中、丸太の集積に
ひさしをかけて雨宿りする

しく、人と話をしながら働いている気分のままです。それに多くの人は、農作業の合間に、鍬を杖に休みながら、ゆっくり働く人の素晴らしさを知りません。[※25] ゆっくり働く人は、キノコのように半ば地中に埋もれたようには決して休みません。といって、ただ立つのでもなく、地表に降り立って歩くツバメの気分で、背伸びしながら優雅に休みます。

それに　彼が話す時は　今にも　飛び立たんばかりに
ふいに翼を広げる仕草で　大きく息を飲み　吐くのです[※26]

もし、ツバメと話ができたら、天使と話すようだとわかるでしょう。人はパンのみにて生きるにあらず。でも、パンもまた、人を良くする良き食べ物に違いありません。パンを食べれば体の節々《ふしぶし》の凝《こ》りもほどけ、爽快になれます。それに、パンを食べる、純粋で崇高な喜びを人と分かち合うなら、人や自然の寛容

※25　「そのためなら」（四一五ページ）～「素晴らしさを知りません」までは、一八四五年八月一五日の日記から。

ツバメ

※26　イギリスの詩人、フランシス・クワレス（一五九二～一六四四）による。

さを知ったも同じです。

古代の詩や神話によると、農耕はかつて神聖な手仕事でした。ところが現代の農業は、ひたすら規模を大きくして、収量を増やす、乱暴で不遜《ふそん》な、時間を浪費する技術になっています。もはや農民は、仕事に感じている神秘さに重ねて、農耕の神聖な起源を具現する祭、練り歩き、儀式を知りません。牛の品評会や感謝祭はその器ではないでしょう。それらは、賞金とご馳走《ちそう》で人を集める単なる催しです。現代の農民は、非道の富の神プルトスに貢ぎ物を捧げ、穀物の女神ケレスと大地の神ユピテルには目を向けません。※27

貪欲さと身勝手さに加えて、お金のためならなんでもする卑屈さのゆえに、がんじがらめで、土壌をただ抱え込み、富のための手段と見誤っています。景観はゆがみ、農業は堕落し、農民は心の貧しい生活に陥りました。農民は自然を収奪する盗人です。かの古き良き時代のカトーが、人の魂は農業から大きく

※27　プルトスはギリシャ神話の豊饒の神で、豊饒の角に花、果実、穀類を詰めて持つ姿で描かれ、溢れる富の象徴。ケレスはローマ神話の食糧植物の生長の女神。ユピテルはギリシャ神話の大地の神で、大空の下、アウトドアを愛す。

豊かなものを得る、と解き明かしているのに、これでは困るでしょう。かのウァロ[※28]がこう書いています。

「(古代ローマ人にとって)〝母なる大地〟はケレスである。人は大地を耕して、敬虔《けいけん》な、真に意義ある生涯を生きる。サトゥルヌス王[※29]の後継者となるのである」

私たちは、太陽が、人々の耕す畑だけでなく、草原と森を分け隔てなく照らしていることを忘れてはなりません。畑、草原、森は、すべて等しく陽の光を受け、美しく照り返して、恵みをもたらします。しかも、畑、草原、森は、太陽が日々の運行の軌道の上から眺め渡す、偉大な光景の小さな部分にすぎません。太陽から見れば、大地のすべてが、見事なエデンの園です。私たちは、太陽の光と熱の優れた恩恵を、広い心と責務をもって受け止めようではありませんか。[※30]

※28 マルクス・ウァロ(紀元前一一六〜紀元前二七)。ローマ最高の学者で風刺作家。詩から天文学まで、あらゆる分野にわたる六〇〇冊の本を著したが、田園生活を愛する人のための『農場の逸話』で知られる。

※29 ローマ神話の、種、あるいは種まきの神を指す。

※30 「太陽は畑ばかりか草原、森も等しく照らしている」は、豆畑と付き合うことによって到達したソローの認識。本書の以降の章は、この認識を通した世界の検討。

私が価値を認め、自分のものとして秋に収穫する豆は、本当は誰のものでしょうか？　私は長い時間をかけて、豆の世話をしました。でも、豆畑は私を、特に良き耕作者とは見ないでしょう。私よりはるかに明るく、やさしい雨が畑を潤し、緑にしました。それに豆は、私には刈り取れない、多彩で貴重な収穫を与えてくれます。それに豆は、ウッドチャックのためにも、大きく育とうとしていたのではないでしょうか？

麦の穂（ラテン語ではspicaで、その古い形specaはspe、つまり〝希望〟から派生しています）だけが農民の希望であってはなりません。麦の穂に含まれる穀粒《こくりゅう》（ラテン語ではgranumで、gerendo、つまり〝収穫〟から派生しています）だけが、ムギが育んだ収穫ではないのですから。私たちは、畑を世話して作物を育てる以上、不作で収穫に失敗することはないのです。たとえ畑に雑草が繁茂しても、雑草の種子は鳥の食物です。嘆くことはありません。これらすべての畑の恵みの大きさに比べれば、収穫物で食物貯蔵庫がいっぱいになるかどうかは、たいした問題ではありません。▼真の農民なら、収穫を心配するのはやめましょう。そして、今年はクリの木がどれほど実をつけるか、とは考えないリスを手本に生きましょう。日々、畑を大切にし、ていねいに世話し、心では収穫物へのすべての権利を捨て、貴重な収穫物も、そうではない収穫物も、すべて母なる自然への捧げ物にしましょう。[※31]

※31 「真の農民なら」〜「捧げ物にしましょう」までは、一八四六年三月二六日の日記から。

第八章

村

私は午前中、豆畑に鍬《くわ》を入れる畑仕事に精を出し、あるいはいくらか本を読み、書いて過ごしました。その後、私はウォールデン池に下《お》りて改めて水を浴び、近道をして池の小湾を泳いで渡りました。私は、一日の仕事の垢《あか》を洗い落とし、勉強の最新の成果である妙案をすべて忘れ、午後は、完璧に自由な時間を持ちました。その自由な時間を使って、私は毎日か一日おきに、村へ散歩に出ました。[※1] 村では口から口へ、新聞から新聞へと、絶えずうわさ話が巡りめぐっています。私にとってうわさ話は、ごく少量ずつ耳に入れる限り、風に吹かれてくるくる回る落ち葉の葉音や、カエルの鳴き声を聞くのに似て、気分を爽やかにするホメオパシー効能[※2]がありました。私は、鳥やリスを見て森を歩くのと同じように、村を歩き、人々や子どもたちを観察しました。森で聞こえる、マツの木々をわたる風の音の代わりに、村では荷車の音が聞こえます。

私の家の前の道を一方にたどると、川沿いの低湿地の草地に

●太陽は畑、森、湖を同じように照らし、等しく「耕して」いた。では、村は太陽に、どう見えているか。地球にとって村とは何か。ソローは森の家から村を観察しに出る。

※1 一年を通して、天候によらず、ソローは午後を散歩にあてた。

※2 ごく少量の毒物、あるいは刺激物を投与する療法。

スズカケノキ

マスクラットのコロニーがあり、もう一方へたどると、大きなニレとスズカケノキに被《おお》われて、絶えずあちこち動く人間の村がありました。[※3] 村では戸口に人が座っていましたが、その情景は、巣穴の出入り口に座り、あたりを見回すプレーリードッグにそっくりで、私はひどく興味をそそられました。戸口の人は、これまたプレーリードッグそっくりに、うわさ話を聞きに他の人の巣穴へ走りました。つまり私は、村人の習性を観察しに、村へと足繁く通いました。

私には、村の全体が、ひとつの巨大な新聞編集室のように見えました。[※4] あるコーナーには、ボストンのステート街のレディング商会[※5]もどきの店が並び、クルミ、干しブドウ、塩、トウモロコシの粉、その他、ありとあらゆる食料雑貨品を並べていました。別のあるコーナーでは、ひそひそ、ブツブツと、エーゲ海の夏風のように吹き抜けていくうわさ話に、熱心に耳を傾ける人たちがいました。街路に身じろぎもせずに座り込む人たち

巣から泳ぎでた
マスクラット

※3 「マスクラットの集団営巣（コロニー）」と「人の村」は、同じ位置に置かれている。プレーリードッグも同じ。

巣穴の前に立つ
プレーリードッグ

※4 見る、読む、食べるは、同じ探究的行為とみなされる。

※5 ボストンのステート街8番地の書店。

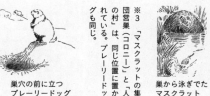

は、強靱《きょうじん》な消化器官を持ち、村のニュースに底知れぬ食欲を見せていました。彼らは、吸入器から麻酔用のエーテル[※6]を吸い込むコツで、うわさ話を吸い込んでいたはずです――それなら痛みなしになんでも飲み込め、吐き出せます。エーテルなしでは、うわさ話を吐き出し広めたら、良心の痛みを感じてしまうでしょう。

村に入った私は、決まって、ご立派な人物が家の玄関の階段に前かがみに座り、日なたぼっこをする姿を見ました。彼らは、時に気迫に満ちた視線を通りのあちらへ、こちらへと流します。両手をポケットに入れて納屋の外壁にもたれ、建物を支える女人像柱のように立つ人もいます。彼らは、長い時間を家の外で過ごす元気な人の常で、風が運ぶことはなんでも知っています。彼らはうわさ話の、最初の粗挽き工場です。うわさ話は、まず彼らによっておおまかに分解され、粉砕され、家の中に運ばれます。そして、家の中でいっそう精巧なホッパーにかけられて、

※6 麻酔用にエーテルが使われるようになったのは、一八四〇年代の後半で、当時、最新の医療技術。ソローも歯科医院でエーテルを経験した。

細かに仕上げられます。

私の見るところ、村を活気づける心臓部分は、食料雑貨品店、酒場、郵便局、銀行です。村の主《おも》だった設備として、教会の鐘、大砲、それに消防ポンプがあって、それぞれ使いやすい場所に置かれています。

家々は、人を最大限に活気づけるようには配置されておらず、なぜか大通りに沿って、向き合って建てられています。そのため、大通りを行き来する旅人は、老若男女ありとあらゆる街の人から、次々に一瞥《いちべつ》をくらう、厳しい試練に耐えねばなりません。[※7] 大通りの始まりに家を持つ人は、他の人を最もよく見て、最もよく見られ、そのうえ、旅人に最高の一瞥をくらわすことができます。そこで、その代価として最高の地代を払っています。逆に、中心部から離れて、町並みがまばらになった家の人は、旅人が塀を乗り越えて脇にそれたり、牛道を伝って出てしまったりするために、少ない地租と窓税[※8]ですんでいます。

※7　ソローは、道の両側から通行人に加えられる一瞥による威嚇を、左右両サイドから加えられるムチ打ちの刑にたとえている。

※8　独立以前の植民地時代に、窓の数で税金を課す窓税があった。ジョークで、時代のずれは無視。

コンコード村

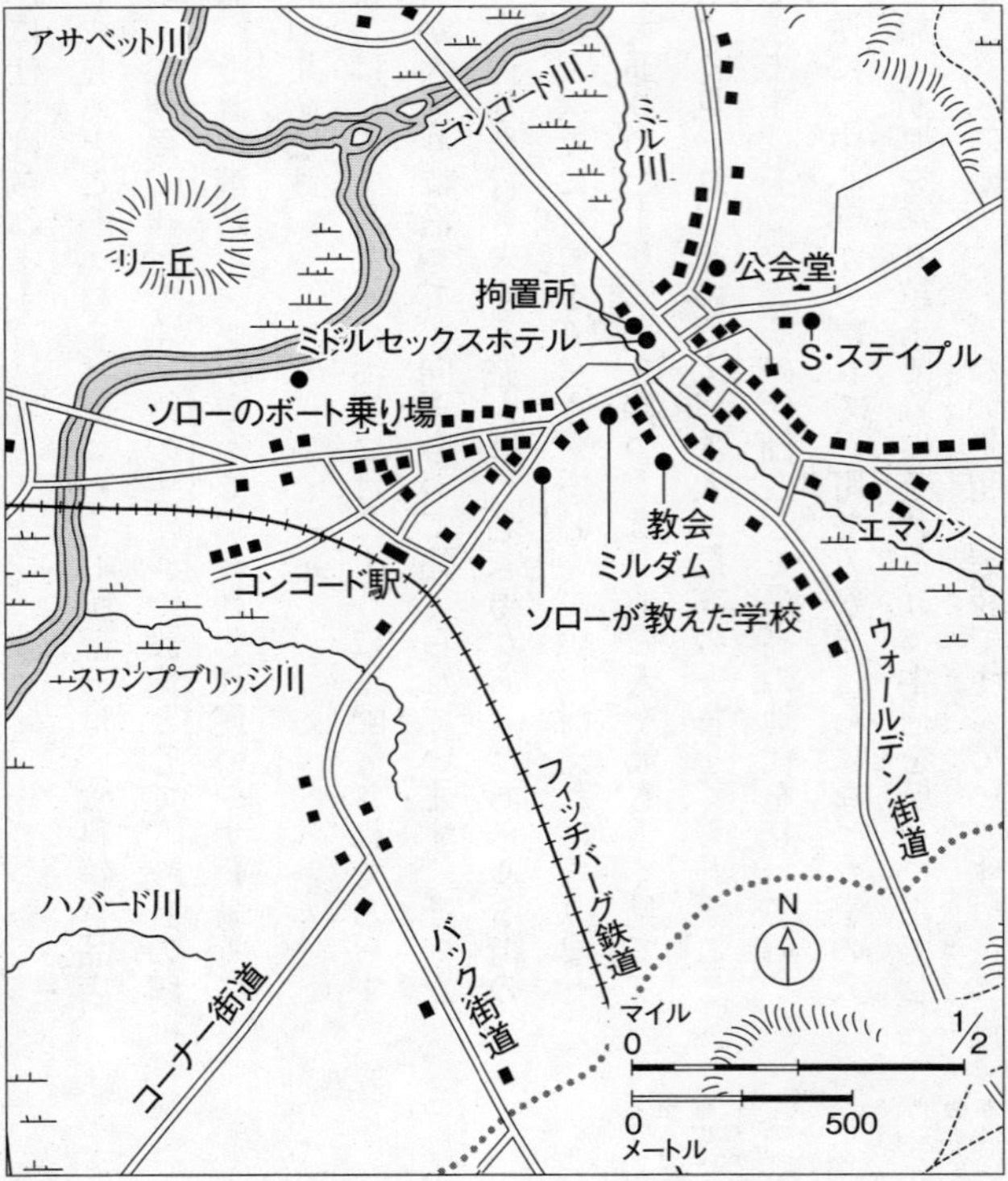

アサベット川
コンコード川
ミル川
リー丘
公会堂
拘置所
ミドルセックスホテル
S・ステイプル
ソローのボート乗り場
教会
エマソン
ミルダム
コンコード駅
ソローが教えた学校
スワンプブリッジ川
ウォールデン街道
フィッチバーグ鉄道
ハバード川
N
バック街道
コーナー街道
マイル
0
1/2
0
500
メートル

コンコードの町家をおおうニレの木

市街地のニレの大木は、人家をおおい、遠く離れた街道をいく旅人に、明るい緑の樹冠部の輝く色彩で村のありかを伝えた。

村の中心部には、多くの看板が掲げられ、旅人を誘います。食欲を刺激して旅人を誘う店、たとえば、居酒屋、料理屋。贅《ぜい》沢《たく》で旅人を釣る店、たとえば、小間物屋、宝石店。髪型や装身具で誘う店、たとえば、床屋、靴屋、仕立て屋、などなどです。さらに、建ち並ぶ家々のすべてが、そろそろわが家に訪問者があっていいころと、隣人の気を引くという、恐るべき誘惑があります。コンコードの旅人である私は、多くは「はぐらかしの術」を上手に使い、訪問者として招こうとする家々の誘惑を断ちました。私の「はぐらかしの術」のひとつは、前もって定めた目的地へ、脇目もふらず突進する方法です。危機に陥ったオルフェウスのように、高尚な思いを心に描いてやりすごすのも、「はぐらかしの術」のひとつです。オルフェウスは、「リラをかき鳴らして神の讃歌を歌い、セイレーンの魅惑の歌声を打ち消した」といいます。私は時に、パッと姿を隠してどこかに消える「はぐらかしの術」の離れ業版も使いました。みっともないと考えず、柵の隙間から抜け出ただけですが。

私は村の中心部に、遠慮なく上がれる何軒かの家を知っていました。[※9] いつも歓待してくれる家です。それらの家で、私は精選された最新のニュースの核心と要点――うわさ話のエッセンス、平和と戦争の見通し、世界は滅びないですむか、など――を知ると、裏通りへ抜け、森へ逃げ帰りました。

私には、夜遅くなって村から森へ戻る夜道の旅が、いつも楽しみでした。特に、暗く荒れ模様の夜には、明るい豪華なサロンや講演室を出る時には、大海に乗り出す船出のようで、気分が高揚しました。私は、肩にライムギかトウモロコシの粉袋を担ぎ、居心地のよい森の港を目指し、勇んで出港しました。そして海に出ると、ただちに船の全体をもれなく点検しました。そこで、心を留守にして体に舵を取らせるか、あるいは、平穏な航海になりそうなら舵を固定して、頭は思索という航海仲間と一緒に、ハッチの下に潜り込みました。こうして私は、〝わ

※9 エマソン家、ホズマー家、オルコット家など、コンコードの有力な市民がソローを歓待した。特にエマソン家は、ウォールデン池から森と畑を抜けて一マイル余りにあり、エマソン夫人が昼食の合図の鈴を鳴らすと、ソローがウォールデン池から駆け付けて、真っ先に食卓につくと、うわさされた。

ウォールデン池からの眺め

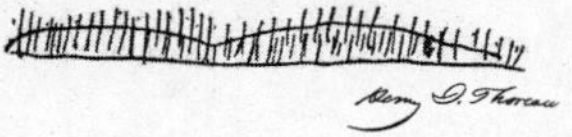

が巡洋のうちに〟船室の暖かな火のそばで楽しく思いを巡らしたのです。私は、何回か激しい嵐に遭遇はしたものの、幸い難破して漂流することもなく、航行に困難をきたしたことさえありません。

森の夜は、普段でも、人の想像をはるかに超えて暗いものです。私は、しばしば木々の間から空や星を透かし見て方角を探り、荷馬車の轍《わだち》の跡がない小道では、自分のかすかな踏み跡を足で探って進みました。特に暗い夜には、記憶を頼りに、木々の並び具合を手で探りました。森の真っただ中の特定の木と木の一八インチ（四五センチ）の間を抜けて進むというふうにです。暗く蒸し暑い夏の夜に、家にたどりついて振り返ると、途中の足取りを一歩も思い出せないことも何回かありました。心は夢見心地のうわの空でも、足が目に見えない道筋を探りあて、私を家の戸口に届けてくれました。私は、戸口を開ける腕の動作で我に返りました。となれば人は、手がなんの助けもなしに口へと動くのと同じく、心がうわの空でも体は家へとたどる道筋を見つけて進める、とおそらく考えていいでしょう。

▼訪問者が森の家を出るのが遅れ、たまたまひどく暗い晩であったりすると、私は近くの馬車道まで送りました。馬車道で私は、訪問者に方向を指し示し、目より足を頼りにしたらいいですよ、と教えました。ある恐ろしく暗い晩に、私はウォールデン池に釣りにやってきて遅くなったふたりの若者を、馬車道まで案内しました。ふたりの家は、森を抜けて一マイルほどにあり、馬車道はお馴染《なじ》みの道でした。ところが、一、二日後に、ふたりのうち一方から聞いた話では、その夜、ふたりはひと晩じゅう森を迷い歩き、自分の土地の近くにいながら、明け方近くまで家に着けないという愉快な冒険をしたとのことです。夜明け近くに何回か降った激しい驟雨《しゅうう》を浴び、濡れた木の葉の滴もつき、ずぶ濡れの楽しいおまけ付きでした。

よくいわれる〝ナイフで切り裂く闇夜〟には、村の市街にい

ウォールデンの森の馬車道
「オールドマルボロー道路」

地平線に見える山並み

ソローは遠い山並みの微妙な色彩に関心を寄せたが、進む方向を見極めるためにも山との位置関係を知ることは大切だった。

ソローのボート乗り場

ソローの重要な移動手段に、ボートと冬のスケートがあった。村の自宅に近いサドバリー川の岸辺にボート乗り場（ボート置き場）をもち、ボートに乗って散歩に出た。そのため、予期しない方角から姿を現して、人を惑わせた。

てさえ、多くの人が迷うといいます。村はずれから荷馬車で買い物にやってきた人が、荷馬車でひと晩過ごしたとか、招待された紳士と淑女が歩道を歩いていたつもりが、半マイルほども道を外れていた、といった話がいくらでもあります。道に迷う経験は、どんな事情にせよ驚くほど深い印象を残す、価値ある経験です。昼間でも吹雪になると、よく知った道にいて村の方向がわかりません。一〇〇〇回、二〇〇〇回と同じ道をたどった人でさえ、道の特徴を見極めることができなければ、シベリアにいるのと同じ未知の道です。夜ともなると、迷いと当惑は限りなく膨らみます。

私たちは、いかに短い距離の歩行でも、進路を決めるのに、水先案内人のように、よく見知った標識や地形の特徴を無意識に読んでいます。いつもの道を外れればなおさら、岬を目印に航路を測ります。私たちは、完璧に道に迷うか、ぐるりと回りでもしない限り——人は目をつぶって回っただけで、この世界

カヌーを漕ぐ

との関係を失います――自然の無限の広がりと不可思議を実感できません。人は眠りから覚め、放心状態から戻るたびに、人生のつながりを確かめます。私たちは、完璧に迷い、完璧に世界とのつながりを断って初めて、自分を発見し始めます。自分がどこにいるかを問い、世界との限りなく広がる関係を知ります。[※10][※11]

森の家で暮らし始めて、最初の夏が終わりに近づいたある日、私は靴屋に修理に出した靴の片方を受け取りに、村に出かけて官憲に逮捕され、拘置所に入れられました。[※12] 逮捕の理由は、別のところに書きましたが、私が税金を払わなかったからです。つまり私が、議事堂の前で、男、女、子どもを家畜のように売買する国の権威を認めないからでした。私が森で暮らす理由は、それとは関係がありません。ところが、人はどこに行こうと、どこで生活しようと、人が作る汚れた制度の手のもとに引き戻され、絶望が支配する歪んだ社会に入れられてしまいます。私

※10　自分の位置を知ることは、航海術の基本であるばかりか、思考の原点と述べて、歩くことは考えることと言っている。

※11　「訪問者が森の家を出るのが遅れ」（四三一ページ）～「広がる関係を知ります」までは、一八五三年三月二九日の日記から。この日、ソローは朝六時にボートで散策。ツガの香りを浴び、キツツキがたてる音を聞き、ウッドチャックの巣穴の出入り口を確認。観察記録を書き、その中に、この文章も書き込んで、ボートの旅のまとめで結んだ。午後はヤナギの膨らんだ芽を見に出かけて、マスクラットを見るなど、別の記録を書いている。

※12　一八四六年七月の二三日か二四日、ソローは拘置所に収容された。

は、実力で抵抗することもできたでしょう。社会に対して〝荒れ狂う〟ことで対決もできました。けれども私は、社会のほうが私に対して〝荒れ狂う〟ままにさせるほうが正しいやり方だと考えました。なぜなら、社会のほうが、絶望の集まりだからです。[※13] ところが事態はそこまでで、私は翌日には釈放され、靴屋から靴を受け取ると森に戻り、フェアヘイブン丘のハックルベリーの正餐《せいさん》に間に合いました。[※14]

私はこれまで、国が意図したこのいじめを別にして、一度も人からひどい目にあわされたことがありません。私は、書類を入れた引き出しを別にすれば、家のどこにも鍵をかけず、ボルトとナットで締めてもいません。窓の留め金も開けたままです。夜も昼も家の戸には鍵をかけず、数日留守にする間も同じです。森の家で暮らした二年目の秋に、メインの森に二週間ほど出かけた時も同じでした。それでも私の家は、兵士の一隊に守られる以上に大切にされていました。散歩に疲れた人は、部屋で休

※13　政府が悪いのだから、正しい者が拘置所にいて当然、という考え。「荒れ狂うにまかせる」とは、無抵抗主義。ソローは、町の人の関心に答えてライシーアムで支払い拒否の考えを説明し、「市民の抵抗」となった。

※14　ハックルベリー摘み（Party 隊と呼ばれた）は人々のアウトドア活動の中心で、ソローは「食の喜びから社会的、精神的喜びまでのすべてを与えてくれる」ハックルベリー隊の隊長として、子どもや女性の人気の的だった。ここでは、約束していたハックルベリー摘みに間に合ったという意味。

んで、私の暖炉で暖を取りました。文学好きな人は、机の上の何冊かの本を読みました。中には、私の戸棚を開けて昼食の残り物を調べ、私が夕食に何を食べるか推測する人までいました。

このように、さまざまな人がウォールデン池を訪れたにもかかわらず、私は一度もひどい迷惑をこうむっていません。なくしたものはただひとつ、ポープ訳のホメロスの一巻[※15]だけです。内容に不釣り合いな金色の装丁の、小さな本でした。私はこの本も、誰かが見つけて使ってくれていると信じています。というわけで私は、森の家で暮らした私と同じように誰もが簡素に暮らせば、泥棒や強盗はいなくなると固く信じています。泥棒は、一部の者が必要以上に持ち、他の者が必要を満たせない社会でなければ、生まれようがありません。ポープ訳のホメロスの一巻も、いずれ、読みたい人のすべてが手にできるようになるでしょう。

※15　ポープ訳の『イリアス』の一巻。この本は、のちにカナダ人のきこり、セーリエンが持ち出したことが明らかになったが、ソローは詮索していない。

フェアヘイブン丘からの眺め

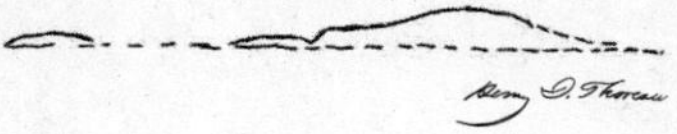

「戦はなく　戦に苦しむ人もいませんでした
その時代　人々が欲しがるものは
ただ　ブナの木の椀いっぱいの食物でした」[※16]
「私は国の公務をあずかる人に問いたいのです。
刑罰は必要ですか。
刑罰より徳を愛してはどうですか。
そうすれば、人々もまた徳に心を向けるでしょう。
上に立つ人の徳は風のようです。
民衆の徳は草のようと言えるでしょう。
風が吹けば草はなびきます。私も草です」[※17]

※16『論語』より。

ルピナス

※17『孟子』より。

あとがき

私はこの本、ヘンリー・D・ソローの『ウォールデン 森の生活』文庫版の出版のための準備作業として、昨年（二〇一六年）の暮れから一昨日までの七か月余りの月日を、ソローの日記を始め、著作を読んで過ごしました。おかげで二〇〇四年に、本書の元になった、小学館発行の単行本『ウォールデン 森の生活』を訳した時と同じように、ソローを身近に感じる充実した時を過ごすことができました。また、私は友人のアンソニー・バッシュさんに、定期的に、ソローの日記などの資料をいっしょに読んでもらったのですが、それはソローについて語り合う、またとない機会でした。

明解になったのは、ソローが置かれた状況です。ソローがウォールデン池の岸辺に近い森に、小さな家を建てて住み、自然と共に過ごそう、と決断して、森に斧《おの》をもって向かった一八四五年の春。この時点で、北米大陸の自然の中で暮らして、四季と動植物の生活を自分の目で見る、という自然の知り方を実行していたナチュラリストは、他にほとんどいませんでした。しかもソローは北米の歴史上初めて、動植物に同じ仲間として接し、本当の姿を知ろうとしていました。

ソローはハーバード大学の卒業生で、自分が自然科学の流れからはずれているのを、はっきりわかっていました。ハーバード大学には、動物学のL・アガシー教授がいました。そして植物学のA・グレイ教授が着任しようとしていました。共にアメリカ合衆国を代表する学者ですが、室内で標本を研究する分類学者で、都市に住んでいました。開拓が大規模に行なわれていた北米では、作物の栽培の適地を探し、害獣を駆除するために、種を同定する分類学の確立が急務で、動物学と植物学は事実上、分類学だったのです。

でも、それでなんの問題もありませんでした。ソローは、四歳か五歳のとき、ウォールデン池に出かけて、すっかり好きになっていました。それに、メロンを育てる名手で植物の手入れが上手でした。そして、インディアンの石器を探りあてる特技をもっていました。すなわち、コンコード村の自然と歴史に直接学んで自分を育てていました。

そして森の生活で、見る機会を飛躍的に増やしたのですから、自然研究のパイオニアとしていいたいことが山のようにできました。そこでソローは、詩人・ナチュラリストと称して、詩的な表現で見知ったことを伝える本書を書きました。

さて、私は今、この本のあとがきを書く段になって、私も山小屋の経験者という立場だった、それをお伝えしないとソローの話が通じにくい、と思い至りました。山小屋暮らしは自然の楽しみでいっぱいで、いつも忙しく、そして、身近に接した動物についてわかったことがたくさんありました。そして、生き方と知り方についての相談相手、つまりメンターがソローの本書になりました。

というわけで山小屋にまつわる話題に入りますが、私が本書の読者によい状態で見てもらいたいと、最善をつくしたことの一つが、四ページのソローの妹のソフィアが描いた森の家の絵です。私はこの絵が好きでした。そこで可能なかぎり元の絵に近い状態で見てもらうためもあって、一八五四年の初版本を手に入れました。森の家の戸口から伸びる踏み分け道を見てください。私はソフィアの絵を見るたびに、小道に目がいきます。

いうまでもなく、ソローが昼夜、森の家に出入りして踏んだためについた道です。私の山小屋にもほとんど同じ踏み分け道ができ、森をぬけて八〇〇メートルほども続き、既存の山道につながっていました。ちなみに人間の山道は、しばしば動物も使っている、といわれ、自動撮影で撮られた山道を使う野生動物の姿が示されたりしますが、多くはほんの一部を使うか、斜めに横切る程度で、私がつけた道のすべてをたどって、私の山小屋にやってきたのはネコだけでした。

私は初めての山小屋を、一九八五年に尾崎山（山梨県）の八沢《やつさわ》の泉の（距離で）一八〇メートル下に建てました。その頃、私はムササビの生息地を守る運動を始めて数年たったところで、研究のための動物の採集や飼育と、動物の生きる権利を守るという矛盾に直面していました。動物とよい関係をつくり、自分の目で野生動物の暮らしを間近に見るための山小屋の完成を目前にしてなお、動物に対する姿勢はあいまいでした。

山小屋はわずか二週間で完成しました。地元のお年寄りの大工さんのリーダーの下、大勢の若者の応援を受けたからです。ある日、アカネズミの赤ちゃんの鳴き声がして、私はアカネズミが山小屋の壁の間に巣をつくって出産した、と知りました。このアカネズミのお母さんは、私が山小屋の中で作業をしたり、あちこち跳び歩いたりしても動ぜず、いかに動物が学習能力に優れているかを教えてくれました。次いで、ムササビが山小屋に近いスギの木にかけた巣箱にすみつきました。そしてある日、動物の赤ちゃんの少し大きな声がして、アカネズミにまた赤ちゃんか、とふと思ったのですが、鳴き方は似ていても、やはり声が大きすぎました。そしてまもなく、山小屋に接した落ち葉置場を出ていくテンを目にして、テンの赤ちゃんと気づかされた、といった具合でした。

動物界の紳士、マムシも含めて、私は動物の訪問者はみな歓待しました。そして、私は遠い山や地方に出かけて、動物を採集したり、マークをつけて調査する動物学者はやめました。また動物行動学の本能理論による行動研究、といった一定の視点からする研究も山では場違いでした。ソローがいうとおり、森では知識も、理論も飛んでどこかへ消えました。というわけで、ソローを知り、語るにも私自身の経験が影響します。私は山小屋に住んで、以前の私とは大きく変わりました。

ソローも森の家に住んで、以前のソローとはまるで変わったはず、と推測します。その大きな変化を書いたのが本書です。そうであってこそソローは本書の終章で、森の家に住んだ時の決断と同じくらい明白な理由があって、森の家を去る、と書きました。

というのは、読者としての私はつい、ソローを最初から偉大なソローと思ってしまい、その観念のまま読んでいる自分に気づくからです。例えば、ソローも最初は、フクロウやオオコノハズクのぎょっとする鳴き声を聞いて、恐怖で震えたのではないでしょうか。私は夜の森で、突如、耳にする、鳥とも獣ともわからない、大きく奇怪な鳴き声に思わずすくみ、震えました。動悸《どうき》を押え、背をかがめて走ったことすらあります。真夜中の墓場でムササビの滑空を待つくらいは何でもありませんが、森の突然の叫び声の恐怖は別物でした。というわけで、あるいは、その恐怖を克服する一助として、ソローはスパルタ主義者になって、古代ギリシャの英雄の勇気に学び、また、エリザベス女王が愛したイギリス海軍歴戦の指揮官、W・ローリーの冒険の本『ウォルター・ローリー卿』を書いたのではないか、とひそかに考えているのです。

二〇一六年七月一七日　今泉 吉晴

◆写真・図版出典リスト

Graham's magazine (George R. Graham & Co. 1847.5)
Manual of the Botany (Asa Gray, Ivison & Phinney 1858)
New England Bird Life (Lee and Shepard Publishers 1887)
Recreation magazine (G.O.Shields 1897.9)
Bird Lore magazine (Macmillan 1901.11)
Handbook of the Trees of New England (Ginn & Company 1902)
The Century Dictionary (The Century Co. 1904)
Library of Natural History (Richard Lydekker, The Saalfield Publishing Company 1904)
Sir Walter Raleigh (The Bibliophile Society 1905)
The Writings of Henry David Thoreau (Houghton Mifflin and Company 1906)
Annual Report of the Forest, Fish, and Game Commissioner (J.B.Lyon Company 1907)
Gray's New Manual of Botany (American Book Company 1908)
E.T. Seton（1860～1946）の著作及び原画より。

本書のプロフィール

本書は、二〇〇四年、小学館より単行本として発行されました。

小学館文庫

ウォールデン　森《もり》の生活《せいかつ》 上

著者　ヘンリー・D・ソロー
訳者　今泉吉晴《いまいずみよしはる》

二〇一六年八月十日　初版第一刷発行
二〇二四年九月七日　第四刷発行

発行人　大澤竜二
発行所　株式会社 小学館
〒一〇一-八〇〇一
東京都千代田区一ツ橋二-三-一
電話　編集〇三-三二三〇-五九一六
　　　販売〇三-五二八一-三五五五
印刷所――大日本印刷株式会社

この文庫の詳しい内容はインターネットで24時間ご覧になれます。
小学館公式ホームページ　https://www.shogakukan.co.jp

ISBN978-4-09-406294-6